김성호
단편소설

구름

너머

하늘

"나쁘면서도 나아지고 있다는 방향이라 할까? 좋아 보이면서도 비위 상하게 한다, 라고 할까?"

성미출판사

구름

너머

하늘

머리말

 필자에게 정신적 병이 있다면 글쓰기 작업을 한시도 놓지 않고, 출간 종수를 끊임없이 늘린다는 것이다. 왜 명예도 돈도 안 될 뿐더러, 사회인이라 위상도 낮은 무명의 뒷것의 고달픈 여정에 마침표를 찍지 못하고 그토록 펜을 꼭 쥐고 있는 걸까? 사실, 필력이 오래인 필자는 글 재능이 별로다. 경지에 오르지 못했다는 뜻이다. 이 기간 동안 다른 직업을 선택했더라면 생활환경은 크게 달라졌을 거라는 아쉬움을 곱씹는다. 그래서 교류를 전면 끊어 아는 사람들이 한 명도 없는 문단처럼, 독자편에서도 필자의 이름을 아는 사람 애석하게도 극소수에 불과하다. 말하자면 혼자 글을 쓰고 그 책을 혼자의 독자로써 읽을 뿐이라는 것이다. 그러니 신간을 낸들 서점에서는 서고진열도 안 해 주고 일찌감치 책상 아래에 꾸려 박아 뒀다 치워버린다. 그럼에도 필자는 이와 상관없이 단편집과 산문『여름이 지나면 찬 가을 가깝고』를 한닐한시에 상재하게 되었다. 이어, 본래 한 권의 책에 묶어 담으려다 더욱 부쩍 낮아진 독서 실태를 감안하여 불가피 나누게 된 단편소설과 시집출간을 금년 중 목표로 준비하고 있다.

책도 여느 진열 상품처럼 쏠림 현상이 아주 심각하다. 시대적 편의가 많이 변했다고는 하나, 인력과 재정이 풍부한 대형출판사의 종수는 많이 판매 되는 반면에, 출판계 전체 90%을 차지하고 있는 소규모 출판사는 맥을 추지 못하고 있다.

헤아릴 수 없이 널린 문학상제도 운영의 문제점을 지적한다면 작품성을 떠나 자기 사람들을 뽑아 명예를 씌워준다는 것이다. 물론, 그 수상의 무게로 더욱 깊은 잠수의 작가 정신을 기르겠다는 다짐을 갖게 하는 것은 핵심 중에 핵심이다. 그러나 사회적 발언이 세질 세력만을 넓히겠다는 꼼수는 작품성을 하질로 떨어트리는 원인이 되기도 한다. 즉석에서 끓여 당장의 허기를 달래는 컵라면 정도의 수준으로는 대한민국의 문학발전은 요원할 수밖에 없다.

넘나드는 장르가 다양한 필자는 나이 많은 노인이다. 이 무게 탓에 더욱 좋은 작품에 매진하겠다는 결의를 다진다.

총 8편으로 구성된 이 작품은 세대 저편 이야기를 담았다. 또한 작가의 의도에 따라 얼마든지 장편소설로 이어질 수 있는 여지를 남겨뒀다. 지금처럼 잔병 없는 건강한 체력이 유지되는 한에서 그렇게 발돋움을 하고 있다.

금천구서재에서 2024+가을

-목차-

고아청년과 소녀 　　　　　　05

노시인 　　　　　　42

여류시인 　　　　　　51

강도신고 　　　　　　92

도피 　　　　　　136

혼전에 낳은 큰딸 　　　　　　170

우정의 배신 　　　　　　194

구름 너머 하늘 　　　　　　228

구름 너머 하늘

고아청년과 소녀
1

　견우성과 직녀성이 일 년에 한 차례 오작교에서 만나 그리었던 정을 푼다는 칠석七夕 새벽이다. 한 집에 여나 명의 부녀자들이 몰려있다. 참외, 오이 등 초과류草果類를 차린 상 앞에서 절을 하며 여공女功이 늘어나기를 비는 예를 올리고 있는 중이다. 부녀들은 그 차례를 마친 후, 음식상 위에 거미줄이 쳐져 있는가를 둘러볼 것이다. 이어, 하늘의 선녀仙女가 소원을 들어줬는가 여부를 알게 될 것이다.
　이상범은 우리의 민속놀이를 구경하는 일정으로 휴일을 보내고 있다.
　항시, 닫혀만 있어 아무도 살지 않아 보였던 어느 집 앞에, 모처럼 옷가지와 책들이 널려있다. 밝은 볕에 습기를 말리는 포쇄曝曬행례이다. 담장 바깥 철사줄에 호박넝쿨이 매달려있는 낡은 단층 기와지붕 집은, 오래토록 끼니 문제에 시달리는 가난한 서생원의 거처이다.
　농촌장터에 백종장百種場이 섰다. 백종씨름과 광대줄타기 놀이를 취흥으로 구경하는 사람들은, 백종일(7월 15일) 설을 맞은 농민들이다. 과일과 소채를 많이 낸 일손을 모처럼 놓고, 어떤 농민은 가면극인 박첨지朴僉知 일원으로 참여하였고, 어넌 농민은 쥬지기 제공한 소달구지를 타고, 강과 푸성귀가 지천에 널린 들판을 두루 구경하기도 한다. 비가 갠 하늘에 해가 드러나면서 둥실 뜬 흰 구름을 붉게 물들여놓았다. 야생의 우듬지 수풀너머로는 유순한 기후가 넘나들어 외경畏敬을 느끼게 한다.
　이상범은 달음박질로 약속시간을 간신히 지켰다.

"누나, 저 이발소 그만두고 공부에 전념하려고요.
 "진솔희는 긴 가락의 비빔냉면을 먹다 말고 고개를 쳐들었다. 긴 머리채가 어깨 넘어 등 뒤로 젖혀졌다. 남은 머리카락 일부는 왼손을 이용하여 귀 뒤로 쓸어 넘겼다. 직장에서 총명하게 굴렸던 눈의 힘도 뺐고, 화장기도 지워 한결 편해 보이는 민낯을 훤히 드러낸 그 표정에 왜? 질문이 떴다. 그 정색과 달리, 본 안색은 푸석푸석 가라앉아 있다. 오똑한 콧날 선에 핀 한 점의 검은 기미에서도 생기는 찾아볼 수 없었을 뿐더러, 정신력도 가뿐하게 풀어있었다. 육일 간의 중압감에서 놓인 직장의 정기휴일이라, 밀어뒀던 잠을 푹 자둔 덕분이었다. 역으로 상범은, 일주일 중 손님이 제일 많아 힘들었던 일요일을 보낸 뒤라, 피로도가 극에 달해있는 상태이다. 손가락 사이마다 잘 벗겨지지 않는 비눗물 기운이 새하얀 색상으로 덧칠되어 있었다.

 "공부를 해야 할 사람은 공부를 해야겠지. 문제는 일가붙이 한 명 없다는 너의 메마른 광야 같은 환경이 걱정되는구나. 먹고사는 문제가 당면의 현안이잖니. 덧붙여, 먼 꿈보다 바로 눈앞인 현실을 좇는 것이 낫지 않을까 싶네."

 "주구장창 옳은 말씀입니다. 그렇지만 나이 들어 공부한다면 그만큼 늦기도 하나, 무엇보다 머리회전이 캄캄 졸병처럼 늦어빠져 도통 공부가 들어오지 않는다는 얘기, 이 과정을 먼저 겪었다는 선배들로부터 숱하게 들었어요. 누나, 저도 이 나이에 항상 머물러 있지 않아요. 이미 대학공부를 시작한 제 또래들에 비해 한참 늦기는 하였으나, 재수를 한다 치고 이년 후 시기와 맞추려고요."

 "열의가 대단하구나. 우리 엄마의 소곳한 바느질과 길쌈에 매달려 사는 본보기가 못내 미워, 우격다짐으로 주판 셈 공부가 많은 상고졸업 후 은행에 취직되는 행운을 얻었다마는, 앞으로는 대학졸업자가 아니면 취직은 힘들 거라는 느낌을 받고 있어. 그래, 내가 경제적 도움은 주지 못해도 꿈을 향해 달리 거라. 가다 힘들어 울고 싶어지면 누나가 안아 줄게."

"고아의 힘든 여정은 돈이 있다 없다 떠나서, 외로움을 달래줄 품앗이가 없다는 원한이에요. 누나의 그 말씀이 그래서 얼마나 큰 지주支柱가 되는 줄 몰라요."

"눈물이 많겠구나."

"따뜻한 위로 한마디 들었을 때는 가슴이 뭉클해지는 눈물이고, 밑천이 아무것도 없다며 지정머리로 낮춰보는 눈매에서 흘려지는 눈물은, 뼈 깎이는 비통이라 이가 악물려요."

"어차피 세상은 자신의 힘으로 일어나고 앉아야 하니, 쉽지 않는 앞날에 위로가 되었으며 한다." 진솔희는 말을 잠시 끊고 눈동자를 더욱 키웠다. "천문학자들의 연구발표에 따르면 우주 별 수 70억 개라는 데, 그 중에 네 별 하나쯤은 있을 게 아니니."

"저는요 그 수많은 별들 속에서 누나의 별을 찾고 싶어요."

상범의 천진난만한 말장난 같은 전향적 농담에, 솔희는 심금이 짜릿해지는 감정을 표출했다. 얘가 이성의 연민대상을 나로 정한 것이 아닌가? 싶은 인상을 그려냈다.

집과의 거리가 짧아 슬리퍼를 신은 솔희는 맨발이었다. 발가락 생김새가 특이했다. 엄지발가락이 둘째발가락 쪽으로 휘어져있다. 은행문턱을 넘나드는 불특정 다수의 고객들을 일일이 대면해야 하는 직업상, 말끔한 정장과 볼이 좁은 하이힐을 근무 내내 신어야 하는 의무감에서 변형된 무지외반증의 질환이었다.

"너 다방 가 봤니?"

진솔희가 장난기어린 미소를 살짝 지으며 맨 입술

을 열었다.
 "아니요."
 상범은 대답과 동시에 고개를 저었다.
 "명동에는 낭만이 짙은 예술인 음악다방이 있다지만...." 업무 볼 시의 댕글댕글 눈매를 되살려낸 목청이 낭랑하다. "이유 불문하고 미성년자는 어른들의 모임 장소인 다방출입을 원칙적으로 막는 게 바른 선도이긴 하나, 누구는 어른이 되면 제일 먼저 구경하고 싶다던 데, 넌 그런 생각은 않고 있는 거지?"
 "지금 현재는 그래요. 그렇지만 모르지요. 생각은 언제나 같을 수 없다던데요."
 "어떤 곳인지 구경은 하고 싶다는 뜻으로 들리는데, 한번 가 볼래? 거기서 커피든 생강차든 마시면서 어른체험 미리 해 두는 것도 나쁘지 않을 거다."
 "거기에 들어가려면 보호자 동반이 필요하잖아요."
 상범은 호기심을 키웠다.
 "내가 그 보쌈 역할을 맡을 테니 걱정 말아라."
 "누나는 믿지만, 천지분간이나 행동이 미숙한 제가 혹 어른들의 나쁜 습성을 본받기라도 한다면, 그 책임은 누가 져야 하나요?"
 "당연히 선택권을 가지고 있는 너지." 이렇게 당당하게 일러준 솔희 표정에 일순 빈정거림이 떴다 사라졌다. "넌 어쩜 그리도 순지하니? 앞뒤가 꽉 막힌 벽창호 같다는 뜻이야. 세상을 곧이곧대로 믿어서는 절대 안 된다. 호락호락 무턱대고 마냥 내줄 것 같은 너를 보면, 제일 먼저 속을 팔자로구나 생각을 떨쳐낼 수가 없어요. 짐승들에 먹잇감으로 잡혀 먹히지 않으려면 짱꼴라처럼 독기를 물어야 해. 그래서 세상을 넓게 배우라는 뜻으로 다방얘기를 꺼낸 거다. 너, 이 말 들어본 적 있니? 이는 이로, 눈은 눈으로, 발은 발로써 되 갚음하라"
 "초등시절에 들어본 성경 이야긴데, 누나도 교회 다

니세요?"
 "가끔!"
 술도 파는 음식점 분위기는 점차 취기가 소연하게 감돌았다. 삼겹살에 술을 곁들인 사인의 식탁에서 별안간 고성이 내질러졌다. 식탁에서 엎어진 빈 소주병이 데굴데굴 구르다 시멘트바닥으로 떨어지면서 깨지는 소리를 냈고, 두루마리 화장지가 사람의 면상에 던져지기도 하였다. 음식물그릇들이 어지럽게 널려있는 식탁을 사이에 두고, 체구가 외소한 사람과 장발자 간에 멱살잡이 싸움이 벌어진 것이었다. 체력이 밀리는 작은 체구 자는, 힘이 센 장발자의 식탁 밖 강제유도에 끌려 나가지 않으려 뒤축을 높이 쳐든 구둣발로 바동바동 버티고 있었다. 주먹질이든 발길질이든 한 방에 쓰러트리는 의도가 여의치 않자, 상대방의 목덜미를 옥죈 장발자의 입에서 쌍욕이 터졌다.
 "중삐리 주제에 고삐리에게 대드는 네놈은 위아래도 없는 씨나락까 먹는 각다귀판에 불과한 양아치 놈이구나. 에라, 중삐리 놈아, 시퉁머리 쌍간나 새끼야!"
 장발이 퍼붓는 욕설의 침 파편을 그대로 맞기만 하는 얼굴에 일격의 주먹이 가해졌다. 왼편 광대뼈 부위였다. 겁 많은 작은 동물과의 유사성을 지닌 체구 작은 자의 얼굴이 오른 편으로 홱 돌았다. 그러면서 맞잡이 했던 손을 놓쳤다. 그 손은 눈 없이 다시금 재빨리 상대방의 멱살을 움켜쥐었다. 질 수 없다는 오기가 대단한 외소자의 멱살잡이는 상대방의 주먹질을 막아보겠다는 일종에 방어인 셈이었다. 그의 힘 겨워하는 거친 숨결은 장발자보다 더 격심했다.
 두 사람의 도를 넘은 치열한 싸움을 더 이상 구경만 할 수 없게 된 네 일행 중 한 명이, 자리에서 일어나 개입하여 적극 뜯어 말렸다. 포마드 머릿결이 전등불빛에 번쩍거리는 감색정장의 신사였다. 훤칠한 신장에 운동으로 다져진 근육질 몸매는, 날렵하게 호리호리했다. 서른 중반의 그 신체에서 생활안정이 돋보였다.

"그만둬! 중삐리, 고삐리 통수 따지는 개판의 치졸을 떠나서 너희들은 초등학교동창들이 아니더냐. 그래, 너희 둘 다시는 보지 않겠다면 여기서 결판을 지어라. 동시에 너희 둘 명단은 우리 명부에서 지워질 거다."

동창의 한마디에 외소 측에서 먼저 멱살잡이를 풀었다. 비록, 시비의 빌미는 제공하였으나 사태가 이렇게까지 커질 줄 미처 몰랐다는 싸움만은 피하고 싶었기에, 이참에 내심 기대했던 기회를 살려낸 것이었다. 장발자는 동창의 말리는 손길을 거칠게 쳐냈다. 상대방을 굴복시키지 못했다는 증오심의 눈알을 부라리며 쌕쌕거리는 기세를 꺾을 줄 몰랐다.

"형기야, 성질 그만 내려놓고 앉아라."

의자에 등을 붙이고 있는 곱슬머리 친구가 옆에서 장발자의 팔목을 아래로 끌어당겼다. 거리감 없는 자연스런 언행으로 미뤄, 신뢰가 깊어 속 깊은 이야기를 나눌 정도로 사이가 매우 우정하다. 장발자도 마침내 멱살잡이 손을 거둬들였다.

장발자가 자리에 앉자, 곱슬머리가 등을 두들기며 채운 술잔을 권했다. 양인 똑같이 혈기를 주체하지 못하여 벌어진 싸움의 발단은, 가정 형편상 중학교밖에 나오지 못한 철공소직공 외소 인이, 두 남매를 낳아준 아내(가인)를 버리고, 띠 동갑의 여자를 데리고 사는 것은 부도덕한 간통에 해당된다, 라는 책망의 지적에서 비롯되었다. 이에, 첩 사이에서 한 딸을 낳은 장발이 격분을 참지 못하고, 의자를 세차게 뒤로 밀치면서 대판싸움이 붙은 것이다.

"나가자. 시끄럽다!" 식탁의자에서 등을 떼면서 벌떡 일어난 솔희가 동생뻘 상범의 왼 손목을 잡고 입구로 이끌었다. "조금 머리가 컸다면서 저리 싸움질이

나 하는 꼴불견 보여서 미안하다. 사람들의 좋은 면을 봐 도냐 감수성이 예민한 너도 착한 성질을 본받을 터인데, 다양한 여러 계층이 어울려 사는 사회이니 그게 쉽지 않구나. 아무튼 이런 정글사회에 먹히지 않으려면 물심양면의 힘을 길러둬야 한다. 우리나라의 경제구조는 서양의 자본주의 틀이거든."

솔희는 은행창구에서 본 단면의 상냥한 인성과 달리, 거리행동은 쾌활하게 자유하다. 잘 웃고 잘 떠들었다. 크게 흔들어 댄 몸짓으로 마주 지나치는 사람의 어깨와 부딪쳤는데도, 모르는 척 외면하는 이기심도 드러냈다.

촉수 낮은 전등의 붉은 불빛이 은은하게 흐린 다방 안에는, 자욱한 담배연기로 숨이 막힐 지경이었다. 상범도 담배 피운 경험이 있었다. 어렸을 때, 고아동료들과 단체로 쓰는 방구들을 데우는 아궁이 불을 때면서, 손바닥으로 맞비벼 가루를 낸 마른 나뭇잎을 누런 갱지에 말아서 장난삼아 피워봤었다. 그 맛은 생연기 흡인이라 혀가 갈리는 기분에 아리도록 썼었다. 상범은 연시 기침을 해댔었다.

빈자리가 없을 정도로 손님은 만원이었다. 비쩍 마른다리를 포개 얹은 혼자 손님은 성냥개비로 집 모양을 쌓고 있었고, 백색양복을 차려 입은 콧수염신사는, 화장이 짙은 마담과 농지거리를 주고받는 망중한을 즐기고 있었다. 마담이 자리에서 일어나면서 두 손님을 반겨 맞았는데, 자리를 두루 찾다 혼자 손님에게 백색양복 신사 쪽으로 옮겨달라는 양해를 구했다. 입가로 꼬나 문 모락모락 담배연기로 매운 눈살을 잔뜩 찌푸린 키다리손님은, 젊은 아가씨와 솔잎대강이 애송이를 차례로 돌아본 후 마담의 요청을 순순히 받아들였다. 나이든 마담은 그 보답으로 안으로 들어가는 손님의 허리춤을 잡고 곁에 앉으면서, 그의 손등을 쓰다듬는 미소로 기분을 맞춰줬다.

앞전의 손님이 남긴 성냥개비를 둥근 갑에 아무렇게나 쓸어 담고, 줄무늬가 새겨진 사기잔을 금속 쟁반에 받쳐 가져온 종업원은 세련되지 못한 시골 노처녀였다. 두터운 입술 안 치아로 씹어대는 껌 소리가 밉상하게 방정맞기 짝이 없으면서, 교육부재인 무지함을 그대로 드러낸 촌뜨기 주제를 덮으려 화장을 짙게 한 그녀가, 두 손님 앞에 각각 놓은 잔속의 물질은 검붉은 보리차였다.
  고개를 쳐들고 눈치 없는 그 종업원의 우둔한 시선을 받은 솔희는, 데운 우유와 커피를 주문했다.
  "누나, 머리가 어지럽고 속이 미식 거려요."
  소파에서 등을 떼고 테이블에 두 팔을 얹은 상범이 상을 찡그리며 작게 속삭였다.
  "담배냄새 자극인가 보구나."
  솔희는 즉각 반응을 나타내면서 옅은 미소를 머금은 눈빛을 반짝거렸다.
  "그도 그렇지만 졸려요."
  "자리에 앉자마자 그런 시시한 말을 하며 어떡하니. 졸리기는 누나도 마찬가지란다."
  도배벽면에 걸린 커다란 추시계 두 바늘이 열한시 이십분을 가리키고 있었다.
  "나가요. 벌써 열한시 이십분이에요. 통행금지 시간이 얼마 남지 않았어요. 대신 바래다 드릴게요."
  "우리 집까지...?"
  "네."
  주문 차를 단숨에 비운 두 사람은, 건물 내 전등들이 하나 둘 꺼져가는 거리로 나왔다. 진솔희 셋집은 삼거리 한국모방 뒤편이었다. 가로등이 비추는 담장 골목을 지나가야 했다. 대문 앞에 다다랐다. 가로등불빛을 여리게 받고 있는 솔희가 알맞게 살이 붙은 신체를 돌리며 웃음을 지었다. 양 볼에 보조개가 새겨졌다.

"고마워! 바래다줘서. 남자금단의 집이라는 거 잘 알지. 재워줄 수 없으니, 통행금지에 걸리지 않으려면 달려가야겠구나.

"일 미터에 오십초 잡고 백팔십 초면 족해요."

"빠르네. 잘 가!"

다음날 일을 마친 상범은 머리 결이 흩어 질 염려가 없는 기름머리사장에게 그만두겠다는 말을 꺼냈다. 배불뚝이 사장은 이맛살부터 찌푸렸다.

"앉아서 얘기하자."

상범은 손님들이 차례를 기다리면서 신문을 들척이는 출입구 우측벽면 편으로 고정한 긴 나무의자에 앉았다.

"그만 두려는 이유가 뭐니?"

아쉬움이 배어있는 목청은 여느 때와 달리 신중했다.

"공부하려고요."

상범의 활달한 자신감은 확신에 차 있었다.

"사법고시 준비냐?"

"그렇지 않습니다. 아무튼 공부를 하면서 차츰 진로를 찾아보려고요."

"하긴, 이 일은 잠이 모자랄 정도로 일 시간(14~15시간)이 길어 공부한다는 건 거의 불가능에 가깝지. 이발 기술은 배우려하지 않고, 틈만 나면 책을 펼쳐드는 너의 태도를 미루어 합당한 결정이라 하겠으나, 재고할 수 없겠니? 솔직히 난 네가 필요하단다. 머리 잘 감긴다는 손님들의 칭찬을 넘어, 넌 사람의 기본이 됐어. 첫째 마음 바탕이 착해. 그래서 말인 데, 제자로써 나를 더 돕고 언제인가 이 가게를 넘겨받아라."

상범은 보육원 형의 소개로 첫발을 디딘 처음 이발소주인의 모습을 설피 그렸다. 일제강점기 때, 일본인 밑에서 이발 기술을 익힌 콧수염노인은, 1945년 8월

15일 대한민국은 독립해방, 일본은 천지가 뒤바뀐 패망의 날에 성난 조선인들에 맞아 죽을 수 있겠다며 도망치듯 고국으로 돌아갈 수밖에 없게 된, 그 일본인으로부터 이발소를 물려받은 백발노인의 추억이다. 자신을 든든하게 밀어줄 부모 없는 척박한 고아생활이 언제 끝날지 모를 고생으로, 그 백발노인의 운수대통을 내심 부러워한 적이 있었다. 적어도 먹고 사는 걱정은 않고, 육신의 안일을 영위할 수 있다는 안심이 부모 대등의 존경을 보내다.

그렇지만 공부는 꼭 해야만 한다는 열망에 불타 있는 현재는, 말을 잘 들어 좋게 봐주는 솔깃한 잔정에 꿈을 접어서는 안 된다. 이삼년을 준비로 벼려온 희망의 끈이다.

"제가 단순히 먹고 입는 일락에만 매달려 있다면, 한 가게 사장쯤에서 만족하겠지요. 저의 공부의지는 이상의 큰 꿈보다, 인생은 무엇인가 질문을 좇는 데 주안점이 맞춰져 있습니다."

"책을 많이 읽더니 제법 철학적 사고가 뛰어나구나. 알았다."

며칠 뒤 대신 일할 까까머리 촌놈이 왔다. 상범은 이년 여간 참 많은 편의를 베풀어준 사장과 아쉬운 작별인사를 나누었다. 동시에 총 오년여의 이발소 생활도 모두 접었다.

2

서울 변두리에서 남은 방을 세 가구에 내주고 용돈벌이 하는 집주인은, 후년에 고희를 맞는 할아버지였다. 상범의 단칸방은 할머니의 일터인 부엌방이었다. 입·출입 때마다 반드시 거쳐야 하는 부엌방에서 바깥을 내다 볼 수 있는 통로는, 서편창문이 유일하다. 그

직사각형 모양의 방 구조 안에는 벽 못에 걸린 옷 몇 벌이 고작이다. 취사도구는 할머니가 따로 구분해서 떼어준 작은 양은냄비, 밥그릇 국그릇 외에 숟가락, 젓가락 각 한 짝으로 쓰면 되나, 세간 하나 없이 허한 방구석에 개어있는 살림품은 여름이불 한 채뿐이다. 주변 환경은 해발 낮은 산을 뒤편으로 두고 있기에 공기는 깨끗하게 맑다. 또한 주거지 위치로는 동네 끝머리라 다니는 인적이 드물어 정적이 깊다.

정착한지 일주일 만에 동네를 둘러보는 외출에 나섰다, 이발소 손님이었던 인생선배를 우연히 만났다. 안색이 까무잡잡한 그는 헌법에 관한 두꺼운 책을 옆구리에 끼고 있었는데, 사법고시 준비생임을 은연중에 내비쳤다.

이집에는 동네 학교를 다니는 계집아이 한 명이 있다. 할아버지 내외의 외손녀이다. 가는 손목의 끝 신체인 열 손가락 전체는 길고, 손금이 복잡하게 얽혀있으면서 목선은 짧은 전영화 계집이다. 학교에서 돌아온 오후에는 놀이 감도 함께 놀아줄 친구도 없는 외로움을 달래려, 외조부에게 곧잘 응석을 떨며 귀찮게 까부는 장난기 많은 소녀이다.

부엌방에서 나와 거실마루에 오른 상범을 본 계집은, 엎드려 숙제하던 연필을 놓고 상체를 바싹 젖혔다. 그 한편에서는 엄지손가락에 낀 골무 손으로 구멍 난 양말을 깁고 있는 할머니가 있었다. 계집의 뒤쫓는 시선은, 상범이 신발을 신고 벽돌건물 모퉁이를 돌아 보이지 않을 때까지 거두어지지 않았다.

상범이 뒷산 산책에서 돌아온 시각은, 노부부의 저녁식사 때였다. 노부부는 스물 한 살의 청년을 밥상머리에 앉혔다. 계집과 할머니 사이였다. 계집의 표정이 밝아졌다. 계집은 밥을 먹는 둥 마는 둥, 홀쭉히 마른 몸을 비비 꼬며 어리광을 부렸다. 할머니가 "밥 안 먹고 뭐하는 짓이니...." 주의에도 아랑곳 않고, 상범의 밥그릇에 제 밥을 푹 떠 얹고 "많이 먹어"했다. 티 없이 귀여웠다. 그 계집이 마루와 면한 부엌문턱을 밟고 서서 방주인을 부르는 호칭은 골방이었다.

학교에서 돌아오자마자 부엌방문이 열려있으면, 제멋대로 들어와서 상범의 독학공부를 방해하기도 하였다. 아이들을 좋아하는 상범은, 그때마다 작은 체구의 겨드랑이를 간질이며 계집으로 하여금 마음껏 떠들며 웃게 만들었다. 그 몸을 끌어안고 무릎에 눕혀 코를 살짝 깨무는 장난도 쳤다. 상범이 계집에게 기대를 건 혼자만의 은근한 소망은 오빠 소리였다. 그렇지만 틈만 나면 앞에 앉아서 몸 장난을 거는 계집의 호칭은 늘 골방이었다.

새벽잠이 없어 일찍부터 삼베옷을 입은 노인이, 집 앞 텃밭에서 호미 손으로 배추밭을 매고 있다. 이와 별도로 고추, 상추, 가지 따위를 기르는 텃밭 하나가 더 있다. 그 둘레를 감싼 들풀 잎들에 이슬방울이 더러 맺혀있었다. 상범은 눈길을 맞춘 집주인에게 아침 인사를 드렸다.

"어디 가니?"

인생의 끝자락에 닿아있는 노인의 목소리는 잠겨있어 가늘었다. 그렇다고 일명 칠면조주름이라 불리는 목살이 늘어진 것만큼 생기마저 약해빠진 것은 아니었다. 그 속에는 고집스러운 삶의 애착이 묻어있었다.

"예, 책 좀 사려고요."

"상당히 이른 시간인데, 가게가 열렸겠니."

일반서점으로 이해한 모양이다.

"새벽부터 공부하는 학원인 걸요."

"기술 배우는 학원이냐?"

"아니요. 대학 들어갈 검정고시 학원입니다."

"그래, 공부가 남는 거다. 난 말이다 일제 놈들의 탄압에 소학교도 제대로 다니지 못한 무식쟁이로 남

앉지만, 나라 장래가 새파랗게 젊은 너희들의 어깨에 달려있으니, 공부로 실력을 키워 염치없으나 내 몫까지 합쳐 잘 살아라."

노인의 나라사랑 이야기는 뜬구름의 역설처럼 들렸다. 상범은 속을 알지 못하고 혼자서 흥분을 떠는 노인과의 머나 먼 세대 차를 감지했다. 그러나 내색을 낸들 소용이 없을 성 싶다.

"신분증 주세요."

접수계 여자가 불쑥 말했다.

"그런 거 없는데요."

"우리나라 사람 아니세요?"

"아가씨와 똑같이 대한민국 국민인 걸요."

"그럼, 왜 신분증이 없는 거예요? 이런 신분증이 없으면 입학할 수 없으니, 돌아가셔서 가져오세요."

접수계 아가씨는 손지갑에서 꺼낸 자신의 주민등록증을 들어 보이며 국민성을 강조했다. 검정고시학원 등록 전부터 장벽을 목도한 상범은 극도로 혼란스러웠다. 주체를 잃고 말았다. 진즉부터 신분증 소유인지는 하고 있었으나, 주거부정자나 다름없는 고아의 처지라 제때 신고하지 못한 결과는 이토록 침통한 암울함을 안겨줬다. 당초의 형통생각이 앞뒤 구분 없이 엉망진창 흐트러진 탓에 일정표 수정은 불가피해졌다. 그는 접수마감 기한이 내일까지인 점을 감안하여 일단 연기하는 쪽으로 가닥을 잡았다. 대신, 그 준비 차원에서 과목별 교과서를 일괄 구입했다.

국민은 그 이름이 국가에 등재되어 있을 경우에 한해서 신분이 보장된다. 나라의 국적을 취득하려면 먼저 거주하고 있는 집 주소가 있어야 하고, 그 영위의 대위를 위해서는 곧 생활안정인 직업을 가져야한다. 그의 인도를 누구로부터 받지 못하는 고아는, 이 기반이 아주 취약하다. 돌이켜보니 병역의무 연령을 이미 넘긴 나이다.

다음날 일찍 그는 관할구청 호적계부서를 찾아 상담을 했다. 담당직원은 절차방법을 종이에 적어줬다. 첫 번째로 보증인 이인 선정이 필요했다. 그는 그 대상을 선택하고 버스에 몸을 실었다. 상범이 유, 초등시절을 보낸 보육원은, 김포 오장동을 거쳐 강남구 포이동산 23-1번지에 정착해 있었다. 원아들의 머리를 깎아주려 한 달에 한 번꼴로 갔었던 터라, 낯익은 보육원총무는 원장의 친동생으로써 그 일을 보면서 방위병防衛兵으로 국방의무를 수행하고 있었다. 출퇴근 형식을 띤 동사무소 근무였다. 상범과 동배인 부산출신 총무는 기꺼이 보증인이 되어줬다. 이발소사장님도 자신의 주민번호를 기재하며 격려했다. 지방법원, 관할 파출소, 구청 등을 오가며 근 두 달 만에 무적자신분을 벗었다. 대한민국국민인 주민등록증을 마침내 손에 쥐었다

3

　사회는 밤이 아니면 절대 볼 수 없는 사람들이 있다. 도로변 삼층 건물 이층에 자리 잡고 있는 강의실 의자에는 두 사람이 앉아있었다. 창가 쪽 가까이에 붙어 앉은 사람은, 멍한 눈초리로 전면 칠판만을 응시하고 있는 데, 혼자만의 실의에 찬 복잡한 생각을 하고 있는지 찡그린 인상을 펴곤 하는 표정기복이 불안정하게 과하고, 복장이 남루하면서 달창난 운동화를 신은, 광대뼈가 툭 불거진 부랑아 같은 한복판 사람은, 연예인기사가 많이 실린 오락잡지 주간 선데이를 들척거리며 있었다. 상범은 출입문과 가까운, 거의

뒤편인 이인용책상에 어깨가방을 풀어놓고 곧장 강단무대 편으로 몇 걸음 이동했다. 그곳에서는 등 굽혀 인쇄물을 정리하는 백발노인이 있었다.

"안녕하세요!"

"응, 그래. 이거 각 책상에 일부씩 놓아주게."

목소리만으로도 누구인지 안다는 연세 높은 노인은, 얼굴도 들지 않고 인쇄물을 나누는 정리를 유지하면서 말했다. 목선을 타고 울린 목소리는 건조하다.

상범은 일부에 사 페이지, 총 사십 부는 족히 되는 분량의 지그재그 인쇄물 중 십 부 정도만을 남겨두고 두 손으로 받쳐들었다. 한 줄에 열 개 총 세 줄인 이인책상을 다니며 이부씩 놓았다. 창가 편 사람은 오늘의 강의 주제를 요약한 인쇄물을 미리 받아들면서 시름에서 빠져 나왔고, 저 혼자 주변의식 없이 시들방귀 잘 웃어 가벼운 행실자임을 여실히 드러낸 사람 역시도, 주간잡지를 밀쳐내고 인쇄물을 들여다본다.

상범의 배포 일이 거의 끝나갈 즈음에 얼굴생김, 연령, 신분 등이 다양하게 다른 수강생들이 속속 등장했다. 강의실 내는 사람들의 인내서(忍耐心)로 가득 넘쳤다. 그들의 공통점은 배고픈 보릿고개를 넘자는 경제성장 지상주의로, 시커먼 굴뚝매연과 동식물들의 서식지인 자연 생태계를 독재개발로 파헤치며 말려 죽이는 사회전체 분위기에, 먹고 사는 문제가 더욱더 어렵게 오그라드는 민생고의 해답을 찾아보려 인문교

양 청강생이 되었다는 점이다. 누구는 무직 상태로, 누구는 고물수집으로 살아가는 인생 밑바닥 사람들이다. 이렇게 구차한 그들에게 미래준비인 공부, 또는 삶의 질을 높이는 관련서적을 열심히 파고들어 전문성을 기르라고 외치는 인문강의는, 어쩌면 공허한 메아리일 수밖에 없을 터이다. 생활형편이 활짝 열린다는 보장은커녕 되레 심심하기 짝이 없는, 운신을 좁히는 졸음만을 유발시킬 뿐이다. 써먹을 쓸모의 증명이 안 보이니 앞이 캄캄하기는 매일 반이다.

게다가 일반시민들과는 거의 무관한 군사정부의 7·4남북공동성명 이후, 남북통일의 고무를 한껏 띄운 실향민 일가 측의 한편으로, 그 여론을 맹렬한 비판으로 뒤엎는 야당 및 재야세력의 국민적 합의 없이 발표된 밀실정책은 인정할 수 없다는 극력반대로 갈라져있는 상황이다.

그 반대세력을 제압하려 삼선개헌을 밀어 붙여 기어이 목적을 달성한 군부통치권 층에서, 어수선한 사회 분위기 확립 차원에서 아마도 조만간 계엄령을 내릴 수 있다는 서슬 퍼런 소문도 돌고 있는 형국이다. 그 단적인 표면이 불심검문 강화에서 이미 나타나고 있다. 반동분자, 실내외 모임 주동자, 머리 긴 장발자, 정부비판자들이 암암리에 남산 중앙정보부에 끌려가 모진고문을 당하고 있다는 유언비어가 두루 퍼지고 있는 실정이다. 수강생 한 명이 장발단속에 걸려 며칠 간 유치장신세를 지기도 했었다는 정황도 있다.

요 주의 감찰대상은 야당 강성의원 및 정치성향을 띈 교수들과, 현 체재방향은 장기집권 기반 닦기 아닌가? 기사를 연일 보도하는 언론인, 독재항의를 미술, 문학 등으로 표현하는 예술인들이 종횡으로 포함되었단다. 거리미관을 해친다는 부랑아단속도 정치·정책적 목적을 달성하기 위한 일환으로 남용되고 있기도 하다는 여론도 만만치 않게, 입에서 입으로 전해지고 있는 실정이다.

출석인원 35명 수강생들의 먼지 피우는 어수선한 분위기가 가라앉기를 잠자코 기다렸던 백발노인이 이윽고 백목을 쥐어들고 흑판에다 '내일의 희망'의 큰 글씨를 남겼다. 그리고는 마른 몸매를 기계적으로 천천히 돌려, 주름투성이 손을 오동나무 강대상 양 모서리에 얹었다. 일동을 쭉 둘러보는 시선이 침침한지 자주 깜박거렸다. 두통이 잠깐 스쳤는지, 관자놀이를 지그시 누르는 동작도 보였다.

서너 중견기업체의 후원 하에 대학 강단에서 정년퇴직한 전식교수 몇몇이 뜻을 모아 세운 인문학강좌는, 일주일에 한 번씩 열린다. 수강생 대상은 딱히 정해두고 있지 않지만, 대체로 사회적 영향력이 미미한 영세민들이 주축을 이루고 있다. 생선장사, 풀빵장사, 구멍가게 사장, 무직자, 교도소출소자, 전기누전이 원인인 집 화재로 얼굴화상을 입은 박색여자 등등이다.

 오늘의 강사는 국립대학에서 철학을 가르쳤던 서민수 전 교수이다. 그를 따르는 남녀제자 두 명이 벽면을 등진 뒤편 보조 철제의자에 앉아있다.

 "우리는 경제변화가 심한 시대를 살아가고 있습니다. 원시의 밀림이 해체되면서, 그 자리에 대중이 쓸 대량의 물품을 생산하는 검은 연기 내뿜는 공장들이 들어앉는 한편으로, 덩달아 사회범죄도 들끓고 있습니다. 상하층 계층을 떠나 사기, 절도, 방화, 인명살생 외에 위조지폐, 한 기업에 힘을 몰아주려 애쓰는 정치인들의 뇌물정치 사건 등은, 나라의 기반을 약화시키는 사회적 비리상이 아닐 수 없습니다. 정의를 바로 세우는 법보다 돈을 우선순위에 둔 나라는 모래위의 성이라, 홍수가 나면 동시다발로 무너지는 멸망에 이르게 됩니다.

 사람이 사람을 불신하는, 즉 교류의 낭만이 메말라지는 사회는 풀 한포기 나지 않는 사막이나 다를 바 없습니다. 무슨 일이든 정도를 벗어나면 화를 입기 마련입니다. 원칙을 생각해 봅시다. 개과의 동물들을 가만히 살펴보면, 사이가 좋을수록 양 다리를 앞으로 뻗고, 상반신을 낮추는 인사놀이를 하는 것을 알 수 있습니다. 이 경우를 우리 사회로 끌어들여 생각해 봅시다. 사회놀이의 중심은 공평입니다. 서로의 협력이 모아져야 평준한 중량 지속이 가능해지는 사회놀이에서, 한쪽이 압도적이면 불공평한 조건이 껴 놀이가 성립되지 않습니다. 물고기는 물과 싸우지 않고, 개미와 진딧물은 공생으로 묶여있습니다. 여기서 우리가 얻어야 할 답은, 다음 달 거래인 선한先限을 남겨야 한다는 겁니다. 누구에게는 실체 없는 그저 흐르는 시간일 터이고, 누구에게는 일초의 간격으로 웃고 우는 운명의 시간, 과연 누구의 손을 들어줄까요.

해가 서녘에 지는 이유는 뭘까요? 하루를 밝게 지켰던 아름다운 노을빛이 서녘으로 저문 이후부터 만물은 휴면에 들어갑니다. 깊은 휴면의 이득은 두말할 나위 없이 신체 안위입니다. 저를 포함하여 일상생활을 해 나가시면서 여러 번의 체험으로 겪었을 잠 부족은, 식욕의 원기를 떨어트리는 원인이지 않습니까. 몸으로 배우는 체험이야말로 구체적이며 실체입니다. 현실적이지 못한 것은 그저 지나치는 겉 치례에 불과합니다. 보편을 강조하는 진리일수록 마음 판에 깊이 새겨집니다.

비록, 사회가 경제개발의 먼지를 대대적으로 일으킨다 할지라도, 심각한 사고의 큰 고민으로 받아들이지 않고, 대수롭지 않게 수용하는 넉넉한 건강은 우리 모두에게는 필요합니다. 그 건강에 떠받쳐진 몸과 마음으로 아침태양을 가슴 크게 펴고 맞아 보세요. 뭔가 좋은 일이 생길 것 같다는 뿌듯한 희열, 온갖 생물을 표용하고 푼 드넓은 감흥, 구름 위에 오른 최상의 기쁨은 하나님의 최고의 선물이 아닐 수 없습니다.

똑같은 여건 속에서 갓밝이 태양을 바라보는 느낌은 저마다 다릅니다. 누구는 큰 축복이 기대되는 하루의 출발이라 할 터이고, 누구는 작물을 자라게 하는 고마운 빛이라 할 것이고, 누구는 눈이 너무 부셔 아무것도 볼 수 없다 할 것입니다. 이 세 부류 중 여러분은 어느 편을 선택하시겠습니까? 인류 모두에게 동등하게 부여된 빛나는 감동, 그러나 몸과 마음과 영혼이 건전한 자만이 안아 누릴 수 있는 놀라운 소망, 이런 기회가 여러분들의 몫이 되기를 기원합니다.

첫 사람 아담의 선악과 범죄로 인류는 행·불행으로 확연하게 나눠졌습니다. 죄의 근원인 탐욕, 미움, 질투, 거짓증언, 음란, 사기, 폭력·폭언 등이 판을 치는 속에 긍휼, 이웃애정, 다른 생명을 소중히 섬기는 선행이 함께 공존하는 것이 현 사회의 모습입니다.

사람의 본성이 착 하냐, 악 하냐 문제의 질문은 이론이지, 실상의 현실은 아닙니다. 둘러싸인 환경이 어떠하냐에 따라서 어떤 사람은 인명을 해치는 악랄한 영악을 기르고, 어떤 사람은 타인의 아픔을 나의 아픔으로 슬퍼하는 착함을 배웁니다. 악행은 사회에 일시적 경각을 불러일으키지만, 주변 사람들에게만 고작 알려지는 조용한 선행의 여운은 아주 깁니다. 그러므로 사회 안정은 편향 없는 착한 사람들이 많을수록 든든해지는 거라고 봅니다.

　사회는 인신구속 즉시 세상과 단절되는 과도한 범인이 이끄는 것이 아니라, 비좁은 단칸방에 들일 수 없어 통로에 내놓을 수밖에 없게 된 살림살이들을 방해거리로 여기지 않고, 말없는 아량으로 비켜가기에 이웃 간에 시비가 붙지 않는 선량 인들이 사실상 이끌어 갑니다.

　보수에 가까운 종교는 인문을 가르칩니다. 기독교 철학의 주요 주장은, 인간능력의 한계는 하나님의 계시를 통해 극복된다(폴 틸리히 20세기 개신교신학자)로 요약됩니다. 결코, 특정 종교소개라 오해하지 마시고, 아무튼 종교는 사람의 본질을 선함으로 인도하는 힘이 굉장히 강하다는 점입니다.

　우리는 흔히 우러러 보는 번듯한 직업만이 사명이라 합니다마는, 이 시선은 바르지 않음을 환기합니다. 보따리장사, 한가하도록 시간이 남아도는 사람일지라도 내일을 준비하는 차원이라면, 그 방면의 예비사명자로 볼 수 있습니다. 왜? 꿈꾸는 사명이 곧 희망이요, 살아 행동하는 생명은 곧 사명이기 때문입니다. 덧붙여 수많은 종자 씨를 품고 있는 흙은, 풀과 덤불과 그밖에 생물들과 아우른 큰 나무 키우는 꿈을 꾸고 있다는 겁니다.

　순탄은 평화와도 같습니다. 이 환경에서의 단점은, 저항감이 약해진다는 겁니다. 하루하루 일상이 지루하여 소망이 꺼진 환경에 갇혀 답답함을 금치 못해하는 사람이 있다면, 사회질서에 해를 끼치지 않는 범위 내에서 시류저항을 시도해 보세요. 연어는 본능적으로 산란기 때가 되면, 자신이 태어난 강으로 거슬러 오르는 여정에 오릅니다. 저항은 시류를 역류하는 자신과의 당찬 싸움입니다. 무에서 유를 창조해 내는 것은, 특정 예술인들에게만 부여된 비단의 창작물이 아닙니다. 가방모양을 어떻게 만들까? 작은 고뇌도 창의력에 해당되는 바탕입니다. 사색은 그 인간을 존재케 하는 원동력입니다. 항상 현재인 시간은 생명체들에 관심을 두지 않고, 저 홀로 유유히 지납니다.

국가의 위정자들만이 나랏일을 합니까? 아닙니다. 각자의 자리를 지키며 물건을 파는 상인도 나랏일을 하는 겁니다. 세금내지요. 식구들 먹여 살리지요. 자녀들 학교 보내지요. 남편·아내 또는 연세 높으신 부모님 섬기지요. 이는, 사람의 옷을 입은 본질의 인지상정입니다. 내일을 내다보는 이 작은 일 하나하나가 얼마나 소중한 줄 안다면, 자신을 경시하는 사람은 아무도 없을 겁니다. 자신을 사랑한다면 내 몸을 쓰다듬으면서, 영양실조에 쓰러지지 않도록 매일매일 튼튼하게 잘 먹이도록 하세요.

생활형편이 구차하다며, 장래가 유리하게 펼쳐지지 않는다며, 자신의 몸에 칼을 대거나, 머리 박는 학대는 자신 사랑이 아닙니다. 내 눈으로 보아야 진짜 그 사물의 생김새를 알 수 있고, 내 혀의 미각으로 직접 맛을 봐야 짠지단지를 알게 되는 겁니다. 짧고 길뿐, 누구나 한 목숨인 세상살이가 만만치 않다는 거 일선에서 뛰는 여러분이 더 잘 체험하고 있습니다. 그 힘들고 어려운 과정일지라도 기를 꺾지 마시고, 끝까지 그 무게를 새털처럼 가볍게 하는 자유스러운 영혼의 힘으로, 나는 위대하다 외치는 여러분이 되십시오. 누구에게나 공평한 생멸生滅을 걸고, 자존의 자부심을 키워 희망의 끈을 놓지 않기를 진심으로 축원 드립니다.

 "한 시간 남짓의 강의를 마친 전 교수는, 입가에 맺힌 침을 손수건으로 닦고 사기 컵 물로 마른 목을 축였다. 단상을 내려온 그는 남자수강생들과는 신체접속의 악수를, 열 명 안팎의 여자수강생들과는 목례인사로 친분을 나눴다. 수강생들이 다 빠져 나갔다. 시키지 않은 책상정리를 혼자 마친 상범은, 두 제자의 부축을 받으면서 복도 편 문턱을 막 넘어서는 전 교수의 뒤를 따랐다.

 "가정교육이나 제도권 교육을 받지 않은 걸로 아는 자네 성질 참 양순하며 온유한데, 신학공부를 해서 목사 되고 싶은 의향 없나? 학비는 내가 어떻게 도와줄 테니...."

 이 말을 하는 노인의 눈빛에 믿음을 거는 신 기운이 감돌았다.   "불균형 결점을 안고 세상을 사는 제가 어찌 감히 거룩한 성직의 꿈을 꿀 수 있겠습니까. 아직 예비고사 과정이 남아있어, 그 후에나 진로를 정하려 합니다."

상대를 대하는 예의가 아직은 서툰 상범의 말투는 조심스러웠다. 특히, 학식이 높은 교수와의 대화에서는 거북스런 진땀을 빼야만 했다.

"나 대하기가 힘든 모양이군. 긴장 풀게."

전 교수일행들과 헤어진 상범은, 곧장 셋집으로 돌아왔다. 상범은 바깥 수도 물을 대야에 받아 손발을 씻었다. 날 곤충들의 극성에 전등을 꺼둔 어두운 마루에 수건을 목에 건 채로 올라서자, 때마침 안방 문이 열렸다.

"어디 갔다 오는 거야?"

잠옷차림의 계집이 물었다.

"놀다 왔다 왜."

"누구랑? 애인이랑?"

"나 애인 없어."

"그럼, 누구랑 논 건데? 어서 말해 봐."

"혼자!"

"피, 거짓말."

"정말이야."

"믿어도 돼?"

안방의 미닫이문이 열리면서 할머니얼굴이 나타났다.

"너 안자고 웬 수다냐. 오빠도 자야 하니 어서 들어오너라."

"나 마루에서 자면 안 돼?"

계집이 종알거렸다.

"네 이불 내오면 되겠구나."

계집이 뒤돌아본다.

"모레 우리랑 교회갈래?"

"시간 안 돼, 갈 때가 있어."

"어디? 내가 갈 수 있는 곳이라면 나도 데려가."

"다음에...."

상범은 초등학교 오학년 계집을 어떻게 다룰까 생각하다, 아이 그대로 받아들이자는 결론을 내렸다.

이 동네에서 가장 높은 지대일 수 있는 이집 우편 아래로, 돼지 몇 마리를 사육하는 집이 있다. 그 돼지 우리에서 풍기는 오물냄새가 활짝 열어둔 창문을 통해 후각을 후볐다. 고요하게 늦은 밤이라, 낮에는 별거 아니게 흘려보냈던 그 냄새의 지독에 절로 상이 찌푸려졌으며, 돼지의 짧은 외마디도 굉장히 크게 울렸다.

해로가 긴 남편을 닮아 말 수가 적은 할머니와는 한 지붕 관계로 가까워지기는 하였다. 그렇지만 이 한편으로 매 끼니마다 빌려 써야 하는 식기문제는 큰 고민을 끌어안게 했다. 그 미안감에 상범은 아침을 거르고 외출에 나섰다. 목적 둔 집은 걸어서 40분 거리이다. 빌라3층 옥상의 새시문은 열려있었다. 시멘트 바닥에서 쨍쨍 내리 쫴는 뜨거운 반사 눈부시게 덥다. 옥탑방문도 열려있었다.

"미영아, 삼촌 왔다."

상범은 대나무 발을 친 입구 앞에서 일부러 목청을 높였다. 난데없이 얼굴을 들이밀어대면 결례가 될 꼴을 볼 수 있다는 예절에 따른 사전 인기척이었다.

"어, 할머니 삼촌 오셨나 봐!"

민소매 빨간 원피스를 입은 열 살 계집의 반기는 얼굴이 생기 하게 생글생글 밝다.

"삼촌!"

슬리퍼를 끌며 와락 안기 계집의 등을 상범은 토닥토닥 두들겼다.

"할머니, 안녕하세요."

계집을 반 품어 안은 자세로 비로소 방안을 들여다본 상범의 성대 밝은 인사였다. 환갑의 노파는 옥상 쪽 벽면에 등을 기대고, 맨발인 두 발은 쭉 뻗어두고 있었다. 왼발 엄지발가락 발톱이 한 줄의 금 사이로 두 쪽으로 갈라져 있다. 발가락 무좀이 남긴 자취였다.

"어서 와요. 미영이 얼매나 기다렸는디 이제 왔구먼."

할머니의 더듬는 음색은 수분부족으로 까칠했다. 검은 머리카락이 몇 올 낀 백발 숱이 적어 두피가 휜히 드러나 있다. 사별한지 23년째인 남편과의 사이에서 외아들만 둔 할머니이다. 불행은 한꺼번에 덮이는 것인지, 초보미장인 외아들이 건설현장에서 사고를 당했다. 드럼통에서 뜬 두 물통을 양 손에 나눠 들고 지나다, 이층에서 작업하던 인부가 장갑 손에서 놓친 쇠 파이프에 머리를 맞는 뇌 파열로 그 자리에서 즉사한 것이었다. 어린 외동딸 하나를 남겨두고, 어머니보다 먼저 세상을 떠난 것이었다.

실혼 아닌 동거녀이었을 뿐인 다방출신의 아이엄마는, 난잡하기 그지없는 성질대로 장례 며칠 후 온데간데없이 바람처럼 사라져버렸다. 손녀와 단 둘이 사는 할머니의 생활은 궁핍하기 짝이 없었다. 연말이면 거리에 빨간 깡통을 매달고 종을 치면서 모금을 하는 구세군과, 적십자사의 온정으로 살아가고 있었다.

상범이 이집과 연을 맺게 된 동기는 이렇다. 국민적 신고, 즉 호적을 만들려 지방법원, 구청, 경찰서, 구내파출소를 들락거린 비 내리는 그 어느 한 날에, 어느 집 처마에 웅크려 앉은 두 사람을 목도했다. 할머니와 어린 계집이었다. 끼니를 걸렀는지, 죽을 상 어둠이 짙게 드리어진 주름얼굴과, 어물 전인 연초록빛의 두 얼굴은 초췌했다. 상범은 발길이 떨어지지 않았다. 극도로 경계하는 두 시선을 무시하고, 처마로 들어가 두 사람 앞으로 우산을 드리었다.

"할머니, 집이 어디세요? 우산이 없어 그러신다면

이 우산 쓰세요."

"그람, 총각이 이 비 다 맞을 터인디."

"전 괜찮습니다. 목적지에 다 왔거든요."

"그보다 밥 사 먹게 돈 쬐마 줄 수 없을까? 야가 불쌍해서 말이여."

"그러세요. 배고프니?"

상범이 소녀에게 물었다. 소녀는 고개를 끄덕였다.

"가자, 아저씨가 밥 사 줄게."

허기를 면한 할머니는 무작정 잡은 상범의 손목을 힘을 다해 마구 이끌었다. 도착한 곳은 아들이 살던 옥탑 방이었다. 다음날 상범은, 양곡가게에서 쌀 한말을 사들고 옥탑 방을 다시 찾았다. 소녀는 그날부터 삼촌이라 불렀다.

"미영아, 자장면 먹으러 갈까?"

"정말이요? 야 신난다. 할머니도 함께 지요?"

"물론이지."

미영이 문 잠근 열쇠를 할머니에게 건넸다. 계집이 상범의 소맷자락을 잡아 당겼다.

"왜?"

"무동 태워줘요. 삼촌!"

의지를 붙인 계집의 음성은 명랑했다.

"계단내려가기가 힘 드니?"

"안요." 미영이 단발머리를 세차게 흔들었다. "그냥 삼촌에게 업히고 싶어서요."

상범은 미영이 가족 형 부모를 그리워하고 있다는 속내를 읽었다. 그는 두 무릎을 꺾어 신체를 낮췄다. 미영의 피부여린 두 다리가 청년의 목뒤 사이로 얹어졌다. 체중무게는 가벼웠다. 휴일거리는 비교적 한산했다. 도로 변 하천 따라 걷기운동을 하는 시민들 수도 적은 편이었다. 고추잠자리들이 요리조리 비행하는 아래로, 어디서든 쉽사리 볼 수 있는 코스모스 분홍, 하얀빛 꽃들이 나비와 벌을 불러들이고 있었다. 그 사이로 가지 과에 속하면서 한해살이 식물인 쌍떡잎 까마중이 보였다. 점박이무당벌레 한 마리가 입새에 숨어 있다.

　상범은 배가 고팠던 소년시절 때 많이 먹어 본 그 검은빛 동그란 열매를 한 움큼 따서, 미영과 할머니 손아귀에 각각 들려줬다. 허공을 가른 전선줄에 나란히 앉아, 부리로 털에 덮인 몸을 쪼며 긁는 참새 떼들을 비추는 햇살도 눈이 부셨다. 한국으로 귀화한 대만부부가 운영하는 식당은 식객들로 붐볐다. 겸상을 할 수 있는 식탁도 없었다.

　"밖에서 잠시 기다리시죠."

　한국인과는 인상이 좀 달리 대만인임을 한 눈에 알아 볼 수 있는 남자주인의 한국어 쓰는 발음은 서툴기는 하나, 그럭저럭 말귀는 알아 들을 수 있는 수준이다. 몽구리머리에 살집이 붙은 양 어깨가 떡 벌어진 신장으로 미뤄 운동을 좀 한 미남형이다.

"할머니, 기다리라는데 괜찮겠어요?"

"그라지 머."

할머니와 계집이 바깥에 놓인 등받이의자에 나란히 붙어 앉았다. 안 깊숙이 들어앉아 바닥에 닿지 않는 미영의 짧은 다리가 대롱대롱 흔들렸다.

"혼자 산다 그랗지?"

"예."

"우리와 같이 살먼 안 딜까?"

할머니는 줄곧 생각해둔 속내를 두서없이 꺼냈다.

"삼촌, 그래요. 우리와 함께 살아요."

손녀가 맞장구쳤다. 상범의 동공이 크게 키워졌다.

"갑작스러운 말씀이라 좀 어리둥절하네요."

"쇠뿔도 단숨에 빼라 안하나."

할머니의 색맹에 가까운 어두침침 눈빛이 반짝거렸다. 손녀는 화색을 머금은 입술을 길게 늘어트렸다.

"알겠습니다. 그 쇠뿔도 빼려면 준비시간이 있어야 되지 않습니까. 자리가 났나 봐요."

식사 양이 적은 할머니는 손녀와 나눠 먹겠다면서 노인성고집을 부렸다. 자장면 두 그릇에 만두 한 접시를 주문했다. 빈자리가 속속 생겨나 얼른 먹고 일어나야겠다는 속셈은 따르지 않아도 되었다. 두 어른의 눌러 앉은 지체가 길어지자, 목젖이 보이도록까지 큰 기지개 하품을 했던 미영이가 밖에서 놀고 있겠다면서 식당을 나갔다. 30분이 지났다. 두 어른은 그만 일어났다. 미영은 어디서든 보이지 않았다. 미영아, 미영아 부르며 건물둘레를 돌아봤으나, 아이의 행방은 찾을 수가 없었다.

"어이구, 내 새끼. 그새 어디로 갔단 가."

손녀를 잃은 할머니는 속이 새까맣게 타든 울상부터 지었다. 노파와 손녀를 데리고 나온 상범도, 계집의 행방불명에 일말의 책임감이 있어 편치 않게 긴장의 촉각이 높아졌다. 그는 할머니를 바깥의자에 앉혔다.

"제가 찾아 볼 테니 여기 가만히 계셔야합니다."

"꼭 찾어야 허네."

상범은 아이가 있을 범한 장소를 뒤지면서 오십 미터 거리까지 나왔다. 길 가는 사람을 붙들고 아이의 인상착의를 설명하며 묻기도 하였다. 아무데서도 소녀의 그림자는 보이지 않았다. 가망을 잃은 청년은 미아신고를 떠올렸다. 그렇다면 친할머니의 역할이 있어야 한다. 그는 서둘러 돌아왔다.

"할머니, 파출소에 신고를 해야겠어요."

할머니는 크게 놀란 눈을 감지 못하고 펄쩍 뛰었다. 사지를 옥죄이며 한동안 넋을 잃기도 하였다. 상범은 식당으로 다시 들어갔다.

"전화 한 통만 씁시다."

"예, 저기요."

다이얼전화기는 계산대 옆에 있었다. 교환을 거쳐

신고한지 10여 분만에 남녀 두 순경이 도착했다. 남자순경은 건물주변을 돌며 탐문에 들어갔고, 보기 드물어 눈길이 절로 쏠리는 여자순경은 주로 할머니 상대로 손녀딸의 인상착의를 묻고 그 답변을 작은 휴대수첩에 기재했다. 곁에 선 상범은 아는 범위 내에서 보충설명을 덧붙였다.

"할머니, 집에서 기다리세요. 저희가 연락드리겠습니다."

여순경이 위로 하듯이 할머니 등에 손을 얹고 친절하게 말했다. "꼭 찾아 주셔유. 내 그람 잠을 못 잘 게유."

"편히 주무실 수 있도록 저희가 최선을 다 하겠습니다."

여순경은 상범에게도 가벼운 목례를 보였다.

"죄송합니다. 제 잘못이 너무 큽니다."

상범이 할머니와 걸음보조를 맞추며 용서를 빌었다. 그 이면으로는 어떤 꾸지람도 다 수용하겠다는 낮은 자세를 유지했다.

"자장면 먹자하지 않았다 문, 내 새끼 저리 잃어 버리지 않았겠으라."

고무신발을 아무렇게나 벗어 던진 맨발로 턱을 넘은 방에 들어서자마자 맨 장판바닥에 쓰러지듯이 누워버린 할머니는, 감이 죽은 신음소리를 연시 내쉬었다. 어쩔 줄 몰라진 상범은, 망연 상실 속에서 기다려야만 한다는 시간이 원망스러웠다. 그가 할 수 있는 일은, 그늘이 반나마 드리어진 옥상을 맴도는 것뿐이었다. 3시간가량이 지났을까? 이젠 구면이 된 두 남녀순경이 마침내 모습을 드러냈다. 기쁜 소식을 담은 환한 표정이 돋보였다. 두 순경을 앞질러 여자아이가 별안간 뛰쳐나왔다. 최미영이었다.

"미영아!"

상범이 외치며 두 팔을 크게 벌렸다. 그 품에 단발 계집이 와락 안겨들었다.

"삼촌, 할머니는요?"

"누워 계셔!"

"아이고 내 새끼, 어디 갔었냐."

시끌벅적 소란에 벌떡 일어나 손녀딸을 덥석 안은 할머니는, 기뻐 어쩔 줄 모르는 눈물을 쏟아냈다.

"미안해. 걱정 끼쳤어."

"개않다. 이렇게 안았으며 됐다."

"고맙습니다. 그런데 아이는 어디서 찾았습니까?"

상범이 좋은 성과에 만족을 감추지 못하고 있는 두 경찰에게 동시에 물었다.

"유괴 당했었어요."

"맙소사! 벌건 대낮에 유괴라니요?"

"아빠 없는 갓난아기를 키우는 17살 청소년이 저지른 범죄였어요. 혼자 모래놀이를 하던 아이에게 얼마의 돈을 쥐어주고, 아기 분유를 사 달라 심부름을 시켰던 모양이에요. 돌아온 아이를 가까운 집에 데려가 감금을 했어요. 우리는 대상을 추려 모으다, 며칠 전에 분유를 훔쳐 조사를 받았던 전력이 있는 그 미성년엄마를 쉽사리 지목했어요. 아니나 다를까, 자그만 셋방 안에서 손발이 묶인 채로 입에 재갈이 물린 아이를 발견했어요. 유괴범은 젖먹이 아기를 안고 지금 파출소유치장에 갇혀 있어요."

"나이 어린 청소년의 머리에서 생각만 해도 소름이 돋는 끔찍한 범행을 저질렀다니 상상이 안 잡히네요. 남자를 일찍 알게 된 대가 참으로 무섭네요."

"어린엄마의 자백에 따르면 납치아이를 길들인 후, 껌팔이 앵벌이를 시켜 그 돈으로 갓난아이를 먹이려 했다는 데, 같은 여자로써 동정은 가요. 그러나 범죄는 범죄이므로 죗값은 치러야 해요."

상범은 두 순경에게 차라도 대접하고 싶었으나 아무것도 없어 포기했다. 할머니와 손녀가 상범의 양 곁에 섰다. 할머니는 새로운 눈물을 훔치며 감사하다는 허리를 연시 낮추었고, 손짓의 의미를 알아차린 미영은 여순경에게로 다가갔다. 여순경이 아이 신장에 맞추려 두 바지 속 무릎을 꺾었다.

"무서웠지?"

소녀는 고개만을 끄덕였다.

예비고사 통과 이후 하루하루 다가오는 본고사를 준비해야 하는 상범의 고민은 깊어졌다. 미영의 삼촌으로써, 말년의 쓸쓸한 외로움에 나날이 수척해가는 할머니의 양 아들로 만일 들어간다면, 공부시간이 빼앗겨 일정표에 차질이 생길 것은 뻔해보였기 때문이었다. 그렇다고 두 사람이 친족을 맺자는 간청을 언제까지나 외면할 수 없는 노릇이다. 그 너머 피가 펄펄 끓는 젊음의 힘으로 그들을 부양해야 하는 벗바리 책임감이 부여될 수 있다. 그 비용 마련을 위해 본의 아니게 직장을 다녀야 한다는 전망도 내다보였다. 힘이 닿는 대로 일을 많이 하고, 그에 따른 잠을 줄여야한다는 점도 상기되었다.

그의 엎치락뒤치락 생각은 새벽 두세 시경까지 이어졌다. 늦잠에서 깨어났을 때는, 자욱 안개에 젖었던 수목들이 거의 마른 오전 10시 무렵이었다. 그는 안고 잤던 결심을 노부부에게 공개했다. 되돌려 받아야 할 보증금이 늦어 이사는 이틀 뒤로 미뤄졌다. 여름이불 한 채 외에 몇 가지 옷과 몇 권의 책이 짐의 전부이나, 한 번에 드는 건 무리라 두 차례 버스이용으로 퇴거를 마쳤다. 이 모든 과정을 전영화 계집 몰래 진행했다. 두터워진 친남매 이상의 정분으로 엉엉 울며 발목을 잡을 것을 예상하고, 노부부와 사전에 의견조율을 거쳤다.

달충증(허리디스크)에 무릎관절로 다리 사용이 다소 불편한 할머니는, 한 칸의 방안 부엌에서 취사준비를 하고 있다. 호박과 두부에 된장으로 간을 맞춘 된장

찌개 냄새가, 열 평 남짓의 방안을 가득 채웠다.

　3학년인 미영의 학교 길에 상범이 동행했다. 처음으로 보호자의 따뜻한 손을 잡고 걷는 미영은, 마냥 기뻐 수다를 많이 떨었다. 학교는 백 미터 미만의 거리에 소재해 있었다.

　"이따 보자."

　상범이 내민 약지손가락에 계집의 약지가 걸렸다. 상범은 그 길로 생계 권을 짊어진 일자리을 찾아 나섰다. 전봇대에 눈길이 멈춰졌다. 도서관에서 신체 건강한 남자청소부 2명을 구한다는 구인 광고문이 부착되어 있는 벽보였다. 그는 전화번호 부위만을 살짝 찢어 인근 공중전화 수화기를 집어 들었다.

　설명을 들을 필요 없이 첫 분위기부터 공부하는 곳이라는 인식이 강한 도서관입구에는, 기쁨의 상봉, 이성 간의 포옹, 대학합격, 취업성공, 학업성적 우수, 기수들과의 맥주파티, 진로고민, 경쟁에서 밀린 낙망으로 울부짖는 통곡 등의 숱한 사연들을 보고 들었을 아름 굵은 노거수老巨樹 한 그루가 서 있다. 집 기둥, 가구재로 쓰일 정도로 좋은 운을 안겨주는 행운 목과 망향의 회화나무이다.

　고시준비를 게을리 하는 선비들에 회초리 용도로도 쓰였다는 그 앞으로 분야별 지식을 익혀 세상을 열어 보겠다는 미래 사회인들의 행렬발길이 분주하다. 밝은 방향으로 가지를 뻗는 나무처럼 배를 바다에 띄워 큰물에서 일을 하며 사나운 광풍과의 맞싸움에서 물러나지 않을 인물이 절로 그려진다.

　고등학교건물을 인수하여 개관한 시립도서관은, 시민 누구나 드나들 수 있는 야외공간과 잇대어진 폭이 미터, 길이 이십 미터 시멘트 길 양편으로 드넓은 잔디밭이 펼쳐져있다. 그 안쪽 정 중앙 건물의 벽면은 석축이고, 그 외벽 전체는 푸른 담쟁이로 뒤덮여 있다. 해사한 운치의 고전풍을 자아내고 있었다.

  도서관 내 인사과는 이층이었다. 반 곱슬머리 사십 중반쯤의 남성면접관은, 집과 나이만을 묻고 다음 주 월요일부터 출근하라는 즉석 결정을 통보했다. 상범은 허공을 떠도는 어릿한 기류에 잠시 머물렀다. 자신의 신원범위에 못 미친다거나, 크게 뛰어넘을 까다로운 절차(학력미달)에 걸려 다른 일자리를 알아보게 되지 않을까 노심을 덜게 되었다는 안심 이면의 혼란이었다. 기적 같은 순탄이다. 믿기지 않을 정도로 단번에 해소되자, 주체를 잃을 정도로 흥분을 감출 수가 없었다. 상고머리 청년은, 어디론지 모르는 거리를 이리저리 헤매었다. 그러다 갑자기 발길을 정 방향으로 돌려 잡았다. 시장에 들러 가는 철사 줄에 아가미가 함께 묶인 고등어 다섯 마리를 샀다. 세 식구와 취업성공 축하파티를 열 참이다.

노시인

놀이터 후문을 나와 유모차 좌우로 며느리와 시부가 나란히 걷는다. 보다 친해지고 싶은 시부 제안에 며느리가 안내한 곳은 순두부 집이었다. 어제 날짜로 두 살 생일을 맞은 친손자, 뭐가 그리 좋은지 제 엄마 식사 못 하도록 끊임없이 재롱만 떤다. 며느리 밥 편히 먹게 하려 아기를 넘겨 안은 시부도, 주름 얼굴 제멋대로 꼬집으며 할퀴는 귀염둥이 장난에 제대로 몸을 가누지를 못 한다.

며느리와 시부 관계는 사회적 교류 없이 중도에서 만난 인연 때문인가? 내심 안전하지 못 하고, 보이지 않는 장벽이 가로 놓여 있다. 일찍이 며느리나 사위를 맞은 동배들과 어울리면 반드시 듣게 되는 얘기가 있다. 황혼유아로 손주 병에 시달린다는 하소연이다. 서운감은 낳고 키운 부모를, 제 아내나 자식보다 낮춰본다는 속 쓰림이다. 자녀들의 효도심이 날로 소홀해진다는 걸 몸소 체험한다. 분가를 해야 할 분위기다.

이젠 서로를 알만치 알았을 삼 년 시간인 데, 며느리의 불안정한 어둠 빛 좀처럼 가시지 않고 있다. 손목시계 보고, 휴대전화기 확인도 여러 번, 초조에 동동 구르는 발 진정시키려 냉수로 목을 축이기도 한다. 아기아빠 조금 늦는 귀가에 저토록 애를 끓다니, 반가운 까치소리 들려줘야 할까? 때마침 울리는 초인종, 시부 앞질러 현관문을 향해 내달리는 며느리. 갓 신방을 꾸린 새 신랑 맞듯이, 품에 와락 안기며 소녀의 어리광까지 부린다.

적적한 나날, 노시인은 바깥나들이에 나섰다. 안목이 익어 그저 그렇게 굳어버린 걸까? 오랫동안 평생을 보아온 만물은, 새로운 정취 없이 옛 모습 그대로 제 자리를 지키고 있다. 목줄 개 데리고 산책 나온 며느리 또래의 젊은 여성, 갑자기 눈빛이 정맥으로 달궈진 노인, 오금이 저려지는 뜨거운 이성을 느낀다. 본능의 남성이 체력을 깨운 것이다. 먼저, 이 세상을 떠난 할망구와는 명목상 부부였을 뿐 신체접촉은 드물었다. 그 빈곤 탓에 머리 긴 여성들만 보면 젊음의 생기가 파릇파릇 강렬해진다.

외로운 환경 속에서 창작을 불태우는 예술인들에게는, 여자를 넘보는 속내의 바람기가 있다. 경지에 오른 걸출한 인물들이 함께 작업하거나, 배우는 여학생들에게 애정을 표시하며 접근하는 이유가 이 때문이다.

노인의 활력은 성 풀이에서 얻는다 해도 과언이 아니다. 세계에 이름을 널린 알린 전체주의 독재자일수록 성에 집착하는 경향이 높고, 생사를 걸어둔 불철

주야의 전장 복판에서 나라 영토를 지키는 장병들의 사기를 높이는 수단도, 성별 다른 여자들을 그 속으로 밀어 넣는다는 것이다.

 사실, 성령性力을 느끼지 못한다면, 그 인체는 살아 있는 생물이라 할 수 없다. 풍선은 바람이 들어차 있어야 모두가 한 눈에 볼 수 있는 하늘로 뜰 수 있다. 찬바람은 꽃잎 지게하고, 하늘빛은 열매를 익게 한다. 말 따라 축복과 저주를 입는다 했다. 나이 무색하게 우주선을 타고 지구 밖 모험에 나서는 노인은, 그만한 체력과 재력을 갖췄기 때문이리. 절망은 선의宣義의 적이다.

 세월은 나이를 먹인다. 나이의 한계는 분명 존재한다. 누구는 쇠퇴기로 접어든 그 나이를 극복하지 못하고, 남은 인생을 앓는 시름으로 보내기도 한다. 나이에 지지 않고, 언제나 피 끓는 청춘으로 사는 비결 과연 무엇일까? 활동할 수 있을 때까지 최선을 다하는 긍정이, 늙었으면 죽음에 다다랐다는 비관을 조금은 줄일 수 있는 심리이지 않을까?

 목청의 횡격을 줄였다 풀었다 하는 능력이 한참 부족한 노인은, 변화를 두려워한다. 어떻게 달라져야 하는지도 모를 뿐더러, 또 달라지고 싶지 않다는 붙박이 정체로 남은여생을 보내겠다며, 무사안일에 등을 기대둔다. 이와 연계하여 드러내는 면은, 몇 번의 실수에 겁을 먹은 포기를 반복한다는 점이다. 그래서 힘을 쓰는 새로운 도전을 꺼리면서, 꿈을 꿈으로만 간직해 둔다. 옛 생활에 퍽이나 익숙해져 있다는 반증이다.

어른의 상징은 독립성이다. 일하는 사람은 보람이 크다. 육신은 지치면 쉬어야 한다. 이때면 신체는 새로운 피가 솟구친다. 걱정을 불러일으킨 강한 의지에도 체력이 떨어지는 끝이 있기 마련. 죽음의 고통 속에서도 살 소망의 끈을 놓지 않는 자는, 자신을 곰팡이 돋도록 방치하지 않고 언제든 하늘로 날아오를 만반의 단장을 갖춘다.

노인의 아침 맏이는 허전 그 자체였다. 식사를 대할 적마다 맛부터 잃는 것이었다. 노인은 집 문을 닫고, 경로당 문을 열었다. 남녀노인들은 둘씩 짝을 짓고, 대보름 윷놀이를 즐기고 있었다. 짝이 없어 외톨이 구경꾼으로 남아있던 할머니가 제비뽑기 건너뛰고, 두 해 더 산 노인과 민속놀이에 꼈다. 솜씨 좋은 늦깎이 노인 조가 행운의 일등을 거머쥐었다. 그 인연으로 두 노인은 부부 연을 맺었다.

노부부의 꿈에도 소원은, 꽃봉오리 아이를 낳아 키우는 것이었다. 그러나 반신반의 기적은 끝내 일어나지 않았다. 신체 연령은 운명적으로 현실에 딱 들어맞았다. 빛이 바라진 실망은 시름을 안겨줬으나, 선한 의지는 든든해졌다. 나이 잊고 지내는 행복은 동심. 믿음도 좋고 소망도 좋다마는, 식지 않는 순도의 사랑이 그 중에 제일이다.

　노부부는 지치지 않고 동네봉사에 시간을 썼다. 내일의 어른을 꿈꾸는 초등생들에게 초급수준의 영어를 가르쳤고, 노인들만의 연극준비에 참여하여 안무를 지도하기도 했다. 몇 년 후 연말에 봉사 상을 받았다.

　어느 따뜻한 봄날. 서로를 안는 달콤함 애정에서 좀처럼 떨어질 줄 모르는 노부부, 창문을 열어 해살이 찬란한 바깥을 내다본다. 그때 마침, 맞은 편 삼층집 창문도 열리면서 뚱뚱한 몸매를 가진 여인이 모습을 드러냈다. 시력이 그다지 좋지 않으면서, 이빨이 몇 개 빠진 노파였다.

"애비 어디 있니?"

노파가 아래를 향해 소리를 질렀다.

"네, 저 여기 있어요. 곧장 던지세요."

아들이 양손을 흔들며 방향을 알렸다.

"던질 테니 잘 받아라."

노파가 어림짐작으로 던진 물건은 보온병이었다. 왕년에 야구선수였던 아들은 실수 없이 잘 받았다.

"너희들이 야속하다. 어쩜 나만 쏙 빼놓고 여행이니."

"죄송해요. 다음에 해외여행 보내드릴게요."

신혼의 노부부는 일주일 일정으로 국내여행에 나섰다. 이젠 인생정리 준비에 들어간 노시인은, 발길 멈춘 지역마다에서 펜과 노트를 꺼내 뭔가를 열심히 적었다.

바람은 돛대를 휘날리게 하나, 출렁이는 바다는 출항 배를 떠 민다. 흔들림은 구심을 잃은 것이다. 불변하지 않다는 증언이다. 매운 해풍海風에 뺨이 시리다. 애수 실린 아우성 물결, 그 너머로 힘차게 솟아오른 돌출부 해수 섬, 잔재주 부리며 물러났다 다시 덤벼드는 사나운 파도. 낚시꾼 고기 잡는 것이 낭만 해 보인다면, 그대도 낚싯대 준비하여 물에 발을 담가야 하리. 세상에 거저 얻어지는 건 아무것도 없고, 삿대 갖추지 못한 배는 표류할 수밖에...

이 땅에 죽지 않는 영원불변이 어디 있으랴. 신神도 때론 한눈을 팔다, 오늘 불러들일 예정이었던 누군가의 삶을 연장하는 우愚를 낳기도 하고, 물살도 웅덩이에 갇혀 오가지 못할 때가 있다.

솔바람 소리 내 울고, 산 빛은 있는 듯 없는 듯 가물가물. 해발 높은 봉우리바위 구름에 가려 보이지 않는다. 솔방울 떨어지는 소리, 흐르는 시냇물이 휩쓸어간다. 처마를 때려대는 찬비, 눅눅해진 제비 흙집, 날아오른 제비에 나비 자취 감췄고, 안개 베일은 습기를 머금었고, 풀잎의 영롱한 이슬방울은 증발을 준비 중이고, 정적은 비단의 꿈을 꾸고 있다.

앞을 가린 자욱 안개에 시름을 앓는다면 마음이 번잡하다는 뜻. 젊은이는 젊은이대로, 늙은이는 늙은이대로 주어진 제 일 풀어보려는 고뇌를 이고 산다.

어느 집 대나무 숲. 몇 방의 유리 창문 하나에 군

자 닮은 잎가지 그림자 산 채로 어른거린다. 비 그친 해물 녘 물가, 덜 차 오른 들꽃들, 장난기 몸짓으로 추운공기 견뎌낸다.

촉촉한 바람이 풀줄기 눕힌다. 보호자가 환자를 침상에 누이는 것만 같다. 자생의 풀도 자신의 힘으로 일어서지 못할 때가 있다. 신체가 무거운 돌에 눌려 있을 때이다. 사람이 하잖게 보며 짓밟는 한 줄기 풀도, 여느 생물과 마찬가지로 그 인생 전부이다. 바람이 풀에게 속삭인다.

"걱정 마! 너는 다시 일어나게 될 거야."

달개비 보랏빛 꽃 왜 저리 수줍어하는 건지, 두 장의 꽃 덮개 눈물 머금었구나. 무덤 속 기후 따스할까? 차 울까? 숨 끊겨 누운 망인이 그 느낌 알기나 할런지. 잔디봉분 위로 꼬부랑 할미꽃이 핀걸 보면, 누군가가 호흡을 내쉬고 있다는 건데...태양의 발목 붙들어 그 빛 반사하게 하고, 하늘구름 쉬어가게 하고, 날던 새들도 불러 앉혀 노래 부르게 하는 생시는, 대체 어느 신령의 기운일까?

저 너머 극락정토極樂淨土 바라보는지, 세상 번뇌 없이 고요하기만 하다. 가라앉은 정서에 요람의 손녀딸 환상, 긴 잠에서 깨어날 줄 모른다.

그늘 짙은 산 계곡 아직도 한 겨울인가 보다. 초피나무 꽃도, 벚꽃은 더더욱 아닌 새하얀 한 송이 설화雪花. 나뭇가지 새소리에 두리번거리고, 저 멀리에서 파도 부서지는 바다 소리에도 두 귀 쫑긋 세워 듣는 흰머리 숲, 산초 캐는 노인이로구나.

 겨울태양은 열기가 차 섬 태움을 포기하고 일몰로 사라진다. 누가 알랴! 나의 가슴 복판에 핀 나뭇가지 꽃을....

 눈이 부신 햇살에 못 이겨, 눈물을 흘리는 이 가슴 속에 핀 가련한 붉은 꽃, 저녁이면 안으로 옹구는 꽃잎, 남은 향기 끌어안고 웃다 울다. 인식은 생명, 감각은 희망을 키운다. 반짝이는 미소를 아름다움으로 본 사람은, 아득한 해저를 떠올리지 않는다. 금실은실 너울 따라 눈빛 색상 달라진다.

 이끼에 미끄러져 물에 빠지는 것은, 내리는 비 때문만이 아니다. 솔가지를 꺾는 건 바람만이 아니다. 추석송편 재료 마련하는 노파의 손길에서도, 솔가지는 휘어진다. 이것이 현실의 삶이다.

 강변 풀밭 깔고 앉은 수염 덥수룩 사람과의 만남은 우연의 일치였다. 수감생활 십 년 만에 교도소를 나온 그는, 눈물 아니고는 세상을 볼 수 없었다. 모든 게 낯설고, 그사이 세상 떠난 친구들 많아 살아갈 용기가 나질 않았다. 봄이 오면 풀이야 푸름으로 되돌아오나, 생시 잊은 지 오래인 병석의 삶은 희망일 수가 없다. 길게 누운 전과자의 배위로 메뚜기 뛰어오른다.

 도대체 사회어른의 기준은 뭘까? 나이는 제법 찼는

데, 나잇값을 못한다는 놀림을 듣는 어른은 과연 육체 나이만 먹은, 아직도 철이 덜 들어 길을 헤매는 미시의 어른으로 봐야 할까? 나이의 비례에 따라 육아·소년·청년·중년·노인으로 갈려 불린다. 정신적 어른은 낙관과 비관을 거치면서 현실을 직시하는 안목을 갖추나, 남의 장난감이나 호시탐탐 뺏으려는 자는 어른일 수 없는 영원한 미숙아이다.

새끼거미 나뭇가지에서 제 몸줄 타고 내려온다. 노인의 한가는, 낙 아닌 과거 삶을 되새기는 시간이다. 대지 말라가는 소리를 듣는 시간이다. 빛과 어둠이 공존하는 세상. 광활해진 시공時空, 미련 놓은 노인 바깥 아우성 듣지 않고, 인류평화를 기원하는 기도 올린다.

시간이 부수지 못할 만큼 강한 것이 없는 이 땅. 요지부동한 암석도 세월을 견디지 못 하고 가루로 무너지고 마니, 감기 한 번에 뜨인 시인의 눈, 먼 곳에서 모르는 안식을 불러 곁에 앉힌다.

여류시인
1

 가을철 가뭄이 심각하다. 몇 개월 전부터 산 전체의 계곡을 바싹 말린 것은 물론이고, 동네주민들이 시도 때도 없이 운동 겸 올라와서 목을 축이거나 식수로 떠가는, 동전 크기 피브이시 구멍에서 흘러나오는 물줄기조차도 아주 가늘게 줄여놓았다. 봉준은 그 물줄기 끝에 맞추어서 이십 리터 용량의 흰 플라스틱 통을 갖다 댔다.
 음력 열이틀의 달이 맑은 하늘에 둥실 떠 있다. 바람도 잔잔한 산중의 고적은 소곤소곤 속삭이는 풀벌레 소리를 듣게 하고, 좀 먼 거리인 어둠 속 어느 진원지로부터 울어대는 암꿩의 처량한 울부짖음도 생생하게 가슴에 와 닿는다.
 돌연, 위로부터 내려오는 검은 물체를 목격하게 되었다. 무장공비(김신조 일당)이 청와대침략 시도를 일망타진 한 후, 5,16주체 군사정부에서 강제 철거한 옛 절터표면이 굳게 다져진 공터를 가로지르고 있다. 긴 네 다리가 빨리 달리기에 적합하게 발달되어 있고, 바싹 세운 두 귀를 자유자재로 움직일 수 있는 호리한 몸통의 머리, 흙냄새를 맡는지 앞 두 다리 사이로 낮추어져 있다. 나뭇가지 이파리 사이사이로 비치는 달빛조각의 은빛을 빌려 추측을 내린다면, 초식동물인 노루 같다.

 서울 한복판에 솟아있는 북한산은, 주야를 잊은 무수한 사람들의 왕래로 야생동물들이 살아가기에는 환경이 적합하지 않다. 그럼에도 멧돼지 같은 큰 동물이 출현했다는 소식을 간혹 듣고 있다. 이곳의 험준한 지리를 구석구석 충분히 익혔을 노루가 생명의 위협이 더 높은-지형이 낮은 이곳까지 내려온 이유는 알 도리가 없다. 노루는 일정한 걸음으로, 식수로는 부적합하다는 판정이 내려진 공터 아래 축대 밑 웅덩이 방향으로 내려가고 있다. 그러다 공터로 들어서는 초입의 경사길목을 빠져나가면서, 좌편 축대가 일부 무너져 내린 모퉁이를 돌면서 사라졌다.

 봉준은 낮은 음정의 허밍에서 마음껏 내지르는 큰 목청의 노래를 부르기 시작했다. 장르 구분 없이 떠오르는 대로 즐겨 불렀던 성가, 귀에 익은 가곡, 학창시절 학우들로부터 배운 건전가요 몇 곡을 마음껏 외쳐 불렀다. 속이 다 시원했다. 그러는 사이에 물통이 다 채워졌다.

 자정 무렵, 봉준은 임의로 지정한 바위 위에 올라앉아서 눈을 감았다. 주변의 적막한 고요가 몸과 마음을 평정으로 이끌고 있다. 신선한 공기를 호흡하는 육신은, 자의식마저 잃고 황홀경에 빠져들었다. 물질세계는 온데간데없이 사라지고 빛이 환한 심령 안에서 영안이 떠졌다. 땅과 먼 허공에 붕 떠 있는 육체는, 그림자도 없는 무 형체의 강한 힘에 이끌려 어디론 지로 향해가고 있다.

황금빛 성문 앞에 도착했다. 눈부신 흰 세마포를 입은 문지기가 반겨 맞았다. 그 성문 안으로 발을 들이자, 영원히 죽지 않는 녹색비둘기 한 쌍이 나타나 앞길을 인도했다. 우편, 마르지 않는 시냇가에서 자라는 나뭇가지들마다 과실이 풍성하게 달려있다. 암비둘기가 물어다 손에 쥐어주고, 깨물어 먹게 한 과실은 지상에서 한 번도 맛보지 못한 특별한 별미였다.

두 번째 성문은 물체 감지기로 열렸다. 그 안에는 보석으로 지은 예배당건물이 있었다. 구속을 입은 수많은 성도들의 찬송과 기도소리가 절로 경건한 은혜에 잠기게 했다. '흉포한 악인일지라도 사랑에 오래 젖어있으면 의인이 될 수 있다.'라는 문구가 입문 광채석판에 새겨져있는 예배당 내 전면은, 멀리서도 은혜를 끼치는 전류가 감지됐다. 아무나 접근할 수 없는 황금보좌의 빛 때문이다.

그 높은 보좌에 정중한 자세로 앉아 계시면서, 성도들을 굽어보는 눈빛이 있었다. 인류를 죄악에서 구원하시려 홀로 죽음의 십자가를 짊어지신 예수그리스도이시다. 방문객도 부활을 입은 여러 성도들과 함께 그 앞에 무릎을 꿇고 곧 내려질 축복을 기다린다. 이윽고, 못 자국의 상흔이 남아 있는 성스러운 손길이 머리에 얹어졌다. 뜨거운 눈물이 흘러내렸다.

"내 아들아, 너는 은총의 선택을 입은 존귀한 나의 아들이니 총명과 지혜로써 천국비밀을 지상에 공포하고, 이를 듣는 성도들의 믿음의 씨앗이 가시밭에 떨어지지 않도록 돌보고 키워야 한다. 나를 알지도, 알려고도 하지 않는 구원 밖-숨을 쉬기에 살아있는 듯이 보이나, 실상은 멸망의 길을 걷는 불쌍한 사람들처럼 술에 취해 거리에서 떠들지 말고, 오직 성결의 연단을 받아 경건의 힘을 쌓아라. 내 너를 축복하노라."

신앙심을 길러주는 책을 본 뒤의 눈은 침침하며 흐렸다. 봉준은 천막을 나와 길 없는 가파른 암벽을 네 발로 기어오르기 시작했다. 암벽을 정복하고 소규모 나무숲에 다다랐다. 그 사이를 통과해야만 너머 세계를 볼 수 있다. 산초나무가시가 옷자락을 붙들었다. 그 장애물을 벗기고 나무숲을 벗어나자, 어마어마한 바위가 앞을 가렸다. 다른 길은 없다. 또 한 번 네 발로 바위벽에 바싹 달라붙어 기었다. 정점에 섰다. 전면이 탁 트인 하계가 한 눈에 내려다보였다. 그는 시선을 고정한 채로 몸집이 왜소한 작은 바위에 등짝을 기댔다. 그 허리 턱 절벽틈새 사이에는 사시사철 기후를 고스란히 맞는 영향으로 성장이 더딘, 아마도 다 자란 보드기인 듯싶은, 작달 하지만 강인성이 돋보이는 소나무 한 그루가 간신히 매달려있었다. 뒤편 상수리 나뭇가지를 넘나들며 먹이를 찾는 청아한 새소리가 귀를 즐겁게 깨웠다.

　도심상공에는 안개 같은 뿌연 연무가 껴 있어 가시거리가 짧다. 마파람을 맞고 있는 데, 우편에서 사람의 상체가 불쑥 솟구쳐 오른다. 여자등산객이다. 그녀가 네 발로 엉금엉금 기다시피하면서 암벽 턱 위에 닿자, 그 머리맡에서 작은 구슬눈매를 갸웃거리며 지켜보고 있던 줄무늬다람쥐가 재빨리 반대편 바위벽을 타고 도망쳤다.

　"휴, 힘들다. 안녕하세요!"

　여자등산객은 숨이 찬 목소리로 인사부터 건넸다. 봉준은 뜻밖의 인사에 흐뭇한 기분에 젖어들었다. 여자등산객은 파란색 바탕에 붉은색이 어우러진 등산복 주머니에서 작은 용량의 물병을 꺼내 뚜껑을 돌려 연후, 고개를 뒤로 젖히고 목을 축였다. 한껏 드러난 목덜미는 흰 우유처럼 희고 곱다.

　"물 드실래요?"

　성향이 솔직한 탓인가? 거리낌이 없다. 봉준은 목은 마르지는 않았으나 일단 받아두었다. 잔주름 하나 없는 여자의 매끄러운 얼굴피부는 생기가 팔팔했다. 맨 입술의 성질은 부드럽고, 줄이 가는 불가사리 은색목걸이를 건 목줄은 짧았으며, 우뚝 솟은 콧날은 매우 귀여웠다. 작은 별모양의 분홍빛 귀걸이로 발랄한 개성을 드러낸 귀는 작은 편이고, 단발파마는 꾸불꾸불 말려있다.

"산을 자주 타시나요?"

기분이 유쾌해진 남자가 물었다.

"일주일에 두 번 정도? 네, 그래요. 정기적이지는 않으나, 대체로 화요일, 금요일에 이 산을 올라와요. 근데, 어디서 본 얼굴 같네요."

여자는 낯가림 없이 남자를 좀 더 자세히 살피려 상체를 앞으로 기울였다. 두 얼굴 간격이 서로의 숨결이 닿을 정도로 가까워졌다.

"그래요? 전 초면이라 낯설기만 한데요."

남자도 눈을 피하지 않고 맞대면했다.

"스쳐 지나면서 얼핏 본 얼굴은 분명 아니고……? 정말 어디서 본 것 같은 데, 얼른 떠오르질 않네."

혼잣말이었다.

"기억을 살려 봐요. 그럼, 힌트가 될 테니까요."

"저, 혹 ……아, 아니야. 거긴 아니야. 내가 왜 이러지? 기억력이 나빠진 건가? 아, 맞다. 여름캠프!"

"여름캠프? 재작년인가 시인해변학교에 참가한 적은 있으나, 여름캠프를 즐긴 기억은 없는 데요."

"맞아요. 그때 우리 같은 조였지요?"

"그러고 보니 낯선 얼굴이 아니군요. 조장을 맡았었지요?"

"네, 그래요. 그쪽에서 시에 대해 이해하고 싶다 하기에, 김종훈 선생님을 특별히 모시고 밤샘토론을 벌였었잖아요. 이렇게 만나다니 정말 반가워요."

"신정혜 시인으로 소개를 받았던 걸로 기억하는 데 맞습니까?"

"기억력이 비상하시네요."

"일주일에 두 번씩 이 산을 오르내리신다면 집이 그다지 멀지 않겠네요?"

"이 산을 내려서자마자 동네인 걸요."

"돈 많은 부자시네요."

"도심에서 미술경매장을 경영하는 남편이 부자이지 실은 전 가난해요."

"남편이 잘나가면 아내도 잘나가는 거 아닌가요?"

"일방적으로 입방아에 오르는 말들에는 군살이 많이 붙어요. 본질을 거품으로 부풀린다는 뜻이에요."

"부자생활이 행복하지 못하다는 속병으로 들리네요. 맞습니까?"

"부자생활은 돈에는 구애를 받지 않으나, 위선이 많은 생활이라 양심적인 고통이 크답니다."

"겉으로는 화려하나 내면은 가난한지도 모르죠."

"심각해요. 해결방법이 쉽사리 떠오르지 않으니 집이 지옥 같아요. 그래서 산을 타기 시작한 거예요."

"마음의 병에 단단히 걸리셨네요. 웬만한 일에는 눈을 감고 귀를 닫는 덤덤함을 길러보도록 하세요."

"환경변화가 일지 않으면 질식해 죽고 말 거예요."

"시인의 자유가 그리운 게로군요."

"시인의 심성을 잘 읽으시네요. 맞아요. 짜증과 권

태에서 벗어날 수 있는 길은, 신선한 자연의 공기를 흠뻑 마시는 게 최선이라 생각해요."

"제가 깨우친 바로는 사랑이 식으면 만사가 귀찮아지고, 무기력에 빠지게 되면서 황금 같은 시간을 넋없이 흘려보낸다는 겁니다."

"심리학자세요? 아니면 정신분석학 분야에서 일을 보시나요?"

"인간과 신의 관계에 대해 연구하는 똘기 수도사입니다."

"어디서 그 일을 하고 계시는데요?"

"이 산 전체가 저의 영역이면서 스승입니다."

"설마, 사람이 살 수 없는 이 산중에서 살고 계시는 건 아니겠죠?"

"삼 년 작정을 하고 이 산중에다 천막을 쳐 두었습니다."

"여기서 머 나요? 천막구경을 하고 싶네요."

"사람들에게는 절대 비밀입니다. 잊은 듯 아득해야 객관적 연구가 활발해지니까요."

"저에게만은 예외를 적용해 보지 그래요."

"유혹입니까?"

"안요! 오히려 제 편에서 유혹을 당하고 있다는 느낌인 걸요. 대화를 편하게 하시니까 저도 편안해져 시간을 같이 하고 싶네요."

'괜찮다 하면서 어둠의 걱정을 품는 건 누구의 마

음이던가? 어느 편의 무게가 내게 만족을 안겨 줄까? 저울질하는 손익계산, 사람의 마음은 이토록 이중적이로구나.'

"무슨 생각을 그렇게 진지하게 하세요?"

"원칙을 깨느냐 마느냐의 고민을 잠깐 했습니다."

"나도 능력 있는 여자네. 호호호. 한 남자를 고민에 빠지게 하니 말이에요. 물병 이리 줘요. 내려가면서 버릴 테니까요."

봉준은 여류시인에게 빈 페트병을 돌려줬다. 그 순간 서로의 손끝이 살짝 닿았다. 봉준의 숙기얼굴이 금세 붉게 달구어졌다. 상대방의 그 표정을 놓치지 않고 주관적으로 읽어낸 시인은, 눈을 흘기며 엷은 미소를 띠었다.

"인상이 구수하게 참 좋아요. 그리고 마음이 왠지 평안해져요."

"갑시다."

봉준이 바위벽에서 등을 떼면서 힘차게 말했다.

"내 소원 들어주기로 결정을 내리신 거예요?"

여류시인은 제 앞을 지나는 남자 쪽으로 머리를 돌리면서 물었다.

"그렇습니다."

봉준은 정점 지역을 돌아 능선 길을 밟아나가다, 어느 지점에서 좌측방향으로 꺾었다. 걷기 불편하게 잔 돌멩이들이 무수히 깔려 표면이 거친 너덜겅 내리

막길이었다. 게다가 지난 여름태풍에 뿌리등걸 채로 스러진 상수리나무 한 그루가 길을 가로 막고 있기도 하였다. 그 짧은 구간을 벗어나자, 두 시간 전에 여류시인이 탔던 암벽이 나타났다. 여류시인은 그 암벽을 슬쩍 올려다 본 후, 남자 뒤를 바싹 따라 붙었다.

"저기예요?"

걸음을 멈추고 앞 편의 남자가 바라보고 있는 시선을 쫓다, 전방 이십 미터 울창한 숲에 가려져 윗부분만이 겨우 보이는 천막을 먼저 발견한 여류시인이 물었다.

"네."

남자가 시선을 돌리자 여자도 같은 방향으로 고개를 맞추었다. 마주한 두 눈길에는 서로를 그리워하는 연심의 불꽃이 튕겼다.

"알았어요. 거처를 알았으니까 다음에 올게요."

신정혜시인은 화요일 오전 열시 경에 봉분바위 아래에 도착했다. 그러면서 "여보세요, 여보세요."를 세 차례 크게 불렀다.

은둔자는 여느 때처럼 명상 중이었다. 그때, 여자음성이 경건시간을 깨트렸다. 그는 여자가 다시 찾아오리라고는 전혀 생각을 않고 있었다. 처음 접해보는 손님맞이라 다소 어리둥절했다. 얼굴에 전에 없었던 심각한 상기가 떴다. 영성훈련 중에는 성욕거리 대상인 여자는 절대 금물이다. 이 신조를 깰 수 없다는 갈등이 부풀어 올랐다. 그 사이를 비집고, 내 집을 찾아온 손님은 내쫓아서는 안 된다는 설득이 내면에서 일었다. 이 말이 결정의 동기를 만들어냈다. 그는 운동화를 꺾어 신은 발로 천막을 벗어났다. 사람이 살고 있다는 발자취를 최대한 남기지 않으려고, 바위에 바위를 밟고 다니는 건 계곡은 발목 정도로 낮으면서 폭은 좁지 않은 편이었다. 그 중 한 곳에서 여자가 등산화발로 기다리고 있었다. 여류시인은 며칠 전 복장 그대로였다.

"밑반찬거리와 우유랑 간식이에요. 세상에 태어나고부터 물질의 어려움을 겪어보지 못하였기에, 남 돕는 방법을 잘 몰라 덮어놓고 가져오긴 했는데, 적적한 외로운 생활에 위안이 됐으면 해요."

여류시인은 봉분바위 위에 올려둔 검은색 배낭을 눈빛으로 가리키며 다소곳이 말했다.

"폐를 끼치게 됐네요. 한데, 안색이 썩 좋지 않아 보이네요."

"그렇게 보여요? 속내를 드러내지 않으려고 했는데, 마음의 어지럼이 표면화된 모양이에요."

"무슨 일이 있었습니까?"

"내편에서 남편과 자식들에게 신경질을 부렸어요. 성격이 점점 비이성적으로 치달아 내가 싫어져요."

"마음을 다스리지를 못하시는 군요. 요가에 대해 압니까?"

"왜요?"

"말미를 정하여 종교적 기도를 해보라고 권하고 싶으나, 거부감이 심할 것 같아 일반적으로 쉽게 접할 수 있는 요가를 통해서 마음의 안정을 찾으라는 뜻입니다."

"천천히 생각해 볼게요. 그나저나 작품을 통 쓰지 못해서 걱정이 이만저만 아니에요."

여류시인의 등산복 어깨에 중 사마귀 한 마리가 어슬렁어슬렁 기어 다니고 있다. 내버려두면 얼굴을 타고 오를 것이 분명하다. 봉준은 엄지검지를 모아 잡은 사마귀를 생강나무 잎에다 올려놓았다. 여류시인은 제 의복에서 놀던 곤충에 화들짝 놀라며 다른 벌레는 없는지 뛰며, 털며 야단법석을 떨었다. 한바탕 소동이 끝났다. 이때를 기다린 봉준이 조금 전 여류시인이 한 말의 뒤를 이었다.

"불평불만이 가득 찬 마음에서는 창작이 불가능하지요. 그러니 내일부터라도 그 일에 전념하겠다는 각오로 오늘의 안정을 찾도록 하세요."

"안정? 평정? 내게는 꿈만 같은 머나먼 얘기네요! 여자는 꼭 남자에게 의존해야 심신의 위안을 얻을 수 있는 걸까요? 결혼생활을 해 보니까 환상이 깨졌다는 후회가 막심해요. 내 처지가 비참하다 할 정도로요."

"그건 내 뜻만을 지나치게 갈망하고 있는 데서 비롯된 갈등이라 여겨집니다. 가족의 행복을 위해서 얼마만큼의 희생을 하고 있는지를 가슴에 손을 얹고 냉정히 헤아려 보세요."

"오늘 시간 어때요?"

신정혜 시인이 느닷없이 성격 다른 화제를 띄웠다.

"공익 차원에서는 시간이 매여 있다는 게 타당한 변명이나, 개인적으로는 자유입니다."

"거참, 대답 한번 거창하네요. 공익차원? 대체 무슨 뜻이에요?"

"오늘 준비를 잘 해서 내일의 희망을 맞자는 다짐입니다."

"열악한 환경에서도 그때까지 어떻게 변할지 모를 꿈에 희망의 군불을 지피고 있다니, 실컷 울고 싶도록 꿈을 송두리째 잃은 나로서는 부러울 뿐이네요. 시간되는 거죠?"

"원하신다면 백리라도 동행을 해 드리겠습니다."

봉준은 우선 여류시인이 보내 준 성의에 감명을 받았다. 그는 낮은 바위에 걸터앉은, 피부가 뽀얀 미모의 여인에게 잠깐 기다려달라는 말을 남기고 날듯이 천막으로 돌아왔다. 그러고는 별 생각 없이 빈민 티가 절절 흐르는 헌옷으로 얼른 갈아입고, 내용물을 다 비운 가방을 챙겨들었다. 여류시인은 그의 구차한 복장에 눈을 잠깐 흘겼을 뿐, 구두로 나무라지는 않았다.

"차를 대기해 놨어요."

앞장 선 여류시인의 말이었다. 여류시인의 차는 배기량 이천 시시 흰색벤츠였다. 그녀는 운전석 문을 열어두고, 등산화를 굽 높은 구두로 갈아 신었다. 그런 다음 등산복 상의는 벗고, 오른쪽 가슴에 나비모양의 브로치를 단 분홍색 양장으로 갈아입은 후, 회색스카프를 목에 둘렀다. '아름다움은 어떤 소개장보다 낫다.'라는 말은 그리스 철학자 아리스토텔레스(BC384~BC322)가 남긴 관념적 명언이다. 이런 여성과 한 차를 타고 어딘가로 여행을 떠나는 것은 과분한 행운이 아닐 수 없다. 미인은 수많은 남성들의 시선을 빼앗는다. 미美의 힘은 그만큼 호소력이 강하다.

차는 북악터널을 지나 정릉램프에서 순환도로로 진입해 한참을 달리다, 폭이 좁은 이면도로를 빠져나와 미사리경기장을 바라보면서 속도를 냈다. 소리 없이 흐르는 은빛강물은 잔잔했다. 여류시인은 갓길에다 차를 세워두고 자연의 공기를 한껏 들이켰다. 두 팔을 크게 벌리고 눈을 지그시 감은 그녀의 스카프가 바람결에 너풀너풀 날렸다. 주위를 잊고 내맡긴 자연의 향기에 도취된 그녀는, 진정 이 세상 사람이 아닌 하늘의 선녀였다. 그 품위는 여유 있는 사람이 지닌 이지적 도도함이었다. 아니, 사이가 극으로 갈린 남편과 멀어진 데서 비롯된 성적 열등감을 잊으려는 몸부림일 수도 있었다.

이성사랑에 한껏 달아오른 봉준은 그만 넋을 잃고

말았다. 요란 떠는 심경을 다잡을 수가 없었다. 피 끓는 욕망은 인간의 본능대로 움직여 나갈 수 없다는 자제의 괴로움에 떨었다. 그는 도저히 자신을 제압할 수 없게 되자, 그녀와 십 보 떨어진 풀숲으로 들어가 말잠자리를 쫓는 딴 짓으로 울렁울렁 혼란해진 심신을 달랬다. 그 길로 강아지풀꽃에 몸을 숨기고 있는 방아깨비를 잡았다. 그는 방아깨비(따닥개비)의 몸통을 처음 쥔 그 손을 다른 손과 합작하여 두 뒷다리를 새로 고쳐 잡고, 정말 방아 찧는 흉내로 위 아래로 쿵덩쿵섬 뛰는 방아깨비 모습을 시인에게 보여주려고 그녀에게로 다가갔다.

그녀는 여전히 강물을 바라보며 종이에 뭔가를 쓰고 있었다. 중도에 고개를 돌린 그녀는, 남자와 방아깨비를 번갈아보며 눈웃음을 지었다. 봉준은 방아깨비를 자연의 품으로 돌려보냈다.

"가요, 어른이 덜 된 소년 씨!"

내면이 밝으니 미소 머금은 안색도 환하다. 봉준은 조수석문을 열고, 그녀가 운전석에 앉기를 기다렸다.

"어쩜 그렇게 귀여 우세요."

여류시인은 안전띠를 몸에 두르며 놀림이 가득 배인 음색으로 말했다.

"이거 방금 쓴 건데 읽어 봐요."

봉준이 음독으로 시 구절을 읽어 내려간다.

《초면의 남자》

강바람이 녹슬어 열기 힘들었던/내 마음의 문을 활짝 열어젖혔다./모처럼 맞아보는 도취의 행복/자유?/그렇다./나는 누구의 방해도 없는 자유를 그리워하고 있다./꿈의 자유를 일깨워 준 결정적 대상은/내 속에 들어앉은 미혼의 남성이다.
초면의 사람과/흠결 없는 일맥상통은 쉬운 일이 아니다./그의 영혼과 마음을 사랑하게 된 것 같다./그의 머릿속에는 놀라운 지식과 지혜와/미래세상을 향한 뜨거운 열정이/살아 숨 쉬며 있다./내 비는 마음은 그대의 무조건적 축복.

 "고맙네요. 감성이 살아났군요."
 봉준은 시 종이를 돌려줬다.
 "어때요? 작품으로서 손색이 없나요?"
 "그런 대로 괜찮습니다."
 "그런 시시한 시평이 어디 있어요. 자존심 상하려고 하는 데요"
 "칭찬을 듣고 싶었던 거지요? 미안하네요. 그렇지만 퇴고를 하시면 더 좋은 시가 될 수 있다는 미련을 남겨두세요. 시인님!"
 "감정을 앞세운 졸작이니 습작을 더 하라는 말로 들리는 데요."

"시 창작에서 퇴고만큼 중요한 것이 없다고 들었습니다. 긍정적으로 생각해 주세요."

"말씀을 잘하시니 말로써 이겨보겠다는 생각은 아예 버려야겠어요. 여기서 식사를 하고 가요."

강변식당의 운치는 기발했다. 나이테가 선명하게 드러난 소나무로 만든 식탁이며, 주물로 만든 장작난로가 고풍하다. 주초라, 손님은 한 테이블에 단 두 사람뿐이었다.

"어서 오세요."

황토색 개량한복을 입은 남자는 오십대 후반으로 짐작된다. 그는 식탁 양 모서리에 일자로 뻗은 손을 짚고, 상체를 숙여 두 손님에게 인사를 했다.

"이분이 김종훈 선생님이셔요. 선생님, 이분 기억하세요? 재작년 해변학교에서 밤샘토론을 나누었던 분이셔요."

여류시인이 두 사람의 연을 상기시켰다.

"그렇게 소개하시니까 기억이 생생하네요. 그때 참 고생 많으셨습니다."

"뭘요."

"'시가 대체 일상생활에 무슨 도움이 되느냐?' 물으신 정답 찾으셨습니까?"

시인은 여류시인 곁에 아예 눌러 앉아서 시 이야기부터 꺼냈다.

"전공분야가 아니라 생각을 통 안 해 봤습니다."

봉준의 짧은 대답에는 자신만 아는 상대방이 엇되게 느껴진 데 대한 불편이 서려있었다.

"이분도 시에 대한 조예가 깊더라고요. 제 시에 대한 비평이 어찌나 예리하던지 몸서리치게 떨렸다니까요. 그렇게 신랄한 비평은 생전 처음 들었거든요."

손님접대를 완전히 망각한 시인은 정색하는 눈빛으로 봉준을 다시 돌아봤다.

"독자의 입장에서 그냥 해본 말입니다."

봉준은 말꼬리를 흐렸다. 다른 쪽 식탁에서는 두 중년남자가 식후 커피를 마시면서 종교를 주제로 대화를 이어나가고 있었다.

"요즘 종교는 배가 부를 대로 불렀지. 벌써 이년 가까이 끌어 온 종교적 편향문제를 계속 제기하면서 나라의 분열을 연일 주도하고 있으니, 종교 간의 갈등이 극에 달했잖아."

"한 발짝씩 양보하면 될 일을 용서, 사랑, 자비 등을 외치며 신자들을 끌어 모으는 측에서 세력을 지키겠다며 악을 쓰니 나 원 참! 양극화 현상이 두드러지니, 나라의 장래가 어찌 될지 걱정이 이만저만 큰 게 아닐세."

"망할 놈의 정치! 문제는 청와대나 피감기관에서 종교가 같은 사람들끼리 모여 예배나 기도회를 갖는 것 자체를 종교편향이라 트집 잡는다는 거야."

"지난 얘기이나, 그 언젠가 직선제로 당선된 초대

서울시 교육감이 사무실에 앉아 있어야 할 시간에, 교회기도회에 참석했다 여론에 혼쭐이 난 적이 있었지."

"불교계에서 저토록 정부를 못 잡아먹어서 비난을 퍼붓는 이유는, 군중심리가 강하게 내재되어 있다고 봐. 왜 우리를 탄압에서 보호해 내지를 못 하느냐는 불자들의 여론에 떠밀려 스님들이 깃발을 앞세우고 거리시위를 하게 되었다는 뜻이지."

"우리나라는 종교의 자유가 보장된 국가야. 그런데 대통령이 기독교인이기에 외교부나 기타 기관에서, 불교신자라는 이유로 차별을 한다면 성질 안 부릴 사람이 어디 있겠어. 종교가 다르다고 차별을 두는 정책은 민주주의의 퇴보인 거지. 공무원들은 두말할 나위 없이 자신의 신앙을 가슴에 묻어두고, 국민들에게 봉사한다는 정신을 가져야 해."

"그만하자고. 입만 아프니까. 셈은 내가 할께!"

두 손님이 빠져나가자, 시인의 부인이자 식당주인인 오십 중반의 여인이 가장 기뻐했다.

"이런 장사를 하노라면 종교나 정치이야기로 싸우는 일이 왕왕 벌어져요. 남의 종교나 한 시대를 동시에 이끌어가는 상대 정당을 존중해줘야 저도 살고 나도 사는 건데, 정신머리들이 워낙에 누렁우물이라 자신의 것만 옳다고 침을 튀기니, 하여간 결국에는 난장판으로 끝나는 경우가 다반사죠."

이러한 설명을 늘어놓은 여주인은 불교신자였다.

"여보, 저 양반들이 당신의 신앙 주主인 준동함령등피안蠢動含靈登被岸 부처님을 모독했으니, 쫓아가서 귀싸대기를 갈겨 주구려!"

시인이 아내에게 감정 실린 충동질을 내뱉었다. 딴에는 부부로써 서로를 썩 잘 안다는 낯익은 농담이겠으나, 지성인의 인격을 스스로 모독한 폭언이 아닐 수 없었다.

"법이 무서워 참는 거예요."

부인의 통명스러운 대꾸였다.

"그러다 심장발작이 일어나면 어쩌려고? 당신이 오래 살아야 내가 밥을 굶지 않잖아."

"당신은 인생을 헛 살았다고요. 낼 모레면 환갑이 되는 양반이 예나 다름없이 마누라 치마폭이나 부여잡고 있겠다니, 철 좀 들어요. 오그랑장사치도 안 되는 시 몇 줄을 써 놓고, 나 시인입네 명함을 내미는 당신 꼴 정말 더 이상 못 봐 주겠어요!"

여류시인과 봉준은 동시에 불편한 심기를 드러냈다. 여류시인은 봉준에게 눈살 찌푸린 얼굴을 돌려 사과의 의미를 실은 고개를 끄덕거렸다. 두 사람은 암묵적 시선을 교환한 후 자리에서 일어났다. 봉준이 먼저 나왔고, 여류시인은 마지못한 에둘러 인사를 남기고 자갈마당을 밟았다. 두 손님을 배웅 나온 시인은, 엉너리 웃음을 연신 흘리며 죄송하다는 말을 반복했다.

"선생님도 참, 말씀을 골라서 하시지! 하여간 유쾌하지 못한 면을 보여드려서 죄송해요."

뒷말은 봉준에게 한 사과였다. 여류시인은 잠시의 침묵을 풀고 차 시동을 걸었다. 그녀의 표정은 불만으로 어두웠고, 그 때문인지 미간을 떠는 불안정한 기색이 역력했다. 여류시인은 차량을 청평 쪽으로 몰아 나갔다.

"돌아갑시다."

봉준은 이대로라면 기도시간을 놓칠 수 있을 것 같아 진행을 막았다.

"아니에요. 조금만 더 가면 목적지에 도착하게 돼요."

"왜 내가 거기까지 동행해야 하는 거지요?"

"사랑을 나누려고요."

"선생님의 사랑 대상은 남편과 자녀들이지 내가 아니잖아요."

"도와주세요. 사랑을 잃고 방황하는 영혼입니다."

"아무리 사랑일지라도 남녀 간에 지켜야할 선은 넘지 말아야 한다는 건 상식이 아닐까요?"

"오해 말아요. 난 그쪽과의 대화를 통해서 나를 깨닫고 싶을 뿐이에요."

"해답은 먼 곳에 있는 것이 아니라, 내 주변에 또는 내 안에 있어요. 지금까지 배운 지혜와 지식을 나누는 기회로 삼고 간청하신 것은 도와드리겠으나, 이후부터는 남편과의 대화를 꿈꾸도록 하세요. 가족의 불행은 대화단절에서 깊어지는 거니까요."

"정말, 오늘날같이 혼탁한 세상에서 찾아보기 힘든 깨끗한 마음의 소유자시네요. 그 맑은 정신에서 나오는 시 얼마나 아름다울까요."

"남편은 어떤 분이세요?"

"아집이 극에 달한 사람이에요. 그런 품성 때문에 남편은 사업에 성공할 수 있었지요. 그렇지만 그 이면으로는 독단과 독선으로 직원들을 태엽 감는 시계 속의 부속품처럼 취급하고 있으며, 집에서도 여자의 영역인 커튼의 모양과 색상까지도 간섭하는 등 식구를 자신의 부속물처럼 부려요. 그러니 대화가 없을 수밖에요. 생각해 보세요. 한 남자의 아내가 아니라, 그의 소유물로 그의 명령에 따르는 뒤웅박 신세로 살아간다는 거 상상이나 해 보셨나요. 아니, 상상할 필요도 없겠지요. 지긋지긋하고 소름이 끼쳐요.

저에게는 독자에게 감동을 주는 좋은 시인이 되고 싶은 꿈이 있어요. 그런데 남편은 시를 비생산적인 나부랭이라 치부할 뿐이에요. 이에 저도 남편이 조종하는 인형의 집에서 탈출을 시도한 적이 몇 번 있었어요. 그렇지만 사랑하는 두 아들의 부성애마저도 함량 미달인 그에게 맡겨둘 수 없다며, 그때마다 하루 만에 인형의 집으로 돌아가곤 했어요."

"양광을 버리는 이혼을 고려하고 있다면 재고하세요."

"매일 싸움인 데, 호강이 무슨 소용 있나요. 더구나 난 무신론자에요. 이혼을 하고 말고는 내 의지에 달려 있어요."

"독신생활이 낭만적으로 보이겠지만, 외로움은 상상을 초월해요."

"시를 쓸 수 없다면야 내 인생은 무의미하겠지요. 그렇지만 시를 쓸 수 있는 환경이 만들어진다면, 그 고독을 자양분으로 삼을 작정이에요."

"진정, 가정을 지키면서 시를 쓸 수는 없는 겁니까?"

"없어요. 집은 나의 작은 교도소예요."

"그럼, 남편과 합의하여 조용한 환경에서 자신에 대해 에움해보는 것은 어떨까요."

"무엇을 갚거나 배상함의 뜻을 지닌 우리말 에움이라! 그 대답에 앞서 역질문 하나 할게요. 그 기간이 얼마나 걸릴지 모르겠지만 같이 있어 줄래요?

"이브가 쳐놓은 덫에 걸려드는 느낌이 드네요."

"불륜을 걱정하시나요? 그 점에 대해선 염려 말아요. 금단의 선을 넘지 않도록 스스로 조심할게요. 난 그만한 양식을 갖춘 여자예요."

"믿을 수 없는 건 사람의 세 치 혀입니다. 나 역시도 유혹에 약한 남자라, 내 자신을 믿을 수 없을 것 같습니다. 그러니 여기서 각자의 위치로 돌아가는 게 현명하리라 봅니다."

"정말, 벽창호 같은 양반이시네. 제발, 내가 숨 좀 쉬며 살 수 있게 해 줘요."

"이런, 커피가 다 식었네."

봉준은 대답이 궁색해지자 딴청을 부렸다. 대화에서 일시 벗어난 그는, 언제 들어도 힘찬 감동을 주는 베토벤의 교향곡 5번 '운명'이 벽 스피커에서 흘러나오는 것을 비로소 들을 수 있었다. 그는 유쾌한 기분으로 음악 감상에 몰두했고, 여류시인의 안색은 내내 심각하게 굳어 있었다.

"돌아가고 싶으세요?"

여류시인이 한숨을 무겁게 내쉬며 물었다.

"네. 돌아가서 생각을 정리해야겠어요."

"은둔 장소를 무인도 같은 데로 옮길 생각은 없나요?"

"현재의 나는 육신의 안일을 추구해서는 안 됩니다. 일부러라도 고생을 해야 합니다. 창조의 능력은 고난의 빛이니까요. 그러니 너그러이 이해해 주세요."

"매달려도 안 되겠네요. 알았어요. 가요."

봉준은 초가을인 데도, 아직도 활개를 치는 모기들을 퇴치하려나선형모기향을 피웠다. 신정혜 시인이 가져온 물품은, 쇠고기통조림, 깻잎통조림, 삼 킬로 쌀 한 봉지, 값비싼 빨간 티셔츠 한 벌, 천 밀리 용량의 흰 우유 한 통이었다. 그는 이 물건들을 앞에 두고 한동안 감상에 젖어들었다.

　사람들은 간통이 사회윤리에 위배되는 줄을 뻔히 알면서도 한번 빠지면 쉽사리 헤어 나오지 못하는 이유는 대체 어떤 심리 때문일까? 수장收藏, 음폐陰蔽 등의 개념어의 어근과 한 뿌리인 흑黑은, 감춘다는 의미를 지니고 있다. 이 바탕에서 본디 어두운 남의 이목을 피해 몰래 만나는 사랑은, 과연 어떤 맛이기에 도덕성 불감증이라는 단어를 낳은 걸까? 사회 전체로 두루 퍼진 성 개방 풍조는 이혼을 부채질하여 가족해체를 몰고 왔고, 소년소녀 가장 수도 급속히 늘려 놓았다. 일의 능력을 배가시킨다는 사랑도 일종의 중독이다. 샛바람 사랑은 빠져나가는 성질을 안고 있다.

　여류시인의 소망은, 정신적으로나 육체적으로나 자유를 옥죄는 남편으로부터의 절박한 탈출이다. 그녀는 절벽에서 떨어져 죽더라도 언젠가는 공중을 나는 새가 되고 말 것이다. 그녀는 그 배후인도를 나에게 맡기려 하고 있다. 그렇다면 훗날에 혀가 닳도록 변명을 늘어놓아도 가족 해체에 대한 죄목에서 벗어날 수 없게 된다. 한 남편의 아내이면서 두 아이의 엄마라면, 이미 여성적 신선감은 많이 반감되었을 터. 그럼에도 눈을 감을수록 그녀의 모습이 더욱 선명하게 그려진다. 그 힘은 사랑의 사모에 닿아있다.

　여자와 사랑에 빠진 영혼은 곧바로 동력을 약화시

켰다. 해도 그만 안 해도 그만이라는 좀팽이 근성은, 정규 기도시간을 약식으로 때우는 부실로 나타났다. 잠자리에 누워 다시금 사무치는 그리움으로 몸이 달궈졌다.

낯익은 미모의 여성이 안개 속에서 소리 없이 걸어 나와 우윳빛 손을 내밀었다. 그 고운 손에는 가벼운 새털이 들려 있었으며, 새하얀 발에는 감촉이 부드러운 새털신발이 신겨져 있었다. 남자가 새털의 끝을 잡아당기며 여자를 품에 안았다. 여자는 수줍음에 붉어진 얼굴을 옆으로 돌리며, 남자의 입술을 피했다. 남자는 그러려니 반응만을 나타내며, 그 이상은 나가지 않았다. 대지는 온통 은빛이고, 오두막집 안에도 보름달빛이 환하다. 편대를 지은 기러기 떼 한 무리가 그림자로 그 빛 앞을 지나쳤다.

"가지 말아요."

남자가 품에서 빠져나가려는 여자의 어깨를 잡고 애원했다.

"가야 해요. 날이 밝아오고 있잖아요."

"하늘의 천사라도 된단 말이오! 이대로 보낼 수 없소. 이곳에서 나와 영원히 삽시다."

"안 됩니다. 나를 부르는 미명의 저 종소리 들리지 않나요?"

여자의 손끝이 남자의 손에서 떨어졌다. 남자는 여자의 뒤를 애원으로 쫓으며 달렸으나, 도무지 따라

잡을 수 없었다. 그 사이, 여자는 안개 저편으로 사라졌다. 새벽빛도 동시에 가르며 사라졌다. 일식 때 달의 그림자가 지나는 동안 세상의 모든 색깔이 창백함에 잠기듯이, 낮게 드리운 나뭇가지 사이로 희망은 꺼지고 말았다.

2

　정봉준은 하루 한 끼니 식사를 지켜온 마지막 날 저녁에, 해충 약을 복용한 후 잠자리에 들었다. 비장한 각오를 다진 아침일기는 찌뿌둥하다. 식음 전폐 오 일째로 접어들자, 기진맥진해진 체내에서 고약한 냄새가 자생으로 내뿜어지기 시작했다. 양치질을 해도 그 악취는 좀처럼 가시지 않았으며, 천막 안의 공기도 불쾌하기 짝이 없었다. 게다가 하루 종일 켜놓다시피 하는 석유난로심지 그을음의 냄새에도 구역질이 일어, 번번이 불을 끄고 추위에 벌벌 떨어야만 했다. 한번은 가스가 찬 듯이 메스꺼운 속을 뒤집는 구토로 소죽음을 겪기도 했었다. 시름 과정은 무지근하도록 힘겨웠다. 조금의 힘이라도 비축해두려고 이동거리를 천막 앞까지로 제한하고, 그 외에는 죽은 듯이 거의 누워서 하루하루를 견디었다. 기도와 성경을 읽는 영적일 외에 육체적으로 할 수 있는 일이 아무것도 없는 시간은 마냥 길기만 하다. 그 무료함은 시간이 정지된 것 같은 초조함을 불러일으켰다.

열흘째를 맞았다. 저체온에 기력이 쇠해진 입안의 침샘도 바싹 말라, 목을 넘길 수 있는 물질은 아무것도 없었다. 게다가 줄곧 누워 있는 처지라, 허리가 끊기는 듯 한 통증이 온몸을 쑤시고 다녔다. 가장 이겨내기 힘든 육체의 시험은 진수성찬의 유혹이었다. 이때마다 상상으로 온갖 만찬을 다 맛본다. 그러면 일시적으로나마 정신적 기운이 되살아난다. 이 고비를 인내가 뒷받침된 신앙으로 겨우 극복하자, 신기하게도 어느 정도 거동이 가능해졌다. 내조의 독서량도 늘릴 수 있었으며, 주야로 두 시간씩 나누어 올리는 기도 역시도 온전히 채울 수 있었다. 그렇지만 하늘의 지식이 임한 성령의 펜을 쥐고 글을 쓸 수 있는 기력은 여전히 아니었다.

산천은 새하얀 눈에 온통 뒤덮여있다. 나뭇가지마다에도 설화雪花가 만발하고, 크고 작은 봉분바위들도 단일색상으로 덧입혀졌다. 이후 며칠 간 맑은 햇살이 이어졌다. 양지바른 비탈부터 눈이 녹아내리기 시작하면서 쌓인 낙엽들이 속속 드러났다. 홀로 선 잡목림들도 다시금 앙상한 제 모습으로 돌아왔다.

봉준은 기도바위에 눌러앉아 까칠하게 뜬 입술딱지를 어름어름 매만지며 떼어내고 있다. 무료한 시간을 달랠 수 있는 유일한 낙이라, 제법 재미가 쏠쏠하다. 체온은 내내 차다. 특히, 손과 발이 시리다. 그는 천막

안으로 기어들어가 길게 누인 몸 위에다 두 겹의 담요를 덮었다. 돌연, 무슨 목표로 이토록 희생하며 금욕을 해야 하는가에 대한 회의가 일었다. 그렇지만 힘을 쓸 수 없도록 몹시 쇠해진 육신에 정신력도 퍽 약해진 상태라, 원인분석에 전념할 수가 없었다. 체념은 눈꺼풀을 끌어내렸다.

장기금식에서 제일 편한 자세는 잠이다. 반대로 잠을 이루지 못하면 갖가지 잡념들에 시달림을 받게 된다. 선잠에서 깨어나니 해 저문 저녁 무렵이었다. 누운 채로 생각의 흐름을 좇는다.

'사람은 생존을 위하여 영역을 침범한 적과 싸운다. 그 강한 본능은 자신을 부인하지 못 하는 이기심의 발상이다. 종교차원의 진리는 천하보다 귀한 생명들을 아끼고 보듬는 것이다. 불순한 상대와 맞서 싸우면 영적손해가 크니, 좁은 마음의 근심을 품고 있긴 하나, 그 감정을 넘은 선의의 순응은 승리를 성취하는 지름이다. 따지고 보면 인간의 이기심은 생명을 유지하려는 데, 그 기원을 두고 있다 해도 과언이 아니다. 그러므로 인체 뼈골과도 같은 이기심을 완전히 버리고 살아가는 사람은 아무도 없다.

이기심이 낳은 최고의 고범은, 지나치게 높은 이상에 대한 과욕이다. 그렇지만 감정의 이기가 인류발전에 공헌한 것은 부인할 수 없는 사실이고, 개인에게는 봉우리에 오른 성취감을 선물로 받았다. 그러므로 사람에게 있어서 이기심은 필요하기도 한 잠재적인 알심이다. 이기심은 사용방법만 옳다면 생명을 살리는 데, 기여할 수 있는 좋은 약재藥材가 아닐 수 없다.

자신을 낮출 줄 모르는 이기심은 패망의 선봉이다. 성질이 강박하게 교만한 자는 이웃에 해악을 많이 끼치므로 싸늘한 외면을 당한다. 이웃을 용서할 줄 모르는 행위는 무지한 업적을 남긴다. 남을 이해하려 하지 않고, 물리적 알력으로만 몰아붙이는 사람은 두고두고 욕이 따라 붙는다. 극도의 무지는 시도 때도 없이 자기 자랑을 떠벌리는 행위이다. 지각이 없는 사람은 돈이 많으면 기구한 팔자가 금방 펴진다하나, 막상 돈이 쥐어지면 탕진을 향해 내달린다. 시간을 아낄 줄 모르는 자는 자기 생명을 학대하는 죄인이다.

축복을 받을 자는 도움이 필요한 이웃을 찾아다니며 사랑을 전파한다. 그들이 다른 사람으로부터 듣는 칭찬은, 신앙의 품위를 갖췄다는 인정의 반영이다. 남의 험담을 삼가고, 사심 없는 웃음으로 제 집을 찾는 사람을 차별 없이 반겨주는 사람은 평화의 사신이다. 가난한 사람들의 생활형편을 가장 높은 이해로 받아들이는 이웃은, 힘겨운 역경을 넘어섰거나, 현재 그 과정을 수행하고 있는 서민들이다. 가난한 이들의 징징 대는 푸념을 제일 듣기 싫어하는 부자는, 그늘 속에서 소외받는 자들을 폄하하기 때문에, 거액의 기부

금일지라도 온기가 느껴지질 않는다.'

　마음 판에 영적축복의 단어가 아로 새겨졌다. 잔잔한 물결로 일어난 감동의 여세는, 애오라지 사랑으로 인류를 품자는 결의로 이어졌다. 잠이 밀려들었다.

　허리가 기역자로 고부라진 왜소한 체구의 노파가, 시장수레에 소량의 폐지를 싣고 고물상으로 향해 가고 있다. 다리를 저는 노파는 무척이나 지쳐보였고, 주름투성이 작은 얼굴에는 검댕이 먼지가 뒤덮여 있었다. 그 곁을 무심코 지나치려한 신사는 돌연 걸음을 멈추었다. 가엾은 노파를 차마 외면할 수 없었다. 긍휼의 감정은 체면을 벗어던지게 하였으며, 노파의 흉하게 찢기고 튼 손을 덥석 잡고 수레를 대신 끌었다. 한데 고생으로 반쪽이 된 얼굴피부가 거친 데다, 시력도 좋지 않은 노파의 얼굴에 화색이 감돌았다. 폐지 값은 푼돈 몇 닢에 불과했다. 신사는 자신의 지갑 속에서 얼마의 지폐를 꺼내 그 몇 닢 위에 보탰다.

　봉준은 끈질긴 참을성을 요하는 과정을 탈 없이 무사히 마쳤다. 우수절기가 지난 이후 봄기운을 느끼게 했던 이월 하순의 날씨는, 다시금 한파가 몰아닥쳐 사십일 금식으로 쇠약해질 대로 쇠약해진 몸과 마음의 운신을 더욱 움츠려들게 하였다. 그는 천막 안에서 구들직장하며, 자정까지 몇 시간 남았는지 초침소리를 세는 한편으로 음식물을 준비했다. 일일이 바뀌자마자 그는 제일 먼저 감사기도를 올렸다. 그러고는 두꺼운 스티로폼을 덮은 장판바닥에다 여러 장의 신문을 깔고, 난로 철 선반에서 내린 냄비를 그 위에 놓았다. 뚜껑이 열렸다. 한 줌도 채 되지 않는 적은 양의 쌀을 맹물로 채운 묽은 미음이 한 눈을 채웠다.

한술두술 떠먹는 음식물의 첫 반응은 가볍지 않는 미열과 현기증으로 나타났다. 관자놀이를 누르며 이내 잠자리에 들었다. 기나긴 깊은 잠에서 깨어나자, 시력에도 얼이 빠져 있음을 실감했다. 사물을 보는 눈빛이 또렷하지 않았다. 퍽이나 약해진 무릎관절도 체력을 제대로 받쳐주질 못하였다.

식음 전폐 다음 주의는 보식과정이다. 체력관리를 꾸준히 한 덕분에 걸음걸이도 웬만큼 회복되어 십 미터 이내의 거리쯤은 쉽사리 오갈 수 있게 되었다. 헛발에 자칫 넘어지기라도 한다면 그만큼 새로운 용을 써야 하므로, 시야가 미리 발견한 뿌리박힌 돌쩌귀를 조심조심 피해 짧은 평지만을 골라 체력기운을 서서히 끌어올렸다.

금식 중에 단 한번만 이용했을 뿐인 샘터를 모처럼만에 찾기로 하고 천막을 나섰다. 빈 물통을 들고 왕복 이백 미터거리 도전에 나선 심정은 설렘으로 흔들렸다. 도중에 두세 차례 쉬고 도착한 샘터에서 물을 받고 돌아오는 발길은 역시 예사가 아니었다. 팔을 당기는 물의 무게는 빠른 속도로 가쁜 숨을 몰아내쉬게 하였으며, 그때마다 아무데나 주저앉아 힘들어하는 체력을 달랬다.

손거울로 얼굴을 들여다보니 파리하도록 깡마른 낯선 남자가 반사로 비쳐졌다. 핏기 없이 건조하게 마른 두 눈은 안쪽 깊숙이 박혀 있어, 마치 오랜 병중인 환자나 다를 바 없었고, 얼굴 전체를 엷게 덮은 핏기 마른 피부 위로 불쑥 솟아오른 광대뼈는, 죽음을 목전에 둔 해골의 모습과 흡사 닮았다.

기대를 걸었던 금식응답은 열흘이 지났는데도 은사 죽음이다. 가브리엘천사가 새를 통해 보내리라 믿었던 물과 떡을 맛보는 기적은, 끝내 간접의 가시로도 나타나지 않았다. 하나님께서 예비해 두셨을 것이라는 믿음의 환영은 보이질 않았으며, 암흑의 회의만이 앞을 가렸다. 크나큰 실망은 고개를 떨어트렸다. 믿음의 열이 차갑게 식은 가운데, 하나님 흉내를 낸 교묘한 마귀장난에 놀아났다는 기분은, 신체를 들먹이며 가만히 앉아있지를 못하게 만들었다.

오랜 은둔생활은 세속을 아득하게 멀게 했다. 그는 돈의 모양을 그려보다 결국 포기하고 만다. 148X68 규격은 그런대로 감은 잡았으나, 그 일만 원 권 지폐 속의 인물이 누구이며, 그 이면의 그림은 무엇인지 도무지 떠올릴 수가 없었다. 몇 종류의 지폐가 통용되며, 몇 종류의 동전이 사용되고 있는지조차도 가물가물 흐렸다. 또렷한 기억 하나는, 두 날개를 펴고 하늘을 나는 학이 새겨진 오백 원 동전뿐이었다.

봉준은 자연과 일치된 삶이 퍽이나 감사했다. 빈자의 대표적 인물인 성 프란시스처럼, 새들과 식물들과의 일대 일 대화를 나누는 경지에까지 비록 이르지는 못하였으나, 서로를 반기며 말을 거는 교류는 친밀하게 형성되었다. 그 관계는 즐겁고 화평하였으며, 맑은 영을 유지하는 데 상당한 도움이 되었다.

오랫동안 등진 세속 근황이 궁금해졌다. 그는 목욕 후 몇 가지 생필품을 사야겠다는 구실을 만들어 외출 준비를 마쳤다. 체력은 어느 정도 회복은 되었으나, 걸음걸이는 아직도 휘청휘청 여의치 않다.

각종의 죄악들이 범람하여 한시도 사고나 사건이 끊이질 않는 세속이 가까워질수록, 봉준의 심장은 울렁울렁 가빠졌다. 맑고 깨끗해진 영의 정신에, 행여 오염물질이 끼지 않을까 지레 조심스러워졌다. 산을 다 내려와 콘크리트차도에 첫발을 딛자, 이내 죄의 구덩이에 빠져든 것 같은 섬뜩함이 와락 덮여왔다. 하나님이 기뻐하지 않는 점성가 발람(신명기22장에 등장하는 인물)의 행보에 나섰다, 그로 인해 당나귀가 담장을 비벼대는 어떠한 시험의 경을 받게 되는 것이 아닐까? 두려움이 의기소침에 잠겨들게 하였다.

상체는 희고 다리 부위 하체는 검은 털인 혈통 좋은 개를 데리고 산책을 나온 사람이 목격되었다. 봉준은 내심 놀라면서 저도 모르게 한발 뒤로 물러났다. 사납게 생긴 멧돼지사냥개 시베리아 산 라이카가 무서워서가 아니라, 실로 오랜만에 보는 사람의 형모가 이상한 괴물처럼 시야에 들어왔기 때문이었다. 동시에 상대방도 놀라는 기색을 얼핏 띠었다.

라이카의 목줄을 길게 잡고 있는 개 주인이 정작 놀란 것은, 가벼운 풍속에도 쉬 날릴 것 같은 앙상한 들피자의 기묘한 몰골 때문이었다. 덩덕새머리 꼴에 굶주린 영양실조로 누렇게 뜬 안색, 그 복판 깊이 박혀 있는 두 동공, 그 주위 골격을 그대로 드러낸 병색 짙은 해골에 말문이 막혀버린 것이었다.

기력이 푹 처진 봉준은 태연을 꾸몄다. 그렇지만 안중 의식은 어찌할 수 없이 시선을 피하고 만다. 신장이 훤칠한 사나이는 이상하다는 눈치를 연신 흘리며, 빨리 가자며 끌어당기는 개를 쫓아 입산에 올랐다.

"사람이 사람을 경계하다니, 낯선 자라도 구원의 형제로 받아들이지 못한다면 분명 장애로 작용할 수 있겠구나!"

봉준은 혼잣말로 이렇게 중얼거리며, 즐비하게 이어진 고급주택들과 산자락 사이의 언덕배기 경사도로를 내려가기 시작했다. 금식기간 동안 한 모금의 물도 마시지 않았다. 이후 바싹 마른 입안과 위를 적시는 차원에서 소량의 물을 마시다, 물 사정이 한결 나아진 어제부터 그 배로 늘렸다. 그렇지만 오늘은 조

식인 쌀죽을 먹기 전에 마신 한 모금 물이 전부이다. 그래서인지 조갈증이 심하다.

차량들이 쌩쌩 달리는 사차선도로 주변은 활기가 넘쳤다. 그는 먼저 은행에 들러 자동인출기에서 얼마의 돈을 인출했다.

"어머! 여기 웬일이세요?"

봉준은 목소리 방향으로 흐트러진 장발을 돌렸다. 노란 바바리코트에 질감 좋은 회색스카프를 목에 두른 여인이 한발두발 다가온다. 피부가 뽀얗게 고운 조용한 미소가 퍽이나 아름답다. 신정혜 시인이었다. 문학모임을 마치고 귀가 전에 빵을 사려고 제과점문을 여는 순간에, 몰라보도록 변한 봉준을 놀라운 눈썰미로 용케 알아 본 것이었다.

봉준은 멀뚱한 자세를 유지하고 있다. 미간이 경미하게 흔들렸다. 부풀어 오른 부담감을 이를 악물고 억제하는 기색이었다. 그렇지만 왜 경계를 높여야 하는지, 그 이유를 모르겠다는 순진한 낯빛이다. 지금은 영적시험을 중대하게 경계해야 하는 침묵기간 중이다. 특히, 그 대상인 사람과의 접촉에 깊은 거리를 둬야한다. 그러나 여린 마음은 강세하지 못하다. 접근을 허용하듯 잠복기준이 깨졌다. 그 유순성은 무언의 아는 체를 넘어, 제법 친근미까지 내비쳤다.

"어디 편찮으셨어요? 안색이 형편없이 망가졌네요. 감당하기 힘든 일을 치르기라도 하셨나요?"

새하얀 치열이 가지런한 여류시인은, 자신의 세련된 차림새와 전혀 상반인 남루복장의 남성에게 연이어 물었다. 그 목청에는 걱정 반, 반가움 반이 뒤섞여 있었다.

"제가 나중에 연락을 드리겠습니다."

"바쁘세요?"

"여러 가지로 준비할 게 많아졌네요."

봉준의 수분 마른 성대는 잠겨있으면서 가늘게 작았다. 그는 그 이상의 말은 힘들어 등을 돌렸다. 영하권 바깥 날씨에서, 섭씨 삼십도 넘는 습도를 머금은 실내 환경으로 성급히 들어서자, 이내 가슴이 갑갑하게 미어지는 호흡곤란 증세가 일었다. 그 영향은 세상이 어질어질 도는 현기증으로 이어졌다. 후끈 더워진 이마와 겨드랑이에 식은땀이 배었다. 기력이 유체이탈로 빠져나갔다. 신체가 불안정하게 휘청휘청 흔들렸다. 더는 버틸 수 없었다. 여력을 잃었다. 그는 주변을 살필 겨를 없이, 목욕손님들의 왕래가 잦은 뜨거운 맨 바닥에 무작정 몸체를 누이고 눈을 감았다. 이내, 인사불성의 잠에 잠겼다. 그 잠시잠깐의 숙면에서 깨어나면서 온몸에 땀이 흥건함을 알게 된다. 어느 정도 의식을 차린 그는 두꺼운 겉옷부터 벗고, 마른 수건으로 얼굴 땀을 훔쳤다.

하나하나 탈의하는 옷가지마다 묵은 더께 냄새가 지독했다. 눈살이 찌푸려졌다. 그는 다시 입을 겉옷가지 상하복만 남겨두고, 속내의부터 양말까지는 빨래감으로 구분하고 비닐봉지에 담아, 갈아입을 옷가지를 꺼낸 배낭 속에다 미리 넣어뒀다. 수증기를 잔뜩 머금은 천장의 물방울이 연신 뚝뚝 떨어지는 탕에 진입하는 것이 장벽처럼 느껴졌다. 혹, 뜨거운 열기에 다시금 쓰러지기라도 할까 우려가 앞서진 것이었다.

탕 내 진입을 일단 미루고 물러나온 탈의실에서 환경적응 조절을 거쳤다. 두 발을 적신 후, 타일벽면에 달린 샤워기를 열자 세찬 물줄기가 온몸에 쏟아졌다. 벌거숭이 몸뚱이에서 구정물이 빠르게 씻겨 내렸다. 그 살갗 아무데를 살짝 댔을 뿐인 데, 때가 더미로 무수히 밀렸다. 네모꼴 욕탕에 들어앉았다. 일행인 세 명의 청년들이 한꺼번에 욕탕을 빠져나가자, 물결이 심하게 일렁거렸다. 봉준은 고개를 쳐들어 인체 때가 둥둥 떠다니는 물결을 턱 아래에 두었다.

흰 가운을 입은 이발사가 통 유리문을 안으로 밀어젖히고, 예약손님을 불렀다. 봉준은 갈비뼈 전체가 확연하게 드러난 앙상한 신체의 중앙부위를 수건으로 가리고, 이발의자에 깊숙이 눌러 앉았다.

바깥 날씨는 햇살 한 줌 없이 흐린다. 그는 영양보충에 어떤 음식물이 좋을까 짜내면서 마트방향으로 걷는다. 그때 발걸음을 세우는 목소리가 들려왔다.

"어쩜! 사람이 이렇게 달라 보이다니, 하마터면 놓칠 뻔 했지 뭐예요."

여류시인이다. 여태 기다린 제과점에서 뛰쳐나와 남자의 앞을 가로막은 것이었다. 오랜 무료감에서 막 깨어 나온 목소리는 시종 해사하게 밝았다

봉준은 동공이 풀린 먼 시선으로 물끄러미 바라만 보고 있다. 그의 심경은 반가운 한편으로 쓴맛을 씹는 난감에 빠져들었다. 긴 시간 동안 기다려 준 성의는 인간적으로는 말할 수 없이 기쁘나, 보식침묵을 지키지 못할 수도 있다는 현실 앞에서는 한없이 서글펐다.

"시장하지 않아요? 뭐라도 드실래요?"

그렇지 않아도 목욕 뒤라 시장기는 극에 달해있는 상태이다. 그래서 음식얘기에 귀가 솔깃하게 열린 건 사실이다. 그렇지만 미음에서 된 쌀죽을 먹기 시작한 때는 불과 어제부터이다. 탈을 부를 수 있는 과식을 해서는 안 되는 중차대한 시점이다.

"아니요. 대접은 다음으로 미룰게요."

달아오른 체온에 식은땀이 배이면서 이마와 등줄기를 적셨다. 봉준의 검은 눈빛이 흰자위로 뒤틀리면서 힘없이 도로바닥에 쓰러졌다. 탈진 현상이었다.

"왜요? 어디 아프세요?"

봉준의 이마를 짚어본 여류시인의 목청은 다급했다.

"어머, 심상치 않네요. 제 차에 타세요."

여류시인은 창경궁 앞 서울대학병원으로 차를 몰았

다. 그녀는 환자의 보호자로 입원수속을 마치고 진료실까지 따라 다녔다. 의사는 영양실조라는 진단을 내렸다. 한숨을 푹 잔 봉준은, 환한 천장 빛에 눈이 부셔 한 팔로 양 눈을 동시에 가렸다. 여류시인은 자정이 넘었는데도, 병실을 떠나지 않고 있었다.

"돌아가세요. 저보다 소중한 식구들이 기다리잖아요."

"빈집 같은 냉방으로 돌아가라고요! 남편과 각방 쓰는 중이니까 신경 쓰지 말아요. 시장하지요?"

여류시인이 작은 냉장고 위에 준비로 얹어둔 굴죽 그릇을, 엷은 홑이불 속에서 쭉 편 환자의 두 다리 위에다 올려놓고 덮개를 열었다. 야참인 셈이었다. 봉준은 간장을 뿌려 싱거운 맛을 줄이고, 천천히 한술 두 술 떠 입안을 달랬다. 사랑과 정성이 담긴 음식이라 맛이 꽤 좋다. 반 공기도 채 되지 않는 연하식 죽은 금방 밑바닥을 드러냈다. 배는 공복이나 다름없었다. 여류시인은 매몰차게 빈 그릇을 치웠다. 봉준은 야박하다는 투정을 부렸다. 일인병실은 밀어를 나누기에 안성맞춤의 장소였다. 여류시인은 환자의 이마를 짚어본 후, 입에 물린 온도계를 빼 눈금을 살폈다.

"삼십육도 이분, 열이 더 떨어져야 하니까 그때까지 침상에서 지내야만 해요."

"한 달 두 달일지라도 있으라면 따르도록 하겠습니다."

"사랑에 빠진 어리광으로 들리네요. 외로운 사람은 유난히 추위에 약하대요. 그러니 우리 서로 의지하면서 온기를 나눠요."

"행복합니다. 생명의 은인이시여!"

장난기가 발동된 여류시인이, 환자의 눈과 볼을 검지 끝으로 콕콕 질렀다. 애정이 깊다.

강도신고
1

 윤정민 여사는 일제강점기에 독립 운동가였던 강호성의 외손녀이다. 서예가의 아내를 뒀던 부친은, 60-70년대를 거쳐 대학에서 경제학을 가르치다 기업체 사장으로 영전되었다. 윤봉호는 슬하에 두 딸만을 두었는데, 윤정민이 맏딸이고, 지지난 해에 오랜 지병으로 예순여섯의 생애를 마치고, 먼저 하늘나라로 떠난 네 살 터울의 동생이 윤정애이다.

 윤정애는 죽기 삼년 전에 독실한 기독교신앙인이며 판사였던 남편 정길호와 사별을 하였다. 남편의 사인은 심근경색이었다. 윤정민의 동생 윤정애의 아들이 바로 정평호이다.

 평호는 부모의 성품을 이어받아 인간미가 따뜻하고 영민하여 집안의 자랑스러운 인물이었다. 그래서 윤여사는 외 조카가 폭력 심한 친부로부터 탈출한 사내아이를 데리고 왔을 때도, 두고두고 귀찮아질 것을 감수하고 받아들였던 것이다. 이 결정으로 윤 여사는 아이에 대해 이해가 부족한 남편과 두 차례나 실랑이를 벌여야했다.

 윤 여사는 외 조카가 데려온 아이 때문에 남편과 입씨름을 벌일 때마다, 출가한 둘째 딸을 키울 때, 속을 태우며 어금니를 욱 물었던 기억이 되살아나 은근히 후회를 품기도 했었다. 그러나 윤 여사는 과거에 살지 말자. 저 아이는 남자애라 여자애와는 다르지 않겠느냐. 그러니 우리 자식으로 호적에 올려 학자로 키우자고 남편을 설득하여 포용력이 넓은 남편의 허락을 기어코 받아냈다. 그렇지만 아이 문제 말고도 이 집안엔 더 큰 고통이 있었다. 그것은 남편이 정치권으로부터 질책성 비난을 받고 있는 것이었다.

윤 여사의 남편 변재용은 열렬한 인권주의자이다. 국회의원 3선을 거쳐 맡은 중책이다. 그는 '사람의 기본행복은 억압에서 해방되었을 때 가능해진다. 그러므로 각 분야에서 회사를 함께 키우는 종사원들의 어려운 생활을 아랑곳하지 않고, 고의로 부도를 내어 임금을 착취하는 기업인은 이 땅에서 영구히 퇴출되어야 마땅하며, 불법체류라는 약점을 악용하여 외국인 근로자를 학대하면서, 그들로부터 원한을 터트리게 하는 악덕 업주 역시도 국가체면을 갈아먹는 일등 불량 급에 해당하므로, 응징 대상이다.'라고 주창하는 사람이다.

대한민국은 반만년의 유구한 역사를 자랑하는 나라이다. 그렇지만 조선말에 들어와서, 위정자들의 무능으로 일본의 침략을 받아 삼십육 년간 그들의 신민臣民이 되는 수모를 혹독하게 겪었던 전례가 있다. 이에 앞서 일본인들은 대한제국의 국모 명성황후를 벌거벗

긴 온갖 농락을 넘어, 활활 타오르는 불길에 내던졌다.

그 배후를 좀 더 구체적으로 살펴보면 이렇다. 일천팔백구십 오년 시월 팔일, 동이 트는 시각. 일명 '여우사냥' 작전에 나선 일본인 군인과 낭인 몇몇은, 경복궁 조선왕비 침전에 뛰어들었다. 그러고는 러시아세력을 끌어들여 일본을 물리치고자 했던 대원군의 며느리 명성황후를 시해했다. 여기저기 떠돌아다니는 무사를 일컫는 낭인의 신원은, 학자들의 연구 끝에 일본군 후비 보병 십팔 대대 소속 미야모토 다케타로 소위임이 밝혀졌다. 그는 이후, 대만 헌병대 일원으로 항일투쟁 자들과의 교전 중 사망하나, 천황폐하를 위해 목숨을 바친 영령들과는 달리 야스쿠니신사 합사에서 제외됐다.

일본은 이외에도 태평양 침략에 나선 자국 군인들을 위로한다면서, 국적 불명의 여성들을 그들 속으로 집단 밀어 넣고, 그녀들의 꽃다운 신체를 꺾고 찢는 인권말살의 악행을 무차별적으로 저질렀다. 그 여성들의 사무친 탄원을 하늘이 들었는지, 미군을 앞세워 히로시마에 원자폭탄을 투하케 하였다. 이런 엄청난 피폭의 압박에 일본은 마지못한 항복을 세계만방에 선언하기에 이르렀다. 그렇지만 일본의 우리 민족을 얕보는 행태는 오늘날까지도 멈추지 않고 있다. 독도가 자국의 영토라는 끈질긴 야욕심이 그것이다. 또한,

그 당시 미군의 압력에 의해 삭제됐던 보통국가, 즉 전쟁할 수 있는 국가탄생을 서둘러야 한다는 이야기도 저변에서 심심치 않게 들려오고 있다.

또 다른 이웃국가인 중국은 어떠한가? 우리나라 국민 대다수 이름 성씨가 그 나라 뿌리에서 비롯되었다는 중국은, 수천 년 동안 우리 민족을 짓눌러 왔으며, 지금도 동북아공정 등으로 고구려를 자기들의 속국인 양 역사왜곡을 밥 먹듯이 하면서, 자국에서 멀리 떨어진 우리 땅 이어도에도 눈독을 들이고 있질 않은가.

그 대국을 향해 국가인권위원장인 윤 여사의 남편은, 굶주림에 지쳐 목숨을 걸고 탈북을 강행한 북한 동포들을 지옥 같은 북한으로 강제송환하지 말고 보호해 달라고 요구했으며, 정부와 정치권에서 탈북자의 안전을 위한 종합대책을 세워달라고 주문했다. 그러자 행정부와 정치권 일부에서 그 문제를 건드려서 득 될게 뭐냐면서 비난을 쏟아내자, 윤 여사의 남편은 정신적 고통에 시달리고 있다.

사월 초순의 날씨는 변덕하기 그지없다. 섭씨 십도 이상으로 쑥 상승했다, 어느 날 갑자기 영하 삼-사도까지 뚝 가라앉히면서, 때 아닌 새하얀 눈으로 대지를 뒤덮곤 하였다.

사순절 마지막 주간을 경건하게 맞으면서 부활절주일을 준비 중인 윤정민 여사는, 꼭꼭 닫아둔 거실 유리 창가 편으로 늘어놓은 화초들에 분무기물을 뿌려주고 있었다. 카펫이 깔린 거실은, 통유리 창문을 뚫고 비추는 햇살로 봄기운이 완연하다.

　봄 햇살에 졸음이 절로 오는 오후 세 시이다. 백승연이 현관문을 열고 들어서는 기척이 들려왔다. 이어, 아이의 싱그러운 목소리가 집안 전체로 울려 퍼졌다.

　"학교 다녀왔습니다."

　"오냐! 애썼다."

　윤 여사는 도수 높은 안경 너머로 읽고 있던 무릎 위 성경을 탁자에 올려놓고, 책가방을 두려고 제방으로 가는 중학생아이의 뒷모습을 흐뭇한 표정으로 바라보았다. 가리는 것 없이 아무 음식이나 잘 먹는 승연은 신장이 부쩍 자라 있었다. 처음엔 새로운 식구들과 낯가림을 하는지, 한상식사를 함께하기조차 미적거렸었는데, 지금은 환경에 동화되어 끙끙 앓듯이 숨겨두려고만 했던 과거의 소심을 벗고, 제법 할 말도 하면서 개구쟁이 짓도 곧잘 보이는 단계까지 발전했다. 그렇지만 한 식구가 된지 고작 사 개월 남짓인데다, 소년과의 세대 차가 워낙 멀어, 서먹한 분위기가 다 가신 건 결코 아니었다.

　"미영 엄마! 미영 엄마! 어디 있어? 응, 난 또 어디 갔나 했네. 아까 사온 닭튀김요리를 내오고, 삶으라는 달걀은 다 됐어요?"

　"네, 거기 탁자에다 차릴까요?"

출퇴근하는 가정부가 윤 여사에게 공손한 어조로 물었다.
"응, 그래 줘요. 아들 녀석이 먹는 모습을 가까이서 보고 싶네. 승연아, 다 씻었으면 간식 먹으러 오너라. 우유는?"
"내 정신 좀 봐!"
가정부는 거실과 면한 주방으로 빠른 동작으로 돌아가서, 냉장고 안 흰 우유를 유리잔에 채워 쟁반에 받쳐 가져왔다. 영양상태가 좋아 살이 보기 좋게 찐 아이의 몸에서는 비누냄새가 풍겼다. 샤워를 마치고 새물내기 옷으로 갈아입은 아이는, 한 아름의 빨랫감을 들고 가정부 앞에 섰다.
"아줌마, 일감이요."
아이는 평정에 찬 목소리로 두 팔을 쑥 내밀었다. 사랑으로 길러지는 아이는 이토록 여유해지는 걸까? 아이의 천진한 장난기에 윤 여사는 행복감을 이길 수 없었다. 승연은 자신의 행동에 귀엽다는 미소를 조용히 짓고 있는 늙은 양모와, 빨랫감을 안은 가정부를 번갈아 돌아보면서 빈약한 엉덩이를 긴 소파에 걸쳤다.
"또 뼈 잘못될 자세로 앉는구나. 바른 자세로 앉는 습관이 중요하다고 그렇게 타일렀는데도 여전히 고치지 못하고 있다니, 아직 철이 덜 들어서 야단났구나."
"알고도 고치기 힘든 게 습관이 아니겠어요."

"똑똑한 말을 하는구나. 이 담에 커서 잘못을 고치겠다는 건 뼈가 단단히 굳은 뒤여서 어렵 단다. 일찍부터 바로 잡아야 어른이 되면 품위 있는 체형이 된다는 걸 명심하여라."

 윤 여사는 바른 자세로 소파에 등을 붙인 아이의 얼굴을 몰래 훔쳐본다. 간식거리를 먹는 아이의 장래 인물이 어떠할까 나름 그려보려는 속셈을 깔고 있다. 그 건조한 눈빛에는 염탐 기운도 아련하게 서려 있다. 대체, 하늘의 계시가 없다. 아무리 머리를 짜내도 영감이 떠오르지 않자, 윤 여사는 고개를 좌우로 저으며 시기상조라는 결론을 내렸다.

 청소년기 아이들은 항상 뼈 분해와 새로운 뼈가 만들어지는 과정을 반복한다. 하루가 다르게 신장이 빠르게 성장하는 이유가 이 때문이라고 의학계에서는 말하고 있다. 윤 여사는 승연에게 자신이 정립한 뜻을 일절 강요하지 않고, 아이가 이루고자 하는 꿈을 적극적으로 도울 뿐인 현명한 조력자가 되자고 다짐했다. 지금은 비록 제 앞가림을 제대로 하지 못 하는 유약한 아이이나, 이 아이가 다음 세대의 어른이 되었을 때, 부모에게 '훌륭한 조력자가 되어주셔서 고맙습니다.'라는 감사의 말을 듣고 싶었다.

 승연을 돌보면서 중도에 깨달은 바이지만, 윤 여사는 두 딸을 키우면서 자식들의 의사를 무시하고, 어른의 잣대로만 이대로 하라, 저렇게 하라 강요한 것을 후회하는 자신을 발견할 수 있었다. 자식들의 말을 귀동냥으로 흘려듣고, 부모의 권위로만 내 말을 새겨 들으라고 억압했던 시절의 악연이, 아직도 모녀간의 갈등이 씻기지 않고 남아있음을 상기했다. 그러므로 그녀는 승연의 교육은, 반드시 아이의 눈높이에 맞추어야 한다는 다짐을 재차 굳게 다졌다.

성품이 천성적으로 착하고 남에 대한 배려심이 높은 한편으로 책임감도 강한 큰딸은, 대학에서 불문과를 전공하여 오늘날 우리나라와 프랑스를 수시로 오가며 민간외교에 앞장서고 있는 데 반해, 어렸을 때부터 남달리 외모에 치중했던 둘째 딸은, 모든 게 제멋대로라 다루기가 복창했었다.

작은딸이 고등학교 삼학년 때 일이다. 엄마 입장에서는 성격이 차분해질 수도 있는 원예과를 선택하라고 조언을 해줬는데도, 둘째 딸은 엄마의 말을 아니곱게 듣지 않고, 아나운서가 되겠다면서 삼류대학 방송학과에 지원서를 넣고 말았다. 그 결과 오늘날의 둘째 딸은, 장래전망이 불투명한 화장품용기를 만드는 소규모업체 직공노릇을 하고 있다. 전공분야의 취직이 쉽지 않아 눈을 낮추어 지원에 성공했다고 스스로 자평하나, 부모로서는 자존심이 이만저만 상한 게 아니었다.

승연이 닭다리를 뜯어먹다 손가락에 묻은 식용기름을 상의에다 문질러 닦았다. 이뿐 아니라 우유를 마시며 적신 입 주위를 옷소매로 쓱 닦는 것이었다. 영락없는 가정교육의 부실이었다. 외 조카 정평호도 이 맘때 이와 똑같은 행동을 보인 적이 있었다. 아이의 정서안정을 위해서는 되도록 품에 자주 안아주어야 하나, 어떠한 교육을 받았느냐에 따라서 인격형성이 달라지는 만큼, 아이의 가르침은 엄격해야 한다는 게 윤 여사의 가정 교육관이었다. 윤 여사는 탁자 위에 놓인 휴지 한 장을 뜯어 아이 손에 쥐어줬다.

"사귄 친구 중에 누가 제일 네 맘에 드니?"

"홍귀성이라는 친구요. 도배공아들인데, 야구를 잘 해요."

"그뿐이냐? 음악이나 미술 등 예능에 소질을 가진 친구는 없니?"

"알고 지내는 친구는 아직 없고요, 어머니가 소설가라는 박복순에게 관심을 두기 시작했어요."

"그 아이의 태도는 어떠하냐? 공부 잘하는 모범생이냐?"

"할머니, 왜 그런 걸 꼬치꼬치 알고 싶어 하세요?"

"친구는 하나의 영혼이라고 하지 않니. 어떠한 친구와 만나 어울리느냐에 따라서, 그 사람으로부터 영향을 받게 되거든. 말투까지도......."

"저도 사람을 볼 줄 아는 눈이 있으니까, 할머니께 염려를 끼치지 않을 거예요."

"그렇다면 다행이구나. 나쁜 영향은 두고두고 후회

를 낮게 하는 거란다. 어딜 가려고 급히 일어나는 거니? 할머니엄마와 얘기하는 것이 싫은 게냐?"

"아니에요. 그게 아니라 바깥에 나가서 놀고 싶어서 그래요."

"오냐, 알았다. 일찍 들어오려무나."

승연은 현관 구석에서 농구공을 찾아들고 집을 나섰다. 소년의 낯빛에 해방감이 고무적으로 떴다. 나무들의 우죽향기가 싱글해서가 아니라, 말끝마다 단서를 다는 양어머니의 지겨운 말을 이젠 듣지 않아도 되었다는 환희였다.

어스름이 깔린 놀이터에는 아무도 없다. 소년은 그네를 타다, 미끄럼틀로 옮겼다. 그때, 보안등 불빛을 등에 업은 두 사람의 검은 그림자가 땅바닥에 드리어졌다. 두 개의 담뱃불이 위아래로 오르락내리락 움직였다. 두 사람은 세 개의 그네 중 두 개를 차지하고 앉았다.

"십 분 후에 행동을 개시한다. 겁먹지 마! 이번 기회에 한 몫을 챙기고 완전히 손 털 거니까 그리 알고 있어. 우리 손으로 차 한대를 뽑아 전국을 돌며 채소를 파는 재미, 벌써부터 귀가 솔깃해지지 않니? 세상은 그런 거다."

호흡을 가라앉힌 목소리의 주인공은, 이십 대 후반으로 짐작되는 청년이었다.

"네 말처럼 잘 된다면야 영창 갈 일이 안 생기겠으

나, 만에 하나 귀가 밝은 개라도 짖어댄다면 우리는 끝장이야. 그러니 긴장이 안 되겠니? 너를 따라나선 게 후회된다."

더듬거리는 말투에서 겁먹은 기운을 절절 흘리는 초보자의 음정은 심하게 떨렸다.

"자식, 배짱이 다 죽었구나. 가만히 앉아서 잔머리를 굴리면 돈이 생기냐? 밥이 차려지느냐? 그따위 쓸데없는 걱정일랑은 붙들어 매고, 어서 얼굴이나 가려라. 시간 됐다."

두 눈만을 남겨 두고 검은색 복면을 뒤집어 쓴 두 청년은, 배꼽노리를 매만지면서 공원을 빠져나와 습관적으로 주위를 두리번거렸다. 숨소리마저도 깊이 죽인 소년은, 미끄럼을 타고 내려와서 일정한 간격을 두고 두 청년의 뒤를 쫓았다. 심장이 두근두근 방망이 쳤다. 두 청년이 십 미터 전방에서 멈춰 섰다.

"망 잘 보아라."

이 말을 동료에게 남긴 주범은, 보안등 불빛 아래에서 어둠 속으로 자취를 감추었다. 그는 제키만큼 높은 벽돌담장 위로 훌쩍 뛰어올라, 건물 벽에 붙은 가스배관 턱에 왼발을 딛고 아래로 사뿐히 뛰어내렸다. 오층 건물 중, 일층 한방 유리 창문에서만 텔레비전의 청색불빛이 새어나올 뿐이었다. 그는 현관문이 잠겨 있지 않은 것을 확인했다.

어둠 속으로 몸을 꼭꼭 숨긴 바깥 청년은, 저린 발

을 동동 굴리면서 귀를 모았다. 그때 왼편에서 인기척이 들려왔다. 청년은 장발 전체를 쭈뼛 세우면서 사지를 부들부들 떨었다. 손으로 입을 틀어막고 숨결마저도 꾹 삼켰으나, 극도의 긴장감으로 하마터면 소리를 지를 뻔하였다. 산책 나온 중년부부는, 숨어서 지켜보고 있는 청년을 눈치 채지 못하고 그냥 지나쳤다. 안도의 한숨이 길게 내쉬어졌다.

"누구세요? 도둑이야!"

젊은 여자의 외침은 중도에서 끊겼다. 침입자가 여자의 입을 난폭한 완력으로 틀어막은 것이었다. 침입자는 여자의 흰 목을 왼팔로 휘어 감고는, 다른 손에 든 예리한 단도를 눈앞에 들이대었다.

"지랄 그만 떨고 돈이나 내놓지 그래."

"없어요."

새파랗게 질린 여자는 바들바들 떨면서, 파란빛을 반사해내는 칼날의 움직임에 오감을 곧추 세웠다.

"없다? 그럼, 지갑은 어디 있지? 어서 대답해."

"화장대 서랍에요."

강도는 여자를 반 끌어안은 채로 화장대로 끌고 갔다. 전등이 켜졌다.

"어느 서랍인지 직접 꺼내."

"칼 치워 주세요. 볼 수가 없잖아요."

"내가 찾지."

강도는 칼끝으로 여자를 계속 위협하면서, 두 번째

서랍에서 장지갑을 찾아냈다. 한 손만으로는 지갑 속을 뒤지기가 수월치 않자, 칼 든 손을 아래로 내렸다. 이때, 여자가 잽싸게 몸을 일으키며 피신의 도망을 쳤다. 그렇지만 여자는 두 걸음 만에 머리채가 잡혔다. 강도의 격분이 사납게 거칠어졌다. 강도는 자리에 앉힌 여자의 머리채를 사정없이 쥐어박았다. 그러면서 점퍼 안주머니에다 지갑을 쑤셔 넣었다.
"죽음 맛을 봐야 고분해지려나."
"살려 주세요. 이불장에 돈 있어요."
"쉽게 나오는군. 어서 일어나서 안내해!"
강도는 엄하게 윽박지르며 여자를 앞세웠다. 머리채는 잡혀있고, 등은 칼날 끝에 대여 있어서 저항할수록 상해만 입는다는 중압감에 눌려있는 여자는 순순히 응했다. 건너 방 문턱을 넘었다. 이어 이불장의 두 문도 양편으로 활짝 열렸다. 곧 수중에 들어올 돈만을 계산하고 있는 강도는, 여자의 머리채를 풀었다. 여자는 차곡차곡 개어서 얹은 이불 속에서 돈다발을 꺼냈다. 눈빛을 크게 밝힌 강도는 뭉치 돈을 잽싸게 낚아챘다. 여자는 미뤘던 노트북을 시간 봐서 내일쯤 사려고, 오늘 낮에 들른 거래은행에서 인출한 일만 원 권 지폐 백매 전부를 강탈당하고 말았다. 여자의 머리채를 다시금 억세게 움켜잡은 강도는, 이번에는 신용카드의 비밀번호를 대라며 윽박질렀다. 여자는 엉터리 번호를 알려줬다. 강도는 종이에 적으라고 협박했다.
 "이 방에는 펜이 없어요. 안방으로 돌아가야 해요."
 "머리 굴리는 거지?"
 "아녜요. 정말이에요."
 "앞장 서!"
 여자는 강도의 어조에서 살벌한 기운이 다소 빠진 것을 감지했다. 복면의 눈동자가 줄기차게 주시하고 있기는 하나, 비교적 자유로운 몸짓으로 화장대 앞에 앉아 메모를 적은 쪽지를 강도에게 건넸다. 여자가 무릎을 펴고 일어나려 하자, 강도가 머리채 잡았던 그 손으로 여자의 왼쪽 어깨를 꾹 눌렀다. 강도가 고개를 숙여 쪽지를 들여다본다. 이때, 줄곧 틈새의 찬스만을 노렸던 여자는 방을 뛰쳐나가 현관으로 내달렸다. 그러나 이번 역시도 한발 늦었다. 강도는 몽땅 뽑고 말 듯이, 위로 세게 당긴 머리채를 마구 흔들었다, 두 방 사이의 거실 벽면에다 머리통을 몇 차례 쥐어박기도 하였다. 정신을 차릴 수가 없었다.
 어느 집 앞 향나무 위로 오른 가지 틈새로 바깥쪽 강도의 동태를 지켜보고 있던 승연은, 고양이처럼 나무에서 살금살금 내려와 뒷걸음질을 쳤다. 강도의 시야에서 완전히 벗어났다고 판단내린 승연은, 내달리면서 바지주머니 속을 뒤졌다. 백 원짜리 동전 한 닢이 손아귀에 잡혔다. 소년은 웬 돈인지 따질 겨를 없이 숨을 헐떡이면서 대로변까지 나왔다. 휴대전화기

보급 확대로 희소해진 공중전화기를 식품가게 귀퉁이에서 어렵사리 발견했다.

신고 이십 여분 만에 경광등을 반짝이며 순찰차량이 나타났다. 마음이 급해진 소년은, 미리 그 길목으로 뛰어들어 높이 쳐든 두 팔을 좌우로 흔들었다. 차가 멈췄다. 소년은 두 순경에게 자신이 강도 신고자임을 알리고 차량에 재빨리 올랐다.

"경찰 아저씨, 강도들이 미리 알아차리고 도망갈 까봐 그러는데요, 경광등을 끄면 어떻겠어요."

"좋은 생각이다."

운전대를 잡은 젊은 순경의 대답은 짧았다. 순찰차를 멀찌감치 세워놓고, 두 순경은 흉악한 범죄자들로부터 보호를 받아야 할 소년 뒤를 바싹 쫓았다. 소년은 보안등 끝 불빛이 흐리게 미쳐있는 한 지점에서 걸음을 멈추고, 어두운 담장 모퉁이를 손끝으로 가리켰다. 방탄장비를 갖춰 입은 두 순경은, 소년더러 물러나 있으라고 속삭였다. 그리고는 저희끼리 무언의 손짓으로 작전을 짜고, 각자 허리춤에서 가스총을 빼들었다. 한 사람은 담장에 바싹 붙어서 접근을 시도하였고, 젊은 순경은 일단 벚나무 뒤로 몸을 숨겼다.

망을 보던 청년은 경찰의 난데없는 급습에 까무러쳤다. 혼백을 잃은 청년은, 별 저항 없이 두 손을 순순히 내밀어 수갑(은팔찌)을 받았다. 젊은 순경은 어깨를 축 늘어트린 청년을 뒷좌석에 태우고, 수갑 한쪽을 앞좌석 머리 받침 손잡이 공간과 연결했다. 소년이 십 보 뒤편에서 이 전 과정을 쭉 지켜봤다.

"집에 가라. 위험하다."

순경은 소년의 안위를 걱정했다.

"아저씨, 한 사람 더 있잖아요. 제가 여기를 지키고 있을 테니, 어서 범인을 잡으러 가세요."

"감시를 봐줄 누군가의 도움이 필요하긴 하나 너무 위험하단다."

순경은 말끝을 흐렸다.

"괜찮아요. 저도 제 몸 하나쯤은 지켜낼 수 있으니까요."

소년은 모험심을 살리고 싶었다. 그리고 쉽게 목격할 수 없는 경찰아저씨들의 활약상이 몹시 궁금했다.

"절대 가까이 다가서지 말고 멀찌감치 떨어져서 감시해야 한다. 무슨 일이 생기면 즉시 우리에게 알리는 거 잊어선 안 된다."

젊은 순경은 자신의 무지를 깨달았다. 경찰의 지령 수칙에는 시민의 안전을 우선순위로 두고 있다. 만일, 소년에게 변이 생긴다면 이 수칙의 위배로 징계가 내려질 수 없다. 그렇지만 현 상황에서는 이런저런 유·불리를 따질 여건이 아니다. 선배와 한시바삐 강도를 잡아야만 한다. 그는 안심할 수 없다는 고뇌를 드러낸 안색으로 소년에게 임무를 맡겼다.

선배는 아직 벽돌담장 바깥에서 집안 내 동정을 살

피고 있었다. 뒤편에 선 후배를 돌아본 선배는, 담장을 넘어가서 대문을 따라고 지시했다. 철제대문이 조심스럽게 열렸다. 자세를 한껏 낮춘 후배는, 그대로 현관문 앞까지 접근하여 그 벽면에 바싹 붙었다. 선배도 곧 맞은 편 벽면에 붙어 서서 안의 기척에 귀를 기우렸다.

거실바닥에 꿇어 앉혀진 여자는, 강도로부터 온갖 희롱을 겪고 있었다. 머리를 추가로 몇 대 더 맞았고, 가슴이 만져지는 성추행도 당했다. 강도의 무시하는 비웃음이 뜬 입술에 담배가 물렸다. 강도는 담배연기를 체내 깊이 들이켰다. 그 얼굴에 야릇한 미소가 새롭게 번들거렸다. 강도는 한 모금의 담배연기를 여자의 면상에다 훅 내뿜었다. 담배연기를 피하려 받은기침을 몇 차례 터트리며 숙여진 가녀린 턱은, 강도가 받친 검지에 의해 다시금 쳐들렸다.

눈물범벅의 여자얼굴을 뚫어지게 응시하는 강도의 눈빛에 성욕이 이글거렸다. 강도는 여자의 얼굴에 가까이 붙인 코를 벌름거리며 여자의 체온을 맡았다. 그 무렵 등 뒤에서 "꼼짝 마라."라는 외침이 쩌렁쩌렁 울려 퍼졌다. 순간, 정신 줄을 놓치고만 강도는, 자신도 모르게 입에 문 담배를 바닥에 떨어트렸다.

공범자 청년은 앞좌석 등받이에 댄 이마를 좀체 들지를 않고 있다. 그러다 별안간 머리를 마구 들이박는 거친 행동을 저질렀다. 그 지랄 떠는 행패로, 콧구

멍에 대롱대롱 맺혀있던 눈물과 콧물이 뒤섞인 물질이 줄줄 떨어지면서 시트바닥을 적셨다. 청년은 한 묶음으로 매인 수갑손목의 좌석을 뽑고야 말겠다는 용을 썼다. 그렇지만 그럴수록 수갑손목은 더욱 조여질 뿐이다.

  길어지는 시간에 기다림이 지루해진 소년은, 하품을 하다 바깥으로 새어 나오는 차량 내 소리를 얼핏 들었다. 새순을 갓 틔운 느티나무 아래를 벗어나왔다. 보안등 불빛을 뒤편에서 받고 있는 순찰차 안은 조용했다. 소년은 그 점이 대단히 불안했다. 상해를 입을 수 있다는 무서움보다 아이다운 호기심을 떨칠 수 없었던 소년은, 뒤꿈치 땐 살금살금 걸음으로 차량에 붙어 서서 안을 살짝 들여다보았다. 한쪽 무릎을 세우고 엉성한 몸가짐으로 반쯤 누운 자세로 천장을 바라보고 있는 청년이, 어둠침침에 둘러싸인 차창 너머로 보였다. 그런데 어찌 된 영문인지, 왼편으로 약간 돌려져있는 청년의 얼굴에 붉은빛이 떠 있다. 배경은 불투명하나 비치는 형체는 물감으로 보였다. 소년은 좀 더 자세히 관찰하려고 차량 반대편으로 이동했다. 청년의 안색은 거무스름했다. 물감의 정체는 분명 붉은 피였다.

  깜짝 놀란 소년은 차창에서 물러났다. 소년은 상황판단이 미숙한 자신으로서는 대처 방도를 찾을 길 없자, 경찰아저씨를 떠올렸다. 소년의 숨결이 가빠졌다.

이십 오보가량 달렸을 때, 두 손이 뒤편으로 결박된 강도의 양팔을 잡고, 철제대문 집을 막 나서는 경찰 아저씨들이 눈에 띄었다. 마주 걷던 소년의 시선이 강도의 눈길과 정면으로 부딪쳤다. 순간, 소년은 움찔한 공포심에 살을 떨었다. 인상착의를 잊지 않고 꼭 기억해두었다 훗날에 보복하고 말겠다는 독기 눈매로 이해했기 때문이다. 소년은 나이든 경찰관 곁에 바싹 붙어 섰다.

"웬일이니?"

"차에 있는 아저씨가 피를 흘리고 있어요."

"뭐? 이놈이 자살을 시도해? 골치 아픈 일이 생겼군. 이봐, 빨리 움직여!"

한발 앞서 도착한 젊은 순경이 서둘러 뒷문을 열자마자 인상부터 찌푸렸다. 피비린내를 맡았기 때문이었다.

"어때?"

선배가 뒤편에서 물었다.

"혀를 깨 물었는데, 생명에는 지장이 없는 것 같습니다."

"이놈을 태우고 빨리 병원부터 가자고."

"시트 피를 닦고요."

"젠장, 바빠 죽겠는데……웬만큼 닦았으면 어서 출발하자고."

후배순경이 웅크린 자세로 누여진 공범의 몸을 일

으키는 사이에, 바깥에서는 선배순경이 도주 우려가 높은 주범의 수갑안전 점검을 최종 마쳤다. 두 범인은 뒷좌석에 함께 묶였다. 그 오른편으로 선배경찰이 붙어 앉았다.

"학생, 참 장해! 연락이 갈 테니까 그때 볼까?"
"네, 수고하세요."

승연은 아무에게도 발각되지 않고 제 방으로 무사히 돌아왔다. 전등을 끄고, 침상에 벌렁 누웠다. 공원에서의 활약상이 영상필름으로 되돌려져 잠을 통 이룰 수가 없었다. 자신의 용감한 신고로 두 강도를 체포할 수 있었고, 미처 보지는 못하였으나 동네누나의 목숨을 구하는 데 결정적 도움이 되었다는 엄청난 흥분에 들떠 있었다. 도무지 믿기지가 않았다. 모든 게 꿈만 같았다. 그렇게 이리저리 뒹군다. 그러면서 일기를 쓰지 않았다는 사실을 깨달았다.

이천++년 +월+일+요일. 일기, 흐렸다 오후부터 차차 갬

중학교 생활은 대체로 단조로운 편이다. 그럼에도 위안이 되는 점은, 한 동네에 살면서 한 반이기도 한 홍귀성과 단짝 친구로 지내게 되었다는 것이다. 귀성은 허풍쟁이다. 좋게 말하면 사람들의 귀를 즐겁게 해주는 이야기꾼이다. 그다운 활달한 성격이, 외로움을 많이 타는 나에게는 정말 안성맞춤의 벗이 아닐

수 없다.

몇 개월 공부를 하면서 나는 특히, 국어와 영어에 자신감이 붙었다. 앞으로 얼마든지 진로가 바뀔 수 있겠지만, 세계 각국의 언어를 연구하는 것이 장래의 꿈이 될 것 같다. 그 때문인지 학교도서실이나 학습지를 사러 서점을 찾으면, 으레 언어의 집합체인 문학책부터 고르는 습관이 붙었다. 오늘도 점심시간 때 홍귀성과 잠깐 들렀던 학교도서실에서, 내 나이 수준에는 이해가 어렵다는 토스트에프스키의 소설 '죄와 벌'을 빌려 집으로 가져왔다.

나는 신앙인으로서 무한한 사랑에 열을 올리시는 양어머니에 대하여 무거운 거부감을 안고 있다. 너무나도 과잉된 애정이라, 받아들이는 나로서는 큰 부담이 아닐 수 없다. 그래서 양어머니께 적당한 관심을 보여 달라고 호소하고 싶다. 오후에 양어머니 말씀을 끝까지 듣지 않고, 공을 들고 바깥에 나가버린 이유도 여기에 있다. 그렇지만 그 덕분에 미약하나마, 사회를 밝히는 빛의 역할을 할 수 있었다. 그러면서 이제야 깨우친 건은, 늙으신 양어머니께서 사 주신 농구공을 어디서 잃어버렸다는 사실이었다. 아무리 생각을 되짚어 추적해보아도 잃어버린 장소를 도통 모르겠다.

윤정민 여사는 골방기도를 하고 있다. 이 제곱미터

크기의 방에 장식물이라고는 높은 벽 못에 걸려있는 구리십자가상과, 장판바닥 에 놓인 앉은뱅이책상 하나가 전부이다. 그 위에 시편부분을 펼쳐둔 성경책이 있다.

"사모님, 파출소에서 손님 세 분이 오셨습니다."

문을 노크하며 가정부가 주위를 깨웠다. 윤 여사는 방바닥을 짚은 손의 힘을 이용하여 좀 뚱뚱한 편인 몸을 일으켜 세웠다. 거실로 나오자 제복차림의 경찰관 세 명이 소파에서 거의 동시에 일어나면서 허리를 깊숙이 숙였다. 한 사람은 파출소소장이고, 두 부하 중 한 명은 젊은 여자 순경이다.

"어서 오세요!"

윤 여사는 손님들에게 자리를 권하고, 자신은 맞은편 소파에 등을 붙였다.

"미영 엄마, 여기 차 좀 내 오지 그래요."

윤 여사의 말이었다.

"사전 예고 없이 불쑥 찾아봬서 죄송합니다."

파출소소장의 인사말이 뒤를 이었다.

"저의 집에 무슨 용무가 생긴 겁니까?"

가정부가 쟁반에다 넉 잔의 차를 들고 왔다. 커피석 잔과 잣 몇 알이 뜬 생강차였다.

"손자는 어디 갔습니까?"

"손자라니요? 아, 승연이요? 잘못 아셨습니다. 그 아이는 손자가 아니라, 저의 양아들입니다. 제가 할머니 나이이다 보니까 그렇게 보신 모양입니다."

"그렇습니까? 몰라 봬서 죄송합니다."

"한데, 그 아이가 무슨 잘못이라도 저질렀습니까? 학생의 몸이라 지금은 학교에서 공부를 하고 있는 데요."

윤 여사의 안색이 심각하게 굳어졌다.

"그게 아닙니다. 아드님이 칭찬받을 일을 하였기에 경찰을 대표해서 감사를 전하러 왔습니다."

"그게 뭡니까? 좋은 일이든 나쁜 소식이든 우선 내막을 들어나 봅시다. 걔가 뭘 어떻게 했다는 겁니까?"

"사모님께서 영문 몰라 하시는 표정으로 미뤄 아무 것도 모르시는 것 같은 데, 어제 아드님이 말씀드리지 않았습니까?"

"공놀이하러 집을 나갔던 건 아는 데, 들어오는 건 못 봤어요."

"보통 아이들 같으면 자랑삼아 떠들어댔을 텐데, 이 집 학생은 사려가 깊은 것 같습니다."

"말수가 적은 내성적 아이라, 어떤 때는 옆에 있는 데도 곧잘 잊곤 하지요."

"그럼, 제가 대신 보고를 올리겠습니다. 어젯밤에 아드님이 두 명의 강도를 체포하는 데 결정적 도움을 주었습니다. 잘 아시는 대로 경찰의 본래 임무는 주민의 안녕을 지키는 게 아닙니까! 그렇지만 우리가 밤낮으로 순찰을 돈다 해도, 손길이 미치지 못하는 구석은 있기 마련입니다. 이 점을 보완하고자 주민신고 센터도 운영하고 있습니다. 이번에 사모님의 아드님께서 강도를 만난 이웃 주민을 구한 것은 물론이고, 경찰의 체면도 함께 세워주었습니다. 아드님이 용기 있게 신고도 하고, 현장까지 안내해 준 덕분에 어렵지 않게 흉악범을 검거할 수 있었습니다. 자랑스러운 아드님을 두신 사모님께 다시 한 번 머리 숙여 감사의 말씀을 드립니다."

"새삼 놀라네요. 얌전해 보이기만 한 아이에게 그런 강인한 정신력이 숨겨져 있었다는 게요."

수업종료를 알리는 종소리가 교내 전체로 울려 퍼졌다. 백승연은 생물교과서와 노트, 연필 등을 얼른 챙겨 넣고 지퍼를 채운 가방을 한쪽 어깨에 걸쳤다. 복도는 지루한 공부에서 해방을 맞은 아이들의 쿵쿵쾅쾅 뛰는 소란으로 뿌연 먼지가 풀풀 일었다. 홍귀성이 재빨리 따라 붙으면서 팔을 얹어 어깨동무를 했다.

"야구부 연습이 있는 데, 나를 응원해 주지 않을래?"

"나로 인해서 사기만 오른다면야 기꺼이 어디든 동행을 해 주지."

"멋지다. 네 말솜씨가!"

야구부원들의 기초연습은 대운동장에서 있었다. 유니폼을 입은 미래의 선수들은 코치선생님의 훈령을 받들어 제자리 뛰기, 빨리 달리기, 공 던지기 연습 등을 반복적으로 하였다. 공을 맞추는 방망이를 휘두를 때마다 탕탕 울리는 타 구음은 경쾌하기까지 했다.

"승연아, 너 여기 있었구나. 앉아도 되겠니?"

정확히 반으로 갈린 가르마 뒷머리 끝을 새 꼬리처럼 두 가닥으로 나누어 묶은 박복순이었다.

"허락을 내리고 말고가 뭐 있니. 아무나 앉을 수 있는 자리인 데."

소년은 까닭 없는 설렘에 무슨 말을 했는지를 금세 까맣게 잊고 말았다.

"왜 앉지 않고 가만히 서 있기만 하는 거니?"

"생각이 바뀌어서 그러는 데, 우리 장소를 옮겨 보지 않을래?"

"그럴 순 없어. 귀성이 기다려야 하거든."

"연습이 언제 끝날 것 같니?"

소프라노에 가까운 복순의 음성은 맑았다. 복순은 승연과 한 뼘 남짓 떨어진 콘크리트 계단바닥에다 빨간색 손수건을 깔고 앉으면서, 주름치마에 가려진 두 다리를 얌전히 모았다.

승연은 향기가 좋은 그녀가 옆에 앉자 달뜬 기분에 젖어들었다. 처음 본 순간부터 마음에 쏙 들어, 보고 싶다는 그리움밖에 모르게 된 유일한 여자 친구이다. 누군가에게 빼앗기지나 않을까 침이 마르도록 초조해했던, 남자 아무나와 얘기하는 것을 목격이라도 하면,

못 견디겠다는 질투심에 피가 거꾸로 도는 현상을 겪게 했던 그 여자아이가 나를 찾아 이곳까지 와서 곁에 앉아 있다니......승연은 손나팔을 불어 이 자랑스러운 명예를 친구들에게 '복순은, 나의 여자 친구이다.'라고 외치고 싶었다.

"그렇지 않아도 너하고 얘기하고 싶었어. 도서관에서 책 읽는 모습이 아주 좋아 보였거든."

승연은 복순의 말을 미처 알아듣지를 못했다. 단지, 꾀꼬리처럼 예쁜 목소리에 홀린 기분일 뿐이었다.

"내 말 듣고 있는 거니?"

소녀가 어리둥절해하며 넋이 나간 소년의 염장을 쿡 질렀다.

"으응! 지금 뭐라고 그랬니?"

"피, 연극하는 거니? 요 맹추야, 정신을 차리라고 그랬다."

"아아, 이거 놔줘. 코 떨어지겠어."

"아픈 줄을 느끼니 다행이구나."

할 말이 많을 것 같은 데도, 두 남녀학생은 꿀 먹은 벙어리로 시간을 흘린다. 기온을 낮추는 찬바람에 흰 벚꽃송이들이 우수수 떨어진다. 새순이 제법 오른 식물들도 부들 떨고 있는 가운데, 참새 서너 마리가 흩날리는 벚꽃송이를 낚아채려 낮은 상공에서 아귀다툼을 벌이고 있다. 홍귀성이 관중석으로 뛰어 올라왔다.

"박복순, 네가 여긴 웬일이냐?"

"승연이 네게서 빼앗아가려고 왔다. 어쩔래!"

"얘가 너 친구냐? 내 친구지."

"얘, 아니 승연의 동성친구는 너겠지만, 이성 친구는 바로 나야. 알아들었니! 요 맹추야. 그러니까 오늘 하루만 나에게 승연일 양보하는 게 어떻겠니? 다음에 만나면 떡볶이 사 줄게."

"진짜지? 약속 안 지키면 이 주먹으로 혼내 줄 거다."

"에그, 솜방망이 주먹! 알았다고..... 약속 꼭 지킬 테니 걱정 붙들어 매더라고."

복순의 면박은 귀엽게 얄궂었다. 그렇지만 똑같이 입술을 안으로 감아올린 두 남학생은, 그 신묘하고도 능갈맞은 애교를 미워할 수 없었다. 교문을 나오면서 귀성만이 홀로 떨어져나갔다.

2

'공부하는 학생은 실력을 비축해 두어야한다. 나이에 비례해서 정신력이 성장하듯, 배움 정도에 맞추어서 학생은 자신을 알아가면서 진로를 결정하는 단계를 밟게 된다. 교육은 인격체가 되게 하는 수단이다. 교육에서 가장 바람직스럽지 못한 행동은, 환경적 경제능력을 부모나 그밖에 어른에 전적으로 의존하고 있는 어린학생의 책상을 빼앗아 거리로 내모는 행태이다. 그리고 학습 환경을 제공은 하였으나, 주입식으로만 공부를 하게 하는 것도 비교육적이어서 창의력을 꺾어버릴 수 있다. 학생에게 자율은 계발의 동력이다. 그러므로 생각의 자유를 방해하지 않는 게 인재 양성이다.

우리 민족은 끈끈한 정情으로 구성되었다. 그 정의 근원에는 뿌리 깊게 이어져내려 온 민족의 한恨 맺힌 서러움이 있다. 그 한을 우리 민족은 춤과 노래 그리고 교육으로 풀어왔다.

여인네들의 치맛바람은 우리나라에 학벌주의의 뿌리를 내리게 했다. 또한, 제도교육만으로는 부족하다면서 과외열풍을 불러일으켰다. 정부도 교육비부담을 덜어줘야 한다면서 각 지방교육청과 함께 새로운 교육정책 모색에 몰두하고 있으나, 치맛바람이 선도하는 교육열풍은 좀처럼 식을 줄 모른다. 문제는, 내 자식 지상주의에 빠진 학부형의 과도이다.

이로써 제도교육 실종이라는 우려가 높아진 건 사실이다. 그렇지만 외부 환경이 내부 환경에 악영향만을 끼친다는 주장은 어불성설이다. 아이들로 하여금 자나 깨나 성적만을 떠오르게 하는 이 같은 열풍으로 제도교육도 많은 개선점을 찾아낼 수 있었다.

나는 과외의존을 반으로 줄이면 어떨까 하는 정도

이지, 대체로 과외열풍에 대해 긍정적 평가를 내린다. 만일, 치맛바람교육이 침체라도 된다면 개개인 간, 또는 지역과 기업 간, 국가대 국가 간의 경쟁적인 교육열정은 싸늘하게 식고 말 것이기 때문이다. 내조를 다지는 교육은 뭐니 뭐니 해도 미래도약의 원동력이 되어야 한다.'

이십여 년 간 교육현장을 지켜오면서 이러한 생각을 종종 떠올리며 실천적 노력을 해온 안성민 교사는, 점심을 마친 시간에 백승연을 불러 교무실의자에 앉혔다. 새물내 나는 교복바지의 선이 다리미질로 반듯하게 잡힌 학생의 머리는 짧았고, 둥근 얼굴 전체에는 여리고 누런 솜털에 뒤덮여있다.

안 교사가 이 제자에게 특별한 관심을 보이는 까닭은 남들처럼 사설학원에 다니지 않는 데도 불구하고, 성적이 상위권을 유지하고 있기 때문이다. 천성적으로 성품이 온순하고 남을 돕는 봉사활동에도 열심이면서, 급우들과 작은 마찰도 일으키지 않는 모범성도 주요 관심사 중 하나였다. 그럼에도 백승연이 가까이 사귀는 친구들을 살펴보면 극히 제한적이다. 서너 명에 불과하다.

그의 학습태도는 집안의 대소사로 결석하는 경우를 빼고는 출석률이 높은 편이다. 집중력이 강해 수업시간 내내 한눈을 팔지 않고 귀를 모아 세심히 듣는 진지한 태도는, 동료들이 마땅히 본받아할 참된 귀감이다. 말수가 적은 가운데, 교과서 외에 문학책을 주로 탐독하므로 또래아이들에 비해 언어구사가 어른스러워, 어떤 땐 처음 듣는 단어에 정신이 번뜩 뜨이기도 하였다. 그래서 안성민 교사는, 이 제자의 별명을 소년이되, 소년 아닌 어른이라고 붙였다.

그렇지만 환경은 아무리 숨기려 해도 어디서든 새물하기 마련이라, 승연의 웃음 뒤에는 어딘가 모르게 슬픔의 그림자가 드리워져있다. 이유는 늙으신 양어머니와 마음의 거리가 좁혀지지 않는 데에 기원을 두고 있다. 양모는 손자뻘인 양아들에게 아낌없는 과잉의 사랑을 쏟아 붓고 있다. 그렇지만 소년은 그 애틋한 사랑을 감히 거절하지를 못 하는 심기불편을 겪는 편이어서, 곧잘 외로움에 젖은 눈물을 흘리곤 한다.

"가까이 다가오너라. 옳지! 네 숨결이 피부에 닿으니 한결 정감이 느껴지는구나. 삼촌이라는 분 아직도 소식이 없느냐?"

안 교사는 짙고도 검은 눈썹을 끔벅이며 제자에게 대우하는 낮은 음성으로 물었다.

"일 년 안으로는 어느 누구도 삼촌을 볼 수 없습니다. 삼년 기한 중 이년 남짓의 시간이 지났을 뿐이니까요."

소년의 안색에 갑자기 그리워하는 표정이 떴다.

"많이 보고 싶겠구나. 너에게는 둘도 없이 고마운 분이니 절대 잊지 말거라. 선생님이 너를 알게 된 것도 따지고 보면 그분의 배려가 아니겠니. 그러니 그분이 실망하지 않도록 늠름한 모습으로 자라줘야 한다. 어른들은 투자가치를 굉장히 셈하기에 실적이 미미하면 지원을 철회할 수도 있단다. 뿌린 씨앗이 시기에 맞추어서 싹을 틔워내지 못한다면, 그건 수확의 기대를 저버린 배은망덕이잖니."

"어른들의 세계에 들어가려면 아직 한참 멀었지만, 삼촌이 저에게 기대하시는 바는 당장의 큰 결실보다, 먼저 사람의 도리를 갖추는 것입니다."

"훌륭한 인품을 갖추신 분이라는 걸 분명히 알게 됐구나. 그렇다면 나도 한 가지 유익한 긍지를 네 가슴에 아로새기려는 데 괜찮겠니?"

안성민 교사는 제자 쪽으로 위장병으로 누리끼리한 안색을 들이밀었다. 학생은 흠칫 놀라며 상체를 뒤로 빼 등을 등받이에 바싹 붙였다.

"선생님, 죄송한데요, 그보다 저를 부르신 이유가 무엇 때문인지 궁금합니다."

"내가 먼저 양해를 구한다는 말에 답변을 내거라."

"제 판단이 서면 그때 수용여부를 가리겠습니다."

"자신을 지키려는 의지가 투철하구나. 하여간 대견해! 너희들을 가르치는 선생님이 설마 나쁜 짓을 하라고 충동질을 하겠느냐? 잘 들어 두어라. 네 장래에 영향력이 끼쳐지는 말이 될 수 있으니까."

"큰일 났네요. 선생님, 제발 제 나이 때에 감당이

안 되는 벅찬 부담이 아니기를 빌어마지 않겠습니다."

"사랑을 품은 가슴으로 한걸음씩 시간에 맞추어서 나가거라. 그럼, 무인도에 혼자 떨어져 있어도 결코 외롭지 않을 것이다."

"선생님도 저에 대해 큰 기대를 걸고 계시는 거죠."

"그렇단다. 유학 갈 마음의 준비는 단단히 했겠지?"

"저편에서 서류심사가 통과된 겁니까?"

"기쁘지? 두 달 뒤에 떠나게 될 테니까 정리할 건 정리하고, 작별준비도 잊지 말거라."

"고맙습니다. 선생님!"

백승연의 오후수업은 집중력이 떨어진 탓에 산만하게 끝났다. 그렇지만 소년의 표정은 시종 싱글벙글 밝았다. 소년은 가방끈을 어깨에 메고 시끄럽게 떠드는 급우들에 섞여서 교실을 나섰다. 그때 누군가가 등 뒤에서 그의 상체를 두 팔로 와락 끌어안았다. 그 떠미는 굉장한 힘에 갑자기 무릎이 꺾인 승연은 그만 앞으로 넘어지고 말았다. 함께 뒤엉켜 바닥에서 뒹굴게 된 급우는 반장인 배상현이었다. 반장은 그러면서 본의 아니게 승연의 척추를 발로 차는 실수를 저질렀다. 승연은 왼 옆구리 통증부위를 움켜쥐며 안색을 찌푸렸다.

"왜 그러니? 내가 아프게 한 거니? 그랬다면 미안!"

실없는 사과이다. 그렇지만 반장은 몸을 뒤틀며 된 신음을 새어내는 승연의 어깨를 감싸 안았다. 더 나아가 애써 일으키는 승연의 신체를 부축까지 했다. 그 도움에 승연은 유리 창문 쪽 벽면에 기댈 수 있었다.

"왜 그래? 이 자식! 네가 때렸지?"

홍귀성이 급한 성질의 악을 쓰며 야구방망이를 다짜고짜 높이 쳐들었다. 금방이라도 후려갈기고 말겠다는 눈빛이 시뻘겋게 달아올랐다.

배상현은 귀성의 머리 위 방망이를 올려다보면서 체신을 사렸다. 어긋 잡은 두 팔로 머리를 가린 그 얼굴은 파랗게 질렸다. 반장 주변으로 몇몇 급우들이 둘러쌌고, 저의 개지랄 알심만을 믿는 홍귀성을 눈 모아 노려보았다. 두 학생은 홍귀성의 한 팔과 야구방망이를 움켜잡고 진정하라며 실랑이를 벌였다. 그 사이에 반장은 홍귀성과 거리를 둘 수 있었다.

"쟤 성질 개털 맞지?"

반장을 피신시킨 한 동료의 말이었다.

"너 지금 뭐라고 지껄였어? 뭐? 개털. 내가 개털인지 오리궁뎅인지 맛 좀 볼래!"

화가 머리끝까지 치민 귀성이 방망이든 채로 앞으로 퉁겨나갔다. 그러고는 연습 타구를 날리는 펑고 훈련 자세를 취했다.

"귀성아, 참아. 나 괜찮으니까 어서 연습하러 가!"

참는 인고로 이를 악문 승연이 귀성을 말렸다.

"너 참 순진하다. 이게 참는다고 될 일이니? 다시는

함부로 까불지 못하도록 단단히 혼내줘야 한다고."

"우정은 고맙지만 제발, 싸움꾼은 되지 말아줘. 부탁이야."

"체, 콧물이 소금물 되겠다. 너 쇠똥벌레, 쩨쩨하게 소똥에 기어 숨지 말고 어서 썩 나와서 승연에게 대가리 박고 용서를 빌라. 그럼, 이번만은 너그럽게 봐주겠다."

"반장이 장난을 친 거란 말이야."

배상현 쪽 누군가가 방어를 외쳤다.

"누구야? 엄기영! 네가 뭘 안다고 함부로 나서서 까불어. 눈알 깔고 가만히 있어 줘라, 잉!"

"귀성아, 언성 높이지 말고 기영이 말을 들어. 장난이었던 거야."

승연이 재차 말리자 일동은 동시에 입을 다물었다.

"젠장, 아휴! 열불 나. 주먹이 운다, 울어." 귀성은 승연 곁에 붙어 섰다. "너 다쳤잖아! 그게 장난이었다고? 체, 믿을 게 따로 있지."

복도를 가로 막은 수십 명의 아이들을 헤치고 단발 계집의 얼굴이 나타났다.

"너희들 뭐하는 거니? 여기서 패싸움 벌이고 있는 거니?"

여린 목청에 제법 위엄이 실려 있다. 남학생들의 시선이 계집에게로 일제히 쏠렸다.

"또 너냐? 재수 더러 우니, 넌 제발 빠져줘라."

귀성이 받아쳤다.
"그럴 수 없다면 어쩔 건데."
"귀성아!"
승연이 도배 집 아들을 불렀다. 소녀가 돌아봤다. 그러면서 그 곁으로 자리를 이동했다.
"네가 상현에게 맞은 거니?"
소녀가 물었다.
"그렇지 않아. 싸움이 아니었어."
"성인군자 나셨네. 넌 어째 맞고도 참을 수 있냐."
귀성의 한탄이었다.
"그럼, 왜 아픈 건데?"
소녀의 동정에는 슬픔감이 배어있었다.
"승연이가 아픈 데 네가 왜 슬퍼하냐. 너 승연이 사랑 하냐?"
귀성의 벼락치기 장난말에 여기저기서 웃음이 터졌다. 얼굴이 빨개진 계집의 눈빛에 살기가 피었다. 그때 정강이를 걷어차는 발길질 사태가 일었다.
"아야!"
외마디 비명을 지른 귀성이 상체를 숙이면서 아픈 부위를 만져대었다.
"너 죽고 싶어 환장했구나."
"할 말 못할 말 제발 가려서 해라."
이번엔 막말로 면박을 때렸다.
"어이구, 이걸 그냥."

"쳐봐, 때려 보라고."

계집이 머릿결 더미를 귀 뒤로 거둬 올리면서 갸름한 얼굴을 들이밀었다.

"귀성이 다 죽었네. 복순아, 이참에 쟤 부하로 삼는 게 어떻겠니."

귀성의 위협에 눌렸던 엄기영이 발로 짓밟는 흉내를 냈다. 동의한다는 몸짓의 수도 제법 되었다.

"이 자식이! 너 계속 까불댈래."

"귀성아, 나가자."

친구들의 종이호랑이 조롱을 등 뒤에서 들은 귀성은, 승연의 제안이 그렇게 반가울 수가 없었다. 그렇지만 체면을 구긴 개망신의 뒷맛은 영 달갑지 않는지, 내쉬는 숨결은 거칠었다. 승연이가 동행을 요청하지 않았는데도 계집은 일행에 끼었다. 귀성이 교사를 빠져나오면서 몸을 홱 돌렸다. 계집은 그 성난 눈빛을 본체만체 외면했다. 약이 바싹 오른 귀성은 계집의 뒤를 쫓으면서 악담을 퍼부었다.

"두고 봐라. 나 널 용서하지 않을 거다."

"나, 그 공갈협박 하나도 무섭지 않다."

"저게 정말!"

박복순, 홍귀성, 백승연이 운동장 한곳에 모여섰다. 운동장 한편에서는 야구연습이 한창이고, 한 무리가 그 가운데를 가로질러 교문으로 향해 가고 있었다.

"병원에 가 봐야 하는 게 아니니?"

울상을 지은 복순의 위로 말이다.

"걱정 마. 그 정도까지는 아니니까."

"너도 참 바보다. 맞았으면 복수의 주먹을 날려야지 계집애처럼 항상 지기만 하냐."

"홍귀성, 너 지금 뭐라고 그랬어? 말 다 했어. 계집애가 뭐냐! 그리고 여자라서 지기만 한다는 비아냥거림도 귀에 상당히 거슬린다."

"말끝마다 드잡이네. 정말 못 참아 주겠군."

귀성이 주먹 쥔 오른손을 복순의 얼굴 가까이로 바싹 들이 대고 겁을 주었다.

"때려 봐! 왜 못 때려? 이렇게 때려보란 말이야."

복순이 차마 때리지 못하고 뒤로 밀리는 귀성의 허벅지뒤편을 왼발로 냅다 걷어찼다.

"아야! 에이 이년이!"

"병신아, 그러니깐 말조심하라고."

"천하의 귀성도 복순에게는 꼼짝을 못하는구나."

승연이 모처럼 꺼낸 농담이었다.

"내가 봐주는 거지, 진짜 싸운다면야 한 주먹 감뿐이 더 되겠어."

"너 계속 그렇게 나쁜 말만 골라 할래?"

"그만 하자. 귀성아, 코치선생님이 부르신다. 이따 보자!"

귀성이 운동장을 힘차게 달리는 뒷모습을 복순과 승연은 오랫동안 지켜보았다. 그리고는 몸을 돌려 오른 관중석 계단 중간까지 올라왔다. 승연이 잎이 바래져가는 등나무 아래로 먼저 자리를 잡고 앉았다. 복순도 그 곁에서 두 다리를 얌전하게 모았다. 복순은 왠지 기분이 좋아지는 미소를 지었다. 새겨진 양 볼 보조개가 예뻤다. 승연은 어찌할 수 없이 끌리는 눈으로 이성 친구를 돌아봤다. 곁눈질로 승연의 동정을 살폈던 복순도 고개를 돌려 화답의 눈웃음을 밝혔다. 교감하는 둘의 눈빛은 정감하게 살뜰했다.

"아빠한테 나도 유학 보내달라고 조를까? 그럼 너를 언제든 볼 수 있잖아."

복순은 어디든 동행하겠다는 의지를 내비쳤다.

"공부를 위해서 잠시 헤어지는 건데 뭘 그러니."

"잠시라고? 십년도 넘을 시간이 잠시라고?"

"우리에게는 꿈을 펼칠 시간이 많잖아."

"아이 몰라. 내 소원은 네가 외국에 나가지 않고 나와 영원한 한 짝이 돼 달라는 거야."

"난 이번 기회를 놓치고 싶지 않아. 모든 학비를 대주겠다는 후원자가 있을 때, 공부를 충분히 해 두어야 하거든."

"너를 쫓아가고 말거야. 너와 일정이 일치하지 않아 출국이 늦더라도, 절차가 마무리되는 대로 너와 함께하고 말거야."

"부모님들께 뭐라고 설득을 할 건데?"

"지금 당장은 그렇지만 생각이 정리되면 졸라대려

고."

"복순아, 네가 세운 목표에 맞는 공부를 해야 후회가 없을 거다. 못난 나 때문에 너의 미래가 엉망진창으로 뒤틀려지는 거 정말 난 원치 않아."

"너 내가 싫은 거니?"

"아니야. 우리의 우정은 언제까지나 변치 않을 거야. 다만, 갈 길이 서로 다르다는 취지로 말한 거야. 그러니 오해는 말아 줘."

"칠칠치 못하게 실속이 없어서 정 떨어지는 홍귀성이 저기 오네."

시선을 멀리 던진 복순의 낯빛이 흐려졌다.

"웬일이지? 친선경기를 앞두고 있다더니, 연습시간이 왜 저리 짧지?"

"글쎄!"

탈의실에서 옷을 갈아입은 홍귀성은, 세 명의 동료들과 잠시 어울렸다 따로 떨어져서 관중석으로 달려왔다. 귀성은 갈아입은 신발, 옷가지 등을 담은 큰 가방을 한쪽 어깨에 걸쳐 메고 있었다. 귀성은 관중석 아래에서 두 친구에게 내려오라는 손 신호를 보냈다.

"돈 누가 낼 거냐?"

가운데 낀 귀성이 배꼽노리에 손을 얹으며 고개를 좌우로 돌렸다.

"각자 부담이다."

우측의 승연이 딱 잘라 말했다.

"야아, 나 돈 없단 말이야!"

"체, 우리가 너 밥 먹여주는 부모인 줄 아냐."

복순의 노골적 핀잔이었다.

"너하고 말 안 해. 승연아, 사 줄 거지?"

"나중에 갚는다는 조건하에서."

"얘는 미덥지가 않으니 그 방법을 써야해. 언제 갚겠냐는 차용증서를 받아둬야 한다니까."

"복순이 네가 대신 받아두었다 십년 후에 이자를 붙여서 청구하면 어떻겠니. 그때쯤이면 얘도 프로선수가 되어 묵직한 연봉을 받을 테니까."

"그렇게 하면 되겠네?"

자장면 곱빼기를 왕성한 식욕으로 단숨에 먹어치운 귀성은, 복순의 그릇을 넘봤다.

"양이 많은 것 같은 데, 그거 다 먹을 수 있니?"

앞으로 흘러내린 머리카락을 귀 뒤로 쓸어 넘긴 복순이 음식물그릇에다 제침을 탁탁 뱉었다. 넘보지 말라는 방어였다.

"군만두 하나 더 시켜 먹자."

승연이 선수를 쳤다. 기성의 동석을 못마땅하게 여기는 낌새눈치를 연신 흘리는 복순의 심기불편을 고려한 행위였다.

"좋지. 저기요, 아주머니! 여기 군만두 하나 추가요."

귀성이 재빨리 서둘렀다.

복순은 제 몫을 다 먹지 못하고 남겼다. 복순은 옆 좌석의 승연을 곁눈 거렸다. 승연이 깨끗이 비운 그릇 위에다 나무젓가락을 얹은 뒤, 주전자 물을 컵에 따라 마셨다.

승연은 바지주머니에서 꺼낸 열쇠를, 묵직한 철 대문 구멍에 맞춰 찔러 넣었다. 그러고는 인기척을 죽여 쇠문을 안으로 살며시 밀었다. 참새 떼들이 정원 잔디밭에서 재잘거릴 뿐 집안은 조용했다. 현관문 손잡이를 잡는 순간 소년은 극도로 예민해졌다. 신발을 벗어 신발장 안에다 넣고 거실로 올라서자, 가정부가 불쑥 나타났다.

"사모님, 승연 도련님이에요."

윤정민 여사는 가정부의 도움을 받아가며, 두 달 전 광복절휴일에 낚시 갔던 저수지에서 생을 마친 남편의 유품을 정리하고 있었다. 정치인의 큰살림이라 이삼 일을 잡았지만, 시간이 모자라 다음다음날까지 정리를 해야만 할 것 같다. 구호단체에 보낼 의류품은 의류품대로, 신발은 신발대로 그리고 기타 물품들도 하나하나 점검하여 싼 짐 보따리들이 여기저기 쌓여 있어 집안은 비좁았다.

윤 여사는 책상서랍을 뒤지다 한 뭉치의 영수증을 발견했다. 인권위원장 전 의정활동시절에 일반시민들로부터 받은 후원금 내역이 기재된 영수증부터, 신용카드로 결재한 부의금과 축의금 등 소소히 지출한 현금영수증 따위였다. 윤 여사는 일일이 구분하여 갚아야 할 빚이 없는지를 살펴보는 데 신경을 모았다. 그렇지만 지치도록 무리한 탓에 어깨가 결렸다. 특히, 뼛속에 구멍이 생긴 골다공증의 관절통증에 신경이 쓰여 그대로 미뤄두고 쉬고 있던 참일 때, 승연이 돌아왔다는 전갈을 받은 것이다.

승연은 서글프게도 양어머니를 뵈어야만 하였다. 긴소매 원피스 차림새인 양모는, 안방침실에 걸터앉아 손자 같은 양아들을 기다리고 있었다. 소년은 할머니에게 학교 다녀왔다는 인사를 드리며 안방으로 들어섰다. 소년은 내키지 않는다는 내색을 숨기고, 주름투성이 할머니를 마주했다. 심장이 찬바람에 쏘이는 듯이 서늘했다.

"식구 중 얘기상대는 너 하나뿐이라 할머니 심심해 죽겠다."

"하나님과 대화 나누시면 되잖아요."

"내 느낌만으로 하는 대화라 별 재미가 없단다. 평안을 내리시는 은혜에 대한 감사로 하루하루를 넘기기는 하나, 이젠 기력이 쇠해져서 그나마도 벅찰 지경이란다."

"세월의 무게가 할머니를 짓누르는 거네요."

"어째, 나이를 훌쩍 먹어버린 철학자 얘기처럼 들리는구나. 그래, 세월을 이겨내지 못하는 게 사람이라 몸도 마음도 무거워 나들이도 쉽지 않단다. 그나마 네가 곁에 있어 줘서 한결 위안이 크단다."

"무료감을 달랠 소일거리를 찾지 그러세요."

"짐 정리가 끝나고 구상해 둔 사업을 시작하면 서예를 다시 해 볼 작정이다. 지금은 기억력 감퇴를 막기 위해 성경 옮겨 쓰기를 하고 있걸랑."

"할머니, 대단하시네요. 언제 서예를 배우셨어요?"

"젊은 시절에는 입선도 하여 전시회도 몇 차례 열었던 걸. 지금도 서예협회회원으로 이름이 남아있지."

"여태 몰랐는데, 할머니 정말 멋지시네요."

"녀석 칭찬도 다 할 줄 아는구나. 할머니가 이때까지 살아오면서 힘이 되어준 저력이 무엇인지 넌 모르지? 그건 말이다. 하나님을 믿는 신앙과 서예였단다."

"가야금도 있던데요. 국악도 즐기셨어요?"

"한때였지. 그렇지만 너무 오래되어 까맣게 잊고 말았어."

"잠복은 사라진 것이 아니라, 수면 아래 가라앉혀둔 것이라고 하잖아요. 언제 가야금소리를 들려주실 수 있겠어요?"

"서예작품은 이따 라도 보여줄 수 있어도 가야금은 안 되겠구나."

"에이, 실망!"

" 녀석 봐라. 놀릴 줄도 아네. 아무튼 너의 열린 가슴을 보니 덩달아 기쁘다."

소년은 양모의 숨겨진 재능과 소탈한 성품에, 양모

를 다시 보게 되었다. 대면하거나 혼자서 생각할 적마다 지레 움츠렸던 심성 무게도 어느 정도 홀가분해졌다.

"어머니, 어깨 주물러 드릴까요?"

"아니다, 피곤해서 이만 쉴 테니까 그만 가 보아라."

윤 여사는 실내화를 벗고 침대에 오르면서 승연을 불렀다.

"승연아. 이거 받아라. 아버지만년필 인데, 공부하는 네가 쓰도록 해라. 한 번도 쓰지 않은 새 거란다."

포장종이에 싸인 작은 상자를 열어보니 값비싼 파카만년필이 들어있다. 승연은 교복상의 윗주머니에다 만년필을 꽂고 왼쪽 가슴을 툭툭 두들겼다.

도피

1

 송경호는 어둠속을 더듬더듬 나가면서 주위를 유심히 살피는 긴장을 잠시도 늦추지 않았다. 우측으로 해발이 낮은 시커먼 임야를 낀 한길로 접어들었다. 한 줄기 바람이 스치면서 낙엽을 건드리자, 바스락 소리가 천둥처럼 가슴을 후려쳤다. 섬뜩 놀란 경호는 순간 몸을 낮추며 숨까지 잔뜩 사렸다. 움직이는 사물의 그림자는 아무것도 없었다. 그는 떨리는 심장을 가라앉히고 조심조심 걸음을 재촉했다.

 재개발을 앞둔 단독주택 밀집지역은 몇 곳에서 보안등이 가물거리는 그 후광은 비교적 어두워 발각될 염려는 그만큼 낮았다. 현재로서 그에게 가장 무서운 대상은, 알든 모르든 무시로 마주치는 직립보행의 사람들이다. 혹, 누군가가 지명수배자인 자신의 얼굴을 알아보고, 사법당국에 신고라도 하는 날이면, 운신의 자유는 그 즉시로 끝나버리고 만다는 사실을 잘 이해하고 있었기 때문이다.

 보안등 불빛 아래로 사람의 검은 그림자가 나타났다. 일분 정도의 시차를 두고, 또 한 사람이 뒤따라 나타나서 이쪽으로 방향을 잡고 다가오고 있었다. 경호는 아연실색하며 숨을 곳을 두루 찾다, 전방 이 미터 거리에서 아름드리 은행나무를 발견했다. 그는 가재걸음으로 그곳으로 살금살금 이동해 갔다. 행인들은 다행히 나무 뒤에서 동정을 엿보는 수상한 자를 알아차리지 못하고 그대로 지나쳤다.

목표를 둔 집은 마을 중간 고샅-골목 막다른 지점에 있다. 이층 연와 집 앞은 보안등이 설치되어 있어 유독 밝다. 그는 큰 골목에서 다시 한 번 주위를 확인하고 미행자가 없음에 적이 안심했다. 파란 철대문은 굳게 잠겨있었다. 거주자들 수가 날로 줄어드는 추세인 만큼, 빈집들이 늘어나는 동네라 문단속은 당연한 일이었다. 그는 그 앞에 멈춰 서서 발뒤축을 최대한 높이 쳐들고서 안의 동정에 귀를 기울였다. 계집아기의 울음소리가 터져 나왔고, 이어 어린 아기를 달래는 젊은 엄마의 음성이 새어 나왔다. 조급해진 경호는 안절부절 떨면서 의식을 한층 키웠다. 아기의 울음소리가 그쳤다. 그는 지체 않고 벨을 눌렀다.

"누구세요?"

반갑기 그지없는 아내의 목소리가 귓전으로 흘러들었다.

"경미, 나야!"

기쁨에 달아오른 그의 목청은 높았다. 안에서 서둘러 달려 나오는 인기척을 들은 청력은 안도의 한숨을 내쉬었다.

녹색 새시현관문을 열어둔 채, 맨발 뒤축을 때리는

고무슬리퍼 소리를 내며 한달음에 달려온 발길이 문 너머에서 멈춰 섰다. 대문을 박차고 싶을 정도로 오래 걸린다는 느낌에 답답증이 일었다. 마침내 대문이 활짝 열렸다. 보안등 불빛 후면 그늘이 엷게 서려있는 얼굴이 나타났다. 반갑기 그지없는 감정을 그대로 드러낸 두 사람은, 서로를 부둥켜안자마자 미친 듯이 입술에 입술을 포갰다. 혀에 혀가 감기고, 침에 침이 뒤섞였다. 체구가 작은 경미는 떼쓰는 듯이 성급해진 몸을 내맡기며, 두 손으로 남편의 허리를 휘어 감고 두 눈을 감아버렸고, 경호는 굶주린 야성의 기질로 아내의 눈, 코, 목덜미를 마음껏 탐닉했다. 이 행복의 절정에 경미는 넋을 잃었고, 경호는 쌓인 한을 풀기라도 하는 듯이 여체를 바싹 끌어안고는 옥죄었다.

"그만 해. 방에 모기 들어가."

엷은 차림새라 뒤편 정원으로부터의 찬 공기에 한기를 느낀 경미가 남편의 가슴팍을 밀어내며 손등으로 젖은 입술을 닦았다.

"응, 그래!"

경호는 아쉬움을 감출 수가 없었다. 그제야 뒷손으로 대문을 닫은 그는, 어깨를 얼싸안은 아내 볼에 입을 맞추었다.

"보고 싶었어, 너무 보고 싶었어. 일찍이 오지 못해서 정말 미안해!"

"어떻게 올 수 있었던 거야?"

경미는 벅찬 감격에 목이 메어 말이 제대로 나오지 않았다. 기쁘면서도 아련하도록 슬프고, 불안하면서도 아늑한 평안이 가슴을 울렁울렁 뛰게 했다.
"들어가, 들어가서 얘기해."
"응, 그래! 애들은 잘 있지?"
"응."
경호는 아내의 허리를 감은 채로 현관 안으로 들어섰다. 누추한 집 살림은 민망하기 짝이 없었다. 평수 좁은 거실과 면한 부엌 쪽 벽지는 너덜너덜 벗겨진 데다, 다용도실로 쓰이는 공간의 천장은 썩은 합판이 덜렁덜렁 반쯤 뜯겨 그 속에 감추어졌던 삭막한 회색 콘크리트 수평기둥이 훤히 들여다보였다. 그렇지만 식기류나 가전제품 등 일상적으로 쓰이는 용품들은 짜임새 있게 갖추어져 있었으며, 각각 다섯 살, 두 살인 아들딸의 피부도 깨끗했다. 그리고 두 아이들의 장난감 종류도 제법 다양하게 많았다. 이 모든 알뜰한 살림은 피아노과외를 다니는 아내의 노력 때문이라고 경호는 수긍했다.

경호는 아내 앞에서 머리를 떳떳이 들지 못하고 쩔쩔매는 기색을 내비쳤다. 기약 없는 도피로 가장의 책임을 등한시하고 있다는 데서 오는 죄책감에 풀이 죽었다. 그는 면목이 서질 않자, 아내의 눈길을 애써 외면했다. 그는 가라앉은 기를 끌어올리려 아들을 안아 무릎에 앉혔다.

"많이 컸구나. 아빠 보고 싶지 않았니?"

"아저씨가 우리 아빠라구? 거짓말, 우리 아빠는 외국으로 돈벌어 가셨다던데!"

"승호야, 이분이 외국에서 돌아오신 아빠이셔."

경미는 아들을 달랬고, 경호는 아들의 머리를 쓰다듬었다.

"언제 비행기 타고 우리나라에 온 건데? 선물은? 안 사왔구나. 빈손인 걸 보니까 이 아저씨 우리 아빠 아냐. 엄마, 집 없는 아저씨가 하루 밤 자러 온 거지. 그치?"

경호는 아들의 주저 없는 철부지 말에 가시방석에 앉아 있는 기분을 떨칠 수가 없었다. 경미는 경미대로 속이 부글부글 끓었다.

"승호 참 똑똑하구나. 무슨 선물을 사 줄까? 아빠가 다음에 올 때는 꼭 사 올 테니까 어서 말해 줄래? 사내대장부끼리의 약속은 어떻게 하는 거라고 그랬지? 아빠가 전날에 가르쳐줬잖아!"

경호는 속으로 흘리는 뜨거운 눈물을 겨우 삼켜 내리면서 부성애를 태웠다.

"몰라, 잊어 버렸어!"

아들은 머리를 세차게 흔들며 투정을 부렸다.

"말버릇이 없구나. 종아리 맞을래? 아빠한데 잘못했다고 빌지 않으면 회초리로 맴매 할 거다."

애간장이 탄 엄마가 야단을 쳤다.

"잉, 엄마도 미워!"

아들의 양 볼이 잔뜩 부어올랐다. 그 얼굴로 엄마를 빤히 노려보는 눈빛에 투정부림이 가득했다.

"허허, 여보 참아요. 승호야, 아빠가 때리지 말라 말렸으니까 앞으론 엄마가 하지 말라는 나쁜 짓은 절대 해서는 안 된다."

경호는 겉으로는 아들을 달랬으나, 속으로는 자신을 향해 모진 매질을 가하고 있었다. 날리는 채찍은 뼛속을 때렸고, 그 아픔은 서글픈 외로움을 넘어 가슴이 답답하게 미어졌다. 정처 없는 한데거리에서 혼자 처절하게 겪는 찢긴 상처를 위로받고 싶어진 그는, 아내 품으로 와락 안겼다. 어깨를 들먹이는 소리 없는 눈물을 흘리며, 아내의 심장 뛰는 소리를 들었다. 아내가 등짝을 토닥거리며 어루만져주자, 경호는 큰 위안을 받았다. 삭막하게 말라비틀어져 있던 심신이 일시에 촉촉함에 젖어들었다.

"그만 일어나 봐."

아내의 차분한 말에도 남편은 꿈쩍 않고 아내의 품으로 더욱 파고들었다. 그리었던 연한 살피냄새, 포근한 보금자리의 포만감을 깨우는 아내가 갑자기 얄밉게 서운해졌다.

"어서 할 말이 많단 말이야!"

경호는 마지못해 몸을 일으켰다. 아내를 마주 본 남편의 젖은 안색에 잔잔한 웃음기가 번졌다.

"고생 많지? 혼자서 살림을 꾸리느라 힘들다는 거 다 알고 있어."

"고생은 감수할 수 있어. 문제는 언제나 안정을 찾을 수 있냐는 거야!"

"미안해. 확답을 못해줘서. 내 결단에 따라서 그 시기가 잡히기는 하겠지만 확실치 않아."

"무슨 말이 그래? 여태 아무런 대책을 세워놓지 않았다는 뜻으로 들리네."

"시국이 살벌해. 순수한 이성을 갖춘 자는 보이지 않고, 정치권 바닥에는 돈과 권력에만 눈이 먼 작자들이 판을 치고 있어. 그러니 나라가 잘 될 리가 없지. 확 뒤엎어 버리고 싶어."

"관둬. 멀쩡한 사람을 진흙탕에 끌어들여 가정을 파탄으로 몰아넣은 정치얘기 따위 제발 그만 둬. 난 평안하게 살고 싶어. 너무 힘들어. 부탁인 데, 경찰이나 검찰에서 전화가 안 오도록 도와 줘. 그게 나의 소원이야."

"국민의 권리를 빼앗고 모략과 권모술수가 판치는 정치권은 혼나야 돼"

"무슨 수로 혼내고 싶은 건데? 당신은 인맥도 돈도 없는 일개 시민일 뿐이야."

"보잘것없는 한 마리 개미에게도 제 역할이 있기 마련이지."

"환상에서 깨어나. 기적은 없어. 현실을 직시하는

것이 기적을 낳는 거라고 생각해!"

경호는 말문이 막혔다. 화제를 바꿀 필요가 우러났다.

"얼마 전에 김호중 순장님을 만났어."

경미는 어두운 안색을 싹 지운 위로 환한 미소를 비쳤다.

"언제? 어디서? 지난 세월을 소급하여 계산해 본다면, 지금쯤은 목사님이 되셨을 텐데, 목회하고 있는지는 알아 봤어?"

"푸른 초원이 펼쳐진 산에서 봤는데, 인상이 참 깨끗하시고 편안해 보였어."

"이해할 수 없네? 목회는 안 하시고 산에서 사시나? 그건 그렇고, 순장님과 무슨 얘기를 나눴어?"

"지명수배 해제 건 얘기를 꺼냈더니, 법망을 피할 수 없으니 자수하라는 거야."

"나도 자수를 바라. 제발 더 이상 가슴 졸이며 살지 말게 해줘. 내 불안감 덜어줄 수 있지?"

"그쪽으로 무게 중심이 기울고 있어. 순장님과 약속했거든."

"무슨 약속?"

"형량을 다 마칠 때까지 우리의 생활비 일체를 책임지겠다는 제안이었어."

"자기 생각은 어때?"

"이리저리 눈치를 굴리며 떠돌아다녀야 하는 도피

생활에 신물이 났어. 제대로 쉴 수도 없는 떠돌이 신세에, 엉망진창 뒤틀린 배창자도 편히 잠들지 못 하는 무모한 고생을 끝내야겠어."

"대환영이야. 그러나 순장님이 제안하셨다는 대목은 반대야. 받아들일 수 없어."

"왜? 자기를 생각해서 자수를 굳힌 건데!"

"하나님이 우리를 도우 실거야."

"열정이 대단하시네.

"자기 눈은 깨끗하지 못해. 세속의 먼지로 뿌옇게 흐려. 더 이상 도망 다니지 말고, 구치소에 들어가 죄값을 치러. 뒷바라지는 내가 책임질 테니까."

경미의 어감은 단호했다. 경호는 유약해 보이는 아내에게서 저런 당돌한 양세다 면이 숨어있었다는 이면이 그저 놀라울 뿐이었다.

"난 반정부주의자의 입장에서 타도 대상인 현 정부에는 굴복하고 싶지 않아. 그럼에도 자수의지를 밝힌 것은, 당신을 내 나름대로 돕고 싶어서 자존심을 접은 거야."

"오해 마! 산지기도 하나님이 세우셔. 인정해야 할 것은 인정해 줘야 나라 질서가 잡히는 게 아니겠어?"

"듣고 보니 정치 발언이네?"

"상관없어. 우리 가족을 지키는 길이라면, 요주의자를 내쫓아서라도 지켜내야지."

"허, 무섭다."

"그만해. 싸우고 싶지 않으니까."

경미가 주위를 둘러본다. 장난감을 가지고 놀던 다섯 살 아들은 카펫 위에 엎드린 채로 잠이 들었고, 아직 간혹 젖을 찾는 두 살 터울의 딸은, 엄마무릎을 베고 새근새근 세상을 잊고 있었다. 경미는 방으로 들어가 아이들의 잠자리를 살펴본 뒤, 거실로 다시 나와 딸아이부터 안았다. 아들은 아빠가 안고 침대에 눕혔다.

"배고프지 않아? 빵이라도 줘?"

"있어?"

경호는 턱을 괴고 자신을 돌아본다. 엉뚱하게도 제일 먼저 권문선의 얼굴이 떠올랐다. 그녀는 시청 앞에서 백여 일간 이어진 광우병 촛불집회 때, 무대에 올라 인기절정의 열변으로 대중들을 사로잡았던 여걸이었다. 그녀에게는 빨갱이라는 별명이 붙어 있었다. 주한미군 철수를 외치면서, 맥아더장군 동상철거에 앞장섰던 인물이라, 경찰들조차도 그녀를 빨갱이라 불렀다.

삼십 대 미혼인 그녀가 종로구 소새 송수사찰에서 몰래 빠져나온 뒤, 자신의 집에서 구속됐다는 소식을 일간신문을 통해 알게 되었을 때, 경호는 심장이탈을 체험했었다. 다음 구속대상이 자신일 거라는 예감이 번득 일자, 경찰경계에 좀 더 신중을 기하자는 마음을 다졌었다.

그는 촛불집회가 마무리된 이후부터 줄곧 숨어서 지냈다. 신변보호 차원에서, 처음에는 학교동창들의 집을 전전하다, 그 후에는 산과 들을 헤매며 경찰의 추적을 따돌렸다. 끼니는 아파트 신축공사 현장에서 육체노동을 팔아 근근이 해결했다.

건설현장은 범법자들의 좋은 은신처였다. 그렇지만 오래가지는 않았다. 한때 성경공부를 지도했던 김호중 순장님의 권고를 받아들여, 촛불집회 때 안면을 익혀둔 동료들의 은신처인 도심 한복판, 조계종 중심부 사찰로 몸을 숨겼기 때문이었다. 온종일 맡는 낯선 향내가 신경에 거슬리기는 하였으나, 불자들의 출입이 밤낮으로 끊이질 않는 대형사찰은, 공권력 경찰들이 함부로 들어올 수 없는 성역이라 숨어 지내기에는 안성맞춤이었다.

사찰 측 배려로 그곳에서 일행 권문선 등과 함께 일주일가량 천막생활을 했다. 송경호는 권문선에 앞서, 어느 일요일 낮에 예불을 마치고 돌아가는 불자들 틈에 끼어 사찰을 빠져나왔다. 그러고는 며칠 간 정처 없이 떠돌던 중, 어느 집 대문에 꽂혀있는 조간신문을 빼 읽다 권문선의 체포소식을 알게 되었다. 그 후 그는 망설이고 망설이다, 아내를 마지막으로 보려고 불쑥 찾아든 것이다.

송경호는 정치인이 되는 게 꿈이었다. 양복 깃에 의원배지를 달고 웅장한 국회의사당에서 국무총리나

장관들에게 대정부 질문공세를 펼치면서, 이미 발표한 정책의 잘못을 빌미 삼아 호통을 치며 국민들의 복리증진을 위한 법을 만들고 싶어 했다.

송경호는 그 꿈의 첫 단계로 안면을 널리 알려 언제든지 공천을 받을 준비를 해 두어야만 한다는 결론을 내렸다. 정규 당원교육을 이수한 집권여당 당원증을 소지한 그는, 여의도를 맴 돌면서 틈만 나면 힘이 센 당대표, 원내대표, 사무총장 등 지도층인사들에게 눈도장을 찍어두었다.

총선을 몇 개월 앞둔 어느 날, 경호는 당으로부터 지역경선을 준비하라는 연락을 받았다. 다섯 명의 경쟁자 중에는 지역 연고가 깊으면서, 대학교수를 거쳐 청와대 정무수석을 지낸 유성훈이 가장 앞서가는 인물이었다. 이에 반해 내세울 만한 경력은 변변치 않으나, 환경단체 회원으로 지역발전에 앞장서 왔다고 자부하는 경호는, 길고 짧은 것은 대봐야 한다면서 도전장을 내밀었다. 그렇지만 그는 경선 당일 크나큰 정신적 충격을 받았다. 다섯 명의 후보들과 표 대결을 거룬 결과 삼등을 하는 뼈저린 패배를 안았던 것이다.

지역주민들은 뜨거운 성원을 보내겠다고 굳은 약속을 했었다. 그렇지만 지역당원들은 결정적인 날에 싸늘한 배신적 면모를 드러냈다. 게다가 당에서 사전에 후보자를 내정해 놓고, 군소후보들을 모양새를 갖추기 위한 들러리로 이용했다는 소문이 돌았다. 억울하다는 극도의 분노로 급기야 이성을 잃고 말았다. 도저히 용납할 수가 없었다. 승복하려는 마음도 짓밟혔다. 당장 여의도당사를 찾아가 기물을 내던지는 무지막지한 행패를 부렸다. 이후부터 그는 철저한 반反 여당 성향으로 돌아섰다.

그는 녹색환경연합에 정식으로 가입했다. 비영리단체인 녹색환경연합은, 정부와 기업체 몇 곳으로부터 재정을 지원받아 일 년에 두 차례 한강 속 쓰레기를 수거하는 것과, 생태계보존 활동에 힘쓰고 있었다. 그렇지만 그 이면은 정부정책을 조목조목 반대에 반대의 목소리만을 내는, 친북親北 성향의 급진파 이적단체였다.

우리나라 정치사는 기독교와 깊은 관련이 있다. 초대대통령 이승만은 기독교장로였고, 군정종식 이후 문민시대를 연 상도동대통령과, 기업가출신인 현대통령도 장로직분을 가지고 있다.

1948년 5월 31일은 대한민국 국회가 처음으로 열린 날이다. 국회의원일동은 국민의례를 마친 후, 기독교신자인 임시의장 이승만의 제의를 사전에 받은 이윤영의원의 대표기도가 이어졌다. 국회속기록이 전하는 그 당시 기도내용 전문은 다음과 같다.

'이 우주와 만물을 창조하시고 인간의 역사를 섭리

하시는 하나님이시여, 이 민족의 고통과 호소를 들으시사 정의의 칼을 빼서 일제의 폭력을 굽히시사 세계만방의 양심을 움직이시고 또한 우리민족의 염원을 들으시므로 이 기쁜 역사적 환희의 날을 이 시간에 우리에게 오게 하심에 대한 감사와 우리 조선의 독립과 함께 남북통일을 주시옵고, 또한 우리 민생의 복락과 아울러 세계평화를 허락하여 주시옵소서. 주 예수그리스도 이름을 받들어 기도하나이다. 아멘.'

 기독교는 이후부터 일천구백팔십 년대까지 부흥의 급성장을 맞게 되어, 빈 텃밭 위에다 낡은 천막을 세워 십자가를 꽂아 걸기만 하여도 은혜를 갈구하는 성도들이 우르르 몰려드는 대역사의 한 획을 장식할 수 있었다. 그 결과 수십 만 명이 한꺼번에 예배를 드리는 단일교회를 세계 최초로 탄생시킬 수 있었다. 유례를 찾아볼 수 없는 기적의 축복이 이 땅 대한민국에 임해진 것이었다.
 이러한 시기에 송경호는 신실한 성도인 어머니의 전도를 받고, 중학교에 입학하자마자 교회출석을 시작했다. 신앙에 차츰 눈이 뜨이자 그는 '진리가 너희를 자유롭게 하리다.'라는 성경구절을 가장 좋아하게 되었다. 이유는, 구원의 믿음보다 출세에 응용하면 어떨까 하는 생각을 가졌기 때문이었다.
 그는 정치입문에 실패한 뒤 일원이 된 녹색환경운

동에서 이 진리를 부각시키려 남다른 발품을 팔았다. 그는 소속 단체의 이익과 안전한 재정유입을 위해서는 강온 양면이 적절하게 조화되어야 한다는 철학을 갖고, 필요한 싸움을 마다하지 않는 한편, 끊임없이 자신이 쉽게 이해할 수 있는 진리의 자유를 모색했다. 그러면서 그는 정의의 자유는 행정부, 입법부, 사법부 등의 권력부서들이 국민의 권리보장에 우선순위를 둬야 한다는 결말을 얻게 되었다. 즉, 국민의사와 상관없이 저희들끼리만 나라를 위한 일이라며 책상머리 정책을 내놓는 행태는, 국민을 깔보는 무지한 독재이므로, 세력의 투쟁으로 적극 막아야 국민의 자유가 쟁취된다는 해답을 얻었던 것이다.

그들은 보수주의 단체들의 행사 방해를 일삼는 무서운 단체이기도 하였으나, 어떤 경우에서는 기력에 날개를 달아주는 커다란 격려도 되었다. 사대 강 반대운동을 펼치는 현장에서 협력시위로 사기를 높여준 불교, 천주교계 인사들이 그 대표적 사례였다.

경호는 그 활동 기에 군대에서도 아예 눈을 감았던 술과 담배를 배웠다. 무료하다 싶을 때면 으레 떠올리며 입에 물게 되는 담배는, 때로는 시름을 달래주는 정신적 약이기도 하였다. 그 담배 생각에 조금 열어젖힌 창문바깥을 내다보며 하늘을 올려다보니, 중천에 상현달이 떠있다. 상의주머니 담배를 꺼내려는데, 아내가 부른다. 거실바닥에 놓인 쟁반 안에 담긴 것은 식빵과 우유가 아니라, 치즈와 비타민 두 알과 세 개의 멜론이었다. 얼마만인가? 정성이 담긴 음식물 받아보는 게! 경호는 목이 메어 눈동자가 정지되었다.

"뭘 해?"

경미가 남편의 무릎을 가볍게 건드렸다.

"응, 그래. 잘 먹을게."

경호는 빈 쟁반을 밀어냈다. 쟁반을 치우고 돌아온 경미가 남편을 내려다보며 허리춤에다 손을 붙였다.

"씻어!"

"목욕을 하고 싶은데?"

"더운 물 없어."

"찬물로 하지 뭐."

"잠깐 기다려. 물 데울게."

여름 끝이라 야기夜氣가 으스스 차다. 이슬에 젖은 정원은 어둠에 묻혀 있고, 블로크담장 쪽으로 바싹 붙어 있는 무실수 모과나무는 잎이 무성하여 속을 들여다 볼 수가 없었다. 경호는 습관적으로 귀를 세워 대문 밖의 동정을 살폈다. 멀지 않는 동네어귀에서 개 짖는 소리가 서글프게 들려올 뿐이었다.

담배연기가 허공에서 도넛의 모양을 그렸다 흐지부지 사라졌다. 난데없는 비명소리에 경호는 깜짝 놀라며 사지를 움츠렸다. 담장 밖 천주교수도원 텃밭에서 넘어온 날카로운 비명은, 저희끼리의 싸움에서 밀린

한 편의 고양이가 꼬리를 내리는 괴성이었다.

 오래된 집이라 욕실은 없다. 굳이 목욕을 하겠다면 수도꼭지 하나만을 단 세면장을 이용해야만 한다. 평수도 매우 좁아 마당 쪽 문을 열지 않으면 답답하기 그지없는 공간이었다. 아내 경미는 약간 경사진 시멘트바닥에다 커다란 고무다라를 준비해 놓고, 가스레인지 불로 데운 양동이 물을 쏟아 부었다. 수온에 맞추어 찬물을 조금 섞었다. 그녀가 이토록 수고를 아끼지 않는 까닭은, 오랜 도피생활로 심신이 겹첩으로 지쳤을 남편을 마음으로부터 위로하자는 사랑의 발로 때문이었다. 이 밤이 지나면 남편 송경호는 영어囹圄의 몸이 될 것이다.

 "등 좀 밀어 줘!"

 혼자 물을 끼얹던 경호가 거실을 향해 목청을 높였다. 거실 형광등불빛을 등지고 문지방을 밟고 선 경미의 그림자가 남자의 벌거숭이 몸을 가렸다. 경미는 부끄러움을 감추고 맨발로 내려섰다. 그러고는 남편의 등 뒤에 서서 허리 굽혀 뜬 바가지 물을 천천히 끼얹었다. 남편의 몸은 앙상하게 말라있었다. 쇠기둥에 부딪혀 다친 상처와, 아카시아나무가시에 길게 긁힌 자국도 선명하게 새겨져있었다. 경미의 두 눈에 눈물이 고였다. 눈을 끔벅이자 두 줄기 눈물이 비누칠로 미끄러운 남편의 등 위로 떨어졌다.

 "고생 많이 했네?"

"좋은 경험을 했다고 봐야지."

"자수할 거지?"

"그 길이 우리의 행복일 텐데, 그러나 마음 한구석에서는 미련이 붙들고 있어."

"악마의 유혹은 떨쳐 버려!"

2

송경호는 오인 실 숙소로 함께 돌아가는 박정민의 어깨를 두서너 번 톡톡 두들긴 뒤, 혼자 성전으로 발길을 돌렸다. 절전 책으로 높은 천장에 매달린 전등 몇 개만이 밝혀져 있는 성전 안에는 장판바닥에 길게 누워 있는 금식 자 몇몇과, 육성기도를 속삭이듯이 되뇌는 오륙 명 정도뿐이라 비교적 한산했다. 경호는 방석 하나를 집어 형광불빛이 벽면 중앙 십자가를 후광으로 비추는 강대상을 머리맡에 두고, 그 턱 언저리에다 이마를 붙였다. 그의 입술은 굳게 닫혀 있었다. 실로 오랫동안 잊고 지낸 성심 모은 기도 자세였다.

누군가는 기도순서를 일곱 가지로 뽑았다. 감사, 찬양, 국가안위, 위정자, 교회일치, 가족, 개인 등등이다. 그렇지만 이웃을 기쁘게 하는 선행보다 개인 욕망이 더 강한 경호는, 이 순서를 따를 의사가 전혀 없어 보인다. 머리 둔 위치와 딴판으로 그 속으로는 오로

지 돈의 모양만을 그려두고 있었기 때문이다. 그는 취업을 했다는 전제 하에서, 첫 월급을 어떻게 쓸까를 구상하고 있었다.

"돈이 아무리 급하게 필요해도 탐욕은 패망의 화를 부를 수가 있다. 그렇다고 월급만을 기다리기에는 시간이 너무 멀고, 설사 그 돈을 손에 쥐었다 할지라도 쓸 비용에는 턱없이 모자를 것이다. 허참! 직장도 잡지 못한 주제에 속물 성 망상이 너무 빠르구나."

경호는 어처구니없다는 반응을 자신에게 드러냈다.

"아무튼 돈 버는 일에는 목숨을 담보하는 것도 감수해야 한다. 영혼을 팔아서라도 반드시 한 몫을 챙겨야 한다. 자본주의 사회에서는 돈 없이는 아무것도 할 수 없고, 무능한 바보취급을 받기 일쑤이다. 난 시간을 헛되이 낭비한 죄인이다. 가정을 돌보지 않은 죄가 얼마나 큰가. 자리가 잡히는 대로 두 아이들과 아내에게 못 바쳤던 사랑을 쏟도록 하자. 내일 일이 잘 풀려야 할 텐데......."

송경호는 기도 아닌 기도로 시간을 보내고, 저녁식사 시간에 맞춰 식당현관에서 신발을 벗어 신발장에 얹었다. 그때 옷 주머니에서 전화벨이 울렸다. 발신자는 아내였다. 믿음직하며 오붓한 남편 노릇을 못한 그 죄책감 때문에 언제나 미안하면서도 반갑기 그지없는 아내는, 안부에 이어 언제 서울에 올라오느냐고 물었다. 남편은 하나님의 섭리를 먼저 고백하고, 이곳에서 만난 분께 부탁드린 취직 건의 결과를 들은 뒤, 이르며 내일 늦은 저녁때쯤 상경하게 될 거라는 답변으로 아내를 안심시켰다.

　다음날 한 식탁에서 점심식사를 마친 전직판사 이무영은, 경호에게 편지봉투 하나를 건넸다. 경호는 숙소에서 짐 가방을 챙겨들고 뒤에 남은 기도 자들과 작별의 악수를 나누었다. 박정민이 기도원정문까지 배웅해 주었다.

　청주에서 서울에 도착한 시간은 해껏 무렵이었다. 그는 고속버스터미널을 빠져나오면서 휴대전화기 덮개를 열었다. 수화기 저편에서 들려온 목소리의 주인공은 앳되게 느껴지는 젊은 여성이었다. 미지의 여성은 경호가 찾는 변호사는 이미 퇴근하였다는 소식을 친절하게 답해 주었다. 경호는 당초 잡았던 일정을 내일로 미루고 아내에게 귀가를 알렸다.

"어떻게? 출근 일정이 잡혔어?"

대문을 열어준 아내가 손을 잡으며 물었다.

"변호사 퇴근 뒤라 통화를 하지 못했어. 내일 다시 알아봐야겠어. 한데 자신감이 풀려가고 있어. 면접자를 만나봤자 소용이 없다는 뜬금없는 걱정이 자꾸만 맴돌 곤 해."

"하나님 뜻이 아닌가 보지. 아니면 기도가 부족했거나....... 내키지 않으면 관둬!"

"뭐라도 시작해야 우선 안심이 되고, 못난 나 때문

에 고생만 하는 당신을 위해서도 취직만큼 좋은 선물이 있을까? 알았어. 한번 만나보고 대책을 세워볼게."

　서초동 법률사무소는 칠층 건물 이층에 자리 잡고 있었다. 조충환 변호사는 눈매가 차갑게 느껴지는 마른 체구의 인물이었다. 구릿빛 얼굴에 선명하게 드러난 두 개의 검은 점이 돋아있으면서 머리숱이 적은 그는, 항상 업무에 쫓기는 탓인지 침착하지 못한 것 같았다. 그는 여직원에게 커피 두 잔을 갖다 달라고 부탁한 말을 금세 잊고, 서류를 들고 위층으로 올라갔다가 칠분 여 만에 서둘러 내려왔다. 경호 앞에 선 그는 그새 또 다른 커피 잔을 들고 있었다.

　"이거 너무 죄송합니다."

　조충환 변호사는 회전의자에 서둘러 앉으면서 사과했다.

　"이력서 가지고 오셨지요?"

　푸대접을 받고 있다는 생각으로 안색을 흐린 경호는, 모처럼 입어 꽉 쪼이게 어색하기만 한 양복안주머니에서 흰 봉투를 꺼내 변호사 앞으로 밀었다. 그때 여직원이 사건 의뢰인이 기다리고 있다는 보고를 올렸다.

　"아, 그래요?"

　변호사는 양해를 구하지도 않고 일방적으로 경호와의 상담을 뒤로하고, 회전의자에서 벌떡 일어나 칸막이별실로 사라졌다. 경호는 모멸감에 울화통이 치밀었다. 예의가 없는 변호사를 쫓아가 멱살을 잡고 두들겨 패야 직성이 풀릴 것 같았다. 경호는 움켜쥔 두 주먹 중 하나를 펴고, 책상 위 봉투를 회수하면서 철제의자에서 몸을 일으켰다. 그러고는 여직원에게 한 발 다가가 성질이 올라 검게 물든 낯빛을 들이밀었다.

"저 영감탱이에게 전해 주시오. 바깥나들이 조심하라고요. 사람을 불러놓고 딴청만 부리는 놈은 정의의 손에 죽어도 마땅하다는 말도 아울러 전해 줘요."

송경호는 여직원 앞에서 전직판사의 추천서와 자신의 이력서도 함께 동봉한 누런 봉투를 통째로 갈기갈기 찢어 그 조각들을 공중에다 흩뿌렸다. 그리고는 재수가 더럽다는 저주의 침을 탁탁 뱉고, 눈에 걸린 파란 플라스틱 쓰레기통을 구둣발로 세차게 걷어찼다.

여직원은 바로 눈앞에서 벌어진 난데없는 난폭한 행패에 피해를 입을까봐 몸을 움찔 사렸다. 겁에 질린 눈빛은 파르르 떨렸다. 폭언 자를 주시하면서 슬금슬금 뒷걸음치며 책상을 벗어나려는 연약한 처세는 불안정했고, 굽 높은 구두에 넘어지지 않을까 염려가 들 정도였다. 그때 어깨를 들먹거리며 거친 숨결을 내쉬던 경호가 등을 돌렸다. 여직원은 기회를 놓치지 않고 재빨리 별실로 뛰어들어 사태를 보고했다. 여직원에 앞서 놀란 기색으로 허둥지둥 나타난 조충환 변호사는, 난장판이 된 바닥을 내려다보면서 혀를 끌끌 찼다. 게다가 방문객은 이미 자취를 감춘 뒤였다.

"불만은 말로 풀 것이지....... 왜 그렸대?"

조 변호사는 실룩이는 검은 눈썹을 바닥에 둔 채로 여직원에게 물었다.

"제가 어찌 알겠어요."

제 자리로 돌아간 여직원이 책상 위 볼펜을 연필통에 꽂으면서 고개를 저었다.

"나 원 참! 쓸어버려."

대리석바닥에 어지럽게 흩어진 종잇조각들을 무심한 눈초리로 내려다보고 있던 변호사는, 쪽지의 필체가 왠지 낯설지 않다는 느낌을 받았다. 그는 그 몇 조각을 주워 여직원의 책상 위에다 펼쳐 놓고는, 찢긴 부분을 맞추는 작업에 들어갔다. 복사본 주민등록초본이며, 이력서 종잇조각들이 마구 뒤섞인 속에서 천거서 부분만을 따로 구분하여 필체의 주인공이 누구인지를 곰곰이 더듬었다. 그는 좀 더 신중함이 필요하다는 판단 하에 자신을 지켜보고 있는 여직원에게 조각 전부를 주워 올리라고 시켰다. 이어붙인 결과 임무영 판사의 필체임이 확인되었다.

"아차! 대실수를 결례했구나. 이봐, 미스 리. 얼른 그 남자손님을 데려 와."

여직원은 말귀를 금방 알아들었다. 대리석바닥을 요란스럽게 때려대던 구두 굽 소리가 출입문을 빠져

나가면서 잠잠해졌다. 별실에서 기다리던 의뢰인이 변호사 곁으로 다가왔다.

"변호사님, 아무래도 제 사건을 다른 분께 맡겨야겠습니다."

"그렇게 하십시오. 안녕히 가세요."

조충환 변호사는 뒤도 안 돌아보고 인사를 마쳤다. 그로부터 오 분여 후, 그는 잊고 있었던 기억을 상기하며 별실을 들여다보았다. 아무도 없다.

"어럽쇼! 어디 갔지? 화장실 갔나? 얘는 왜 또 자리를 비우고 야단일까. 바빠 죽겠는데......."

여직원이 헐레벌떡 돌아왔다. 그는 허리에 손을 얹고 나무라는 표정을 지었다.

"한참 동안 어디 갔었던 거야?"

"그분이 보이지 않아 모셔오지를 못했습니다."

여직원이 달뜬 표정으로 얼른 대답했다.

"그분이라니? 미스 리 월급은 누가 주지? 내가 시키지 않은 일에 왜 끼어 들어서 본분을 저버리는 거야."

"네에....,? 변호사님이 시키셨잖아요!"

"내가 뭘 시켰다는 거야. 괜히 발뺌하지 말고 어서 손님이 어디 계시는지 알아 봐."

"의뢰 차 오신 분 말씀입니까? 그분 가시던데요."

"뭐? 왜 이래! 용무가 끝나지 않았단 말이야. 에이, 여긴 왜 이렇게 지저분해. 깨끗이 할 수 없어!"

거리는 벚꽃축제의 물결로 온통 들떠있다. 평일임에도 불구하고 장날 꽃을 구경하려고 나온 인파들로 벚꽃 길 일대는 북적거렸다. 흰 꽃송이를 올려다보는 한 쌍의 젊은 연인은 추억을 남기려고 입맞춤을 하고 나서 서로를 쑥스럽게 쳐다보았고, 유모차를 끌고 나온 젊은 엄마는, 귀여운 사내아이를 저의 머리위로 최대한 높이 안아 올려서 꽃향기를 맡도록 돕고 있었다.

송경호는 이 모든 게 신트림이 솟구치도록 역겹게 거슬렀다. 그는 조충환을 소개하여 낭패를 보게 한 전직판사까지 싸잡아 비난하면서 이를 갈았다. 뭉근한 기분은 점차 들끓는 분노로 치달았다. 제정신이 아니었다. 아무런 의식 없이 한 걸음 한 걸음 발을 내딛다보니, 전혀 예상 밖인 예술의 전당 앞까지 오게 되었다. 오페라공연, 출판기념회, 서예전시회, 주말 국악 한마당 등을 알리는 현수막이 한 건물 전면을 덮고 있는 예술의 전당 뜰도 어김없이 쏟아져 나온 시민들로 붐볐다. 산책을 나온 사람들, 파라솔 아래에서 한가하게 차를 마시며 담소를 나누는 사람들, 약속시간이 다가오자 초조한 듯 손목시계를 연신 들여다보는 미혼여성 등, 모든 사람들은 마냥 행복해 보였다.

여기서도 경호는 철저한 박탈감을 느꼈다. 신경은 극도로 광폭해졌다. 한껏 달아오른 경멸감에 심장까지 날뛰었다. 누구를 죽도록 패거나, 아니면 자신이 물보낌에 산산이 깨져야만 원성이 풀릴 것만 같았다. 생소한 수목숲길이 나타났다. 그는 흙길 따라 무작정 안으로 빨려 들어갔다. 팔각지붕의 정자가 십 보 앞이다. 그 안에서 정장복장의 한 신사가 나오고 있었다. 송경호는 뭐가 그리 치통한지 아니꼬운 눈초리로 노려보며 걷다, 교차지점에서 팔꿈치를 세워 신사의 어깨 부위를 고의로 툭 쳤다. 그 힘에 신사는 한발 떠밀렸다. 노골적인 시비에 신사는 눈살을 잔뜩 찌푸리며, 어깨와 팔의 연골부위를 매만졌다.

"왜 째려보는 거유? 당신이 피했더라면 그런 불상사는 안 당해도 되지 않았겠소. 안 그렇소!"

일방적 협박이다.

"뭐야? 잘못은 누가 해 놓고 양아치 생떼를 부려!"

열에 한층 달아오른 신사는 서슬을 올리며 삿대질로 맞섰다. 결이 선 어조이긴 하나, 그 이면은 어리보기 했다.

"허허, 이 양반이 몸뚱이가 두 개라도 되나. 왜 이리 바락바락 덤벼!"

"흥, 맞장 붙자 이거지? 어림없다 이놈아!"

"힘이 그리 세시우? 결과는 두고 봐야 알 수 있는 게 아니우."

상의를 벗는 중에 기습적인 일격을 당한 신사는, 얼굴을 감싸면서 비명을 내질렀다. 상체를 깊이 구부려 낮춘 신사를 내려다보면서 새로운 힘을 키운 송경호는, 신사의 배를 구둣발로 세차게 걷어찼다. 그 기세를 몰아 이번엔 왼발로 정강이를 가격했다. 신사는 그 자리에 무릎을 꿇고 땅바닥에 꼬꾸라졌다. 온몸으로 신음을 토해내는 신사의 입에서 무언가가 뱉어졌다. 신사가 손바닥으로 받아 낸 물체는 붉은 피에 묻힌 앞니 한 개였다.

방둥이 미치광이 지랄에서 정신을 차린 경호는, 이성을 겨우 추수렷다. 양심이 찔리도록 후회가 밀려들었다. 어찌할 바를 몰라 하며 쩔쩔 매는 동안 식은땀이 밴 사지는 후들후들 떨렸고, 소리 없이 흐느끼는 눈물줄기는 천하에 못쓸 후레자식이라면서 자책하며 때리는 왼뺨을 뜨겁게 적셨다. 그때 돌연 "도망쳐라!"라는 목청이 내면에서 울렸다. 눈물이 씻기면서 두 귀가 솔깃하게 열렸다. 폭행현장을 목격한 눈이 없는 이상, 도망쳐도 무방하다는 합리 띄운 생각은 냉정을 되찾게 했다. 그는 사고 친 현장을 벗어났다. 그렇지만 몇 발짝 만에 멈춰 섰다. 하늘과 땅 그리고 좌우의 수목들이 자신이 저지른 폭행 장면을 쭉 지켜본 증인인 데, 그들로부터는 숨을 곳이 아무 데도 없다는 자각이 번뜩 스쳤던 것이었다.

그는 마른 흙바닥에서 뒹구는 신사 곁으로 되돌아왔다. 그러고는 신사의 상체를 일으켜 앉히고, 그 양 겨드랑이에 두 손을 끼어 넣었다. 팔자로 축 늘어진 체중은 벅차게 무거웠다. 도무지 힘으로는 안을 수가 없었다. 방법을 바꿔 이번엔 신사의 왼팔을 오른편 어깨에 걸쳤다. 그 팔이 맥없이 뚝 풀어진다. 신체를 놓고 호흡을 가다듬었다. 다시금 무릎자세로 앉아 신사의 팔을 어깨에 재차 얹었다. 신사가 힘을 덜어주는 보조를 조금씩 맞춰주는 기색을 흘렸다. 천만다행이었다.

팔짱을 다정하게 낀 중년의 남녀가 앞 편에서 다가오고 있었다. 두 사람은 경호의 부축을 받으며 걸음을 겨우겨우 떼는 신사의 흰 와이셔츠에 붉게 배인 피를 발견하고는 동공을 크게 키웠다. 여자는 질겁하며 화장기 짙은 얼굴을 사내의 가슴팍에 묻었다.

"도와주세요."

육십 킬로 체중의 중압감에 감당이 힘들어진 경호가 도움을 요청했다.

"왜 이 모양이 된 겁니까?"

콧수염 사내의 말투에는 남을 걱정하는 의리가 실려 있었다. 그는 신사의 오른팔 소맷부리를 잡았다. 이때 기분 상 역한 피비린내에 코를 틀이믹고 있던 여사 편에서, 남자의 상의 끝자락을 잡아당겼다. 화장이 짙은 검은 눈매에, 열 손톱 전체를 붉게 칠한 모양새가 몸을 파는 화류계 여자같이 요란하다.

"강문호 씨, 우리 일이 아닌데, 참견하지 말고 내버려 둬요."

"으응? 그럴까."

남자는 손을 털어 보이며 신사 곁에서 떨어져나갔다. 남자와 어깨를 나란히 한 여자의 왼팔이 이내 남자허리에 휘감겼다. 그 손목의 소매가 반 뼘 걷히면서 금속 줄의 시계가 드러났다.

"자기 잘 했어. 다른 사람이 죽거나 말거나 우리가 상관할 바가 아니잖아."

빨간색 루주가 짙게 발린 여자의 입술에서 내뱉어진 강파름이 경호의 귀에 쇠 파편으로 박혔다.

"응, 그래. 나도 자기 생각과 동감이야."

경호는 두 발로 설 수 있을 것 같은 데도, 자신을 골탕 먹이려는지 매번 주저앉으려고만 하는 신사가 너무나 얄궂었다. 어렵게 통나무계단 앞에 다다랐다. 사람을 등에 업고 계단을 내려간다는 건 여간 힘겨운 게 아니었다. 중반에 이르자 다리가 후들후들 떨리면서 하마터면 넘어질 뻔도 했다. 이마에 진땀이 배었다.

"힘들어 죽겠네. 이봐요, 정신 차려요! 그까짓 주먹 두 방에 기절이라니....... 정말 미치고 환장할 노릇이군!"

경호는 신사를 잔디밭에다 눕혀놓고 짜증을 부렸다. 신사가 두어 번 기척을 냈다 잠잠해졌다. 부아에 불을 붙인 셈이 되었다. 그는 걷어차고 싶은 분기를 겨우 삼켰다. 문득, 신사의 신분이 궁금해졌다. 신사 곁에 앉아 상의 안주머니에 손을 쑥 집어넣었다. 손아귀에 부피가 두툼한 지갑이 잡혔다. 검은색 장지갑 안에는 삼십팔 세 이갑수의 주민등록증과, 현금 및 체크카드 여러 장과 사설학원과 관련된 명함뭉치 외에, 현금 오십오 만원과 십만 원짜리 수표 일곱 장, 가게수표 서너 장 그리고 값비싼 오페라관람권 한 장도 들어있었다. 경호는 현금과 오페라 입장권만을 뽑아들고, 지갑은 양복안주머니에 다시 넣었다. 그러고는 간수 잘하라는 아첨을 떨었다.

경호는 신사의 전화기로 구급차를 불렀다. 그런 다음 이갑수를 다시 등쳐 업고 야외공연장까지 나왔다. 구급차가 도착했다. 두 남녀 구급대원은 숙련된 순발력으로 차량 뒷문을 재빨리 열고, 콘크리트바닥에서 들어 올린 환자를 간이침대로 옮겼다. 경호는 여자구급대원과 침대 뒤편 손잡이를 나눠 잡았다. 여자구급대원이 환자와 어떤 관계냐고 물었다. 경호는 모르는 사람이라고 딱 잡아뗐다. 남자구급대원이 나서서 동행을 요청했다. 경호는 다쳐서 쓰러져 있는 사람을 신고했을 뿐이라고 발뺌을 거듭했다.

오페라 공연까지는 두 시간 가량의 여유가 있었다. 경호는 오페라공연장 내 화장실에서 대형거울을 들여다보며 튼 수돗물로 손과 얼굴을 꼼꼼하게 씻었다. 바깥에서 엉망으로 흐트러진 매무새를 대충 잡고 복장 품새를 최종 치레한 다음에 발견한 양복 깃 한 점의 혈흔도 말끔히 지웠다. 마지막으로 젖은 손으로 머리를 만져 왼편으로 가르마를 탔다.

오페라공연장 건물 주변으로 무선전화기를 움켜쥔 사복경찰 오륙 명이 서성거리고 있었다. 두 시간여의 공연을 마쳤다는 벨이 울리자, 여러 개의 출입문이 일시에 활짝 열렸다. 만족감에 젖은 관중들이 우르르 바깥으로 밀려나오기 시작했다. 일대를 살피는 사복경찰들의 집요한 눈빛은 멀리 가까이로 분주하게 움직였다.

경호는 어느 중년부부의 뒤를 따라 가로등 불빛 아래로 나왔다. 이 무렵 일정한 거리를 두고 서로 간 눈신호를 주고받던 두 사람이 좌우에서 다가와 경호의 양팔을 재빨리 낚아챘다.

"어, 왜 이래요? 당신들 누구요?"

경호는 부릅뜬 눈으로 두 발에 힘을 주고 완강하게 저항했다. 그렇지만 두 사람의 거친 제압을 이겨내기에는 역부족이었다. 경호 앞으로 또 한 사람이 불쑥 나타났다.

"이 사람이 분명합니까?"

경호의 우측 팔목을 잡고 있는 형사가, 피 배인 흰 와이셔츠 목 단추를 풀고, 무늬넥타이를 늘어트린 밤색양복의 신사에게 물었다.

"네, 이놈이 저를 폭행하고 지갑을 갈취한 놈입니다."

경호의 양손이 뒤로 비틀리면서 수갑이 채워졌다. 무선기로 범인 검거소식을 전해 듣고 다른 곳에서 탐색을 벌였던 동료 댓 명이 한 자리에 모였다. 폭행강도범을 둘러싼 사복경찰들은 경호의 인권을 완전히 무시하고, 승합차 안으로 강제로 밀어 넣었다. 그 과정에서 형사 한 명이 그의 뒤통수를 장난치듯이 가볍게 톡톡 때렸으며, 누구는 귓불을 잡아당기며 "어둠의 자식은 어둠 속에서 살아야 어울린다."라는 욕설로 질책했다.

경호의 구속은 집시법으로 삼년 형기를 마친 이후 두 번째이다. 출소 후 새 출발을 다짐하며 일주일을 보낸 기도원에서 나온 지 하루 만에 다시금 피의자 신분이 된 것이다.

피해자 조사를 받아야 할 입장인 이갑수는 경찰관들의 특별배려로 뒷좌석에 앉아 안전벨트를 몸에 둘렀다. 손아귀에 꼭 쥔 이빨을 끝까지 놓지 않고 있었던 이갑수는 처음부터 의식을 잃지는 않았었다. 강한 충격으로 잠시 혼절은 했었으나, 줄곧 오감을 열어놓고 있었다. 그는 가끔씩 실눈을 뜨고 깅도의 일거수일투족을 관찰하며 구급차량이 움직일 때까지 참고 기다렸다. 그러고는 기회를 맞아 구급대원에게 피해사실을 밝혔고, 여자 구급대원이 경찰신고를 대신 도왔다.

벽시계가 밤 열시를 알리는 종을 쳤다. 종잡을 수

없이 먼 혼란스러운 불길한 예감에, 경미의 가슴은 쥐어뜯겼다. 사귀邪鬼의 흉계가 올바르게 살아가려는 우리의 가정을 위기로 몰아가는 것 같다는 불안감에 가슴은 답답하게 미어졌다. '사랑 안에는 두려움이 없고 온전한 사랑이 두려움을 내어 쫓나니.......' 그녀는 성경구절을 애써 암송하면서, 공포에 떠는 자신과 사투를 벌였다. 그럼에도 어둠의 세력은 여전히 마음을 움켜쥐고 있다. 계속 공포와 두려움에 떨게 하였다. '시험에 들지 않도록 깨어 기도하라.'라는 성경구절을 새겼다. 그녀는 지체 않고 다락방으로 올라가 방석 위에 무릎을 꿇고 눈물을 하염없이 쏟았다. 그럼에도 속은 여전히 풀릴 기색 없이 더욱 옥죄어질 뿐이다.

때 아닌 시각에 대낮에 본 장면이 그녀의 무겁게 가라앉은 심경을 일시 달래주었다. 피아노학원에서 어린 두 자녀와 도시락으로 점심을 마친 후, 유리창문 밖을 무심코 내다보니 파마머리 총각이 차의 라디오볼륨을 크게 높이고, 거기서 흘러나오는 팝송리듬에 맞추어서 신나게 몸을 흔들고 있었다. 그는 외형이 날렵한 빨강 스포츠 차량의 물 세차 이후, 스펀지에 듬뿍 묻힌 흰색 왁스를 벅벅 문질렀다.

전화벨 소리가 여느 때와 달리 유난히 크게 들려왔다. 경미는 다락방에서 급히 내려와 집어든 수화기를 귀에 붙였다. 전화 저편의 목소리는 아이들 아빠의 목소리가 아니라, 낯선 남자의 음성이었다. 경찰이라는 상대방과 몇 마디 통화를 나눈 경미는 유체이탈을 체험했다. 떨리는 오한에 넋이 풀린 손아귀에서 빠져나온 수화기가 방바닥에 굴러 떨어졌다. 그녀는 그조차도 까맣게 깨닫지 못하였다. 아무것도 보이지 않았으며, 아무것도 잡히지 않는 멍한 상태로 그저 절망의 괴로움에 떨고 있을 뿐이었다. 믿음의 본질인 구원의 한 가닥 희망도 메말라 버렸다. 망망대해에서 일엽편주 하는 표류가 유일했다.

  남편은 헛된 가면을 벗지 못하고, 오로지 세속 욕망만을 좇다 인간생활에 가장 기초인 가정문제를 소홀히 한 일상적 죄목을 넘어, 예수를 빌미삼아 혼탁의 성공만을 꿈꾸었던 기회주의자이었다. 기쁨이 충만했을 당시 간을 빼서라도 가장의 책임을 짊어지겠다던 그 허풍. 경미는 남편의 이러한 밑절미부터 비뚤어진 사고방식을 원통한 심정으로 원망하며, 눈이 멀어 미치게 매달렸던 연애시절이 제 발등을 찍고 말았다는 후회를 씹으며, 아무것도 모르는 두 자녀를 끌어안고 언제까지나 흐느껴 울었다.

혼전에 낳은 큰딸

 일제강점기 시대 인물인 우난영은, 살기 위한 수단으로 너도나도 일본식 성명 강요로 면사무소로 달려가는 민중들과는 달리, 수목으로 둘러싸인 산중으로 피신한 그곳에서 움막을 짓고 세월을 보냈다. 참으로 심신이 메말리는 힘든 시기였다. 댕기머리 소년시절에 서당에서 한학·논어 등을 익혀둔 학문을 써먹지 못하고, 수석침류 漱石浸沈 속에 산나물과 나무열매 등으로 허기를 달래는 은둔생활은 그야말로 혹독했다. 특히, 공부를 시켰으면 조선시대 중기 문인이자 유학자·화가·작가·시인이었던 신사임당 못지않은 인물이 됐었을 아내의 손 망가진 고생은, 차마 눈 뜨고 볼 수가 없었다. 내다보는 식견이 한때기 땅에 불과한 무식한 농민이 되느니, 그럴 바에야 신분 낮은 면서기라도 괜찮다며 틈틈이 하늘 천 따지를 가르치는 세 자녀의 장래 문제도, 그에 못지않게 심금을 계차로 갈기갈기 찢었다.

 우난영의 장남 남기는, 16세가 된 당해 초가을에 아비집을 무단가출했다. 한창 성장기에 악 영양인 궁핍한 굶주림으로부터의 탈출이었다. 알곡이 누렇게 여문 높푸른 하늘 아래 세상은 황금 들판이었다. 소년은 제법 큰집으로 무단 들어가 천애고아를 받아달라고 다짜고짜 매달렸다. 흰 수염의 농부는 그날로 헛간 옆방을 내주고, 숫돌에 낫을 가는 요령부터 가르쳤다. 곧 시작될 벼 베기 준비였다.

머슴살이 오 년째를 맞은 남기는, 주인 내외 세 딸 중 평소 연모해온 댕기머리 차녀와 뜨겁게 달아오른 젊음의 욕정을 식혔다. 많은 양의 생명의 씨앗은 그대로 여자의 몸속 깊이로 섞여들었다. 거주 방 옆 헛간 짚더미 속에서 돌이킬 수 없는 큰일을 저지르고 만 것이었다. 대노한 노인은 반년 남짓의 시차를 두고 지켜본 딸년의 배 불어 오른 임신을 알아차렸다. 여편네의 눈썰미 덕분이었다. 노인은 어느 날, 한 지붕 아래에서 떨어져 지내게 한 17세 딸과 남기를 불러 앞에 앉았다. 그는 시집을 보낼 수 없게 된 딸년을 책임지겠느냐는 다짐을 묻고, 남기의 용기를 앞세운 당돌 찬 대답에 딸을 선뜻 내줬다.

처가사리는 순조로웠다. 남기는 장인의 농사면적을 애초에 2마지기를 5마지기斗落으로 크게 넓혔다. 쌀농사 외에 감자·옥수수 등의 작물을 팔아 가격에 맞추어 사들인 소·염소·닭 등의 축사 장도 지어 소득원을 확대했다. 장인은 대만족의 빛을 늘 입가에 피우고 디녔다.

우남기는 슬하에 이남삼녀의 자녀를 뒀다. 그는 소유가 날로 늘자 감당이 힘들었다. 그 와중에 기력이 쇠해져 운명의 날만을 손꼽아 기다려 왔던 장인의 장례를 마침내 치렀다. 거동이 남아있는 늙은 장모는, 오랫동안 한 집 생활을 해온 든든한 사위에게 사별한 남편의 유지를 받들어 집안의 모든 처리를 거듭 일임했다. 그리고 자신은 가끔 나들이 삼아 시장동향을 살폈다. 그 시세정보를 사위에게 귀띔하여 양곡 가격 책정에 적잖은 도움을 줬다.

남기는 기분 상태가 정숙하지 않게 들쑥날쑥 바뀌는 장녀 성옥이 잘할 일이 무얼까? 생각을 딸의 고삼 때부터 줄곧 해 왔었다. 전공학과도 딱히 정해 놓지 않고, 대학입학과 동시에 정든 집을 떠날 수밖에 없게 된다는 걱정부터 앞세운 성옥이었다. 딸의 각별한 애정은 이성의 사랑이 절정에 달해있던 혼사 전에 임신한 아이이기 때문이었다. 그래서 그토록 하늘의 뜨거운 태양을 그대로 반사하는 여름지열에, 피부가 쉬 타는 밭일에 끌어들이지 않겠다는 방침을 세웠었다.

그러나 딸년은 아버지의 속뜻과 달리, 장남 성한의 힘을 빌려 텃밭을 만들어 재배가 비교적 쉬운 상추나 배추 따위 등을 심고 가꾸는 일에만 재미를 붙였다. 자녀들에게 너희들이 하고 싶은 대로 하라면서 직업선택 강요를 않았던 남기는, 뾰족한 대안이 떠오르지 않자 속을 부글부글 끓어야 했다. 결국에는 딸에게 두 손을 들고 만 아버지 남기는, 별도 땅에다 비닐 온상 두 동을 신설하고 딸에게 선물했다.

딸은 기둥선인장·부채선인장 외 가시투성인 로비비아 같은 선인장부터 길렀다. 다육식물이며 석주목의 선인장과 통칭인 선인장은, 무엇보다 수분을 저장하는 진화의 조직이 내장되어 있어, 건조한 환경을 잘 견딘다는 장점이 있었다. 딸은 그 일에 파묻혀서 대학입학을 결국 포기했다. 자치적으로 안정기에 접어든 무렵에, 군 출신 아버지에 이어 몇 년간 군 생활을 하다 농부로 전향한 그 아들 원세호와 결혼을 하면서 아비 집을 출가하여 별도의 가정을 꾸렸다.

남기는 애초부터 장남 성한을 후계자로 찍고 농업학교에 입학시키려 했었다. 그렇지만 우유부단한 성격의 이면으로 사안 별로 독립심을 주창한 아들은, 만일에 대학 공부를 하게 된다면 모든 학비는 어떻게든 스스로 마련하겠다며, 고등학교를 졸업하자마자 박스제작공장에 취직했다. 머리가 그다지 좋지 않아 공부에 곧잘 싫증을 드러낸 전례에 따른 결정이었다.

아들은 7년 여간 박스제작 기술을 몸소 익혔다. 다진 경험을 살려 개인 사업을 열었다. 또래 세대보다 한발 앞서가는 놀라운 발돋움이었다.

책을 좋아하여 은둔 형 생활을 즐겼던 둘째 아들 성일은, 형의 객지생활 두 해에 대학에 입학했다. 이후 어찌된 영문이지 식구들과 모든 연락을 끊고 잠직애버렸다. 성옥과 일곱 살 터울의 여동생이며, 형제 수로 네 번째인 성희는 배를 건조하는 조선소 용접공과 결혼하여 통영에 살고 있고, 성한과 여섯 살 터울이며 막내딸인 성순은, 완성 자동차회사에 엔지-변속기 등의 조립품인 모듈을 납품하는 협력업체 중공업직원과 결혼하여 첫 아이를 봤다는 소식을 근래에 전해왔다.

성옥은 먼저 대형냉장고에서 꺼낸 플라스틱 통 안의 한 포기 배추김치를 박달나무 도마 위에 놓고, 칼로 잘게 썰어 사기그릇에 담아 미리 준비한 쟁반에 얹은 다음 장독그물망 덮개를 걷어, 끓는 물에 삶아 재질이 단단한 박 바가지로 뜬 막걸리를 양은 주전자에 옮겨 담고 양은 그릇 세 개, 젓가락 세 개를 각각 챙겼다. 뒤늦게 생각해낸 마른 명태는 북북 찢어 스텐레이스 쟁반에 함께 얹었다.

비닐온상 안이 더워 그 밖 버드나무그늘 마당에다 자리를 마련하고 조루로 딸기밭 물을 주고 있는 남편을 불렀다. 그리고는 오십 미터 남짓 거리인 양돈장을 향해 내달렸다.

동생 성한은 개암과 쑥을 섞은 돼지죽을 지붕 없는 한데 부엌 가마솥에서 끓이고 있었다. 하늘색 벙거지모자에 색감 짙은 티셔츠 아래로 청색 멜빵바지를 입은 동생이, 장작불열기 땀을 목수건으로 훔치면서 돌아봤다. 턱을 들어봐야 하는 큰 신장의 얼굴이 해살에 적당히 그을려 보기가 좋다. 그렇지만 첫 단계인 오물처리 곤욕을 아직도 벗지 못한 고운 인상은 여전히 옅게 남아있다. 성옥은 오물환경이 더럽고 일도 거칠어 도심얼굴이 흉해지지 않을까 걱정을 은연중에 되새김했다.

"통풍이 안 되는 장화가 더우면 운동화를 신지 그러니."

성옥이 뜨거운 화열로 그 이상 접근하지 않고 멈춘 일 미터 남짓 거리에서 동생을 지켜보면서 말을 냈다.
"그려야겠어요. 그렇지 않아도 땀이 많은 편인데……"
성한은 한 번 더 목덜미를 훔친 수건을 어깨에 걸쳤다.
"그런데 누님께서 어인 행차십니까?"
격의 없는 농담으로 환대하며 빙그레 웃음을 머금은 성한의 목청은 안전감 있게 편안했다. 적응 기간을 넘긴 터라, 비로소 일이 손에 잡힌다는 안도였다.
"목마르지?"
골육지친의 핏줄과 다시금 얼굴을 맞대며 한솥밥을 먹는다는 건 기쁜 일이다. 성옥은 삼 개월 전 얼싸안고 반겨 맞았던 새파란 영혼의 추억이 표면적으로는 다소 가라앉아 있기는 하였으나, 형제 우애를 소중하게 아끼는 기본은 한결같다. 단, 하루가 저물 것 같지 않는 해가 긴 여름철의 시골생활이 암암리에 조금씩 지루해진다는 흐림이다.
성한은 머리에 쓴 벙거지모자와 손 보호용인 목장갑을 벗는 중이다. 한 핏줄의 믿음의 안목으로 바라봐서 그런가. 구릿빛 얼굴에 생기가 넘쳐흐른다. 빈소매 티셔스 양팔 전체는, 어렸을 때 즐겨 불렀던 '세수하나 마나~' 노랫말 구절처럼 아프리카 깜둥이처럼 검다. 성옥은 토시를 사줘야겠다는 생각을 굴렸다.
"막걸리 준비하셨어요?"
누나를 조심성 있게 대하는 시간을 끌며 반김을 낸 성

한의 언행에는, 자형의 흉내를 본뜬 성향도 일말 없지 않았다. 일종에 명확한 의식 없이 그저 따라 하는-물 빠지는 모래처럼, 내밀성과는 원체 거리가 먼 농부 유형의 연극이었다. 성한은 그러면서 한편으로 영영 돌아갈 수 없게 된-시간 저편으로 아득히 멀어진 사춘기 때의 시절을 나름 재구성하며 아련히 그렸다.

여름방학 그 어느 한날이었다. 누나 성옥은 고등학교 2학년, 성한은 중학교 3학년, 성일은 초등학교 6학년이었다. 그 아래 두 여동생은, 당시 2학기 개학 이후 등교 때 입을 새 옷을 사 주겠다는 엄마 따라 도심시장에 가고 없었다.

온 사방에서 울어대는 매미소리는 귀청이 어지러울 정도로 시끄럽게 들었던 시절이었다. 성인이 된 지금은 어림잡아 12년은 주의 깊게 듣지 못했을 매미소리 언제나 다시금 들을 수 있을는지-싱그러운 일록일청─祿─靑(한번은 녹색, 한번은 청색)의 춤추는 풀 어음 공상 감으로 내심 기다리는 중이다.

그날 자유로 풀린 방학 직후 맞은 중복 더위의 태양열은 이글이글 뜨거웠다. 대지에서 피어오르는 뜨거운 열기는, 한길에 널린 돌멩이들조차도 한껏 달궈 함부로 주워들지 못하게 하였다. 곤충들은 나약한 몸을 숨길 그늘을 찾느라 길을 헤매었다. 둥글게 뭉친 소똥을 물구나무 자세로 굴리며 제집으로 가져가는 쇠똥구리만이 한길을 가로지를 뿐이었다.

삼 형제는 화살나무울타리 집에서 그리 멀지 않는 냇가로 내달렸다. 이틀 전에 내린 비로 수량이 한층 불어난 물길은 제법 거셌다. 붉은 황토 빛 탁류가 그사이에 말끔히 씻긴 물속은 투명했다. 잔 돌멩이들이 온통 차지한 바닥까지 훤히 들여다보였다. 수심이 좀 깊어진 수면 위를 자유자재로 떠다니는 소금쟁이 몇 마리 발밑에서 기척 없이 고요히 유영하는 작은 송사리들 외에, 검은 물체 물방개도 쉽사리 볼 수 있었다. 우포에서는 자전거포 털보아저씨가 양손잡이 그물로 고기를 잡고 있었다.

성일은 유독 소심하여 나무그늘로 피해있었다. 팬티차림의 성한을 따라 등 트인 원피스수영복 차림의 성옥도 긴 다리부터 물을 적셨다. 두 형제는 다리목 깊이에 불과한 물가에 비해 반길 정도 깊은 한복판까지 첨벙첨벙 걸어 들어와서, 수심이 허벅지 수준인 지점에서부터 수영하며 안으로 들어갔다. 성옥 편에서 막 몸을 세우는 동생에게 물질을 해대었다. 물싸움놀이가 시작되었다. 아무래도 남자인 성한의 기세가 월등했다. 무차별로 퍼 대는 물살을 맨 등판으로 맞는 성옥은 밀려나면서, 물속 돌멩이를 잘못 밟아 넘어지는 실수를 보였다. 그러면서 왼발목이 꺾였다. 위치 잡은 자리에 주저앉아 아픈 부위를 매만지며 오만상을 찌푸린 성옥의 신체 좌우로, 물돌이가 연시 감겼다 풀리곤 하였다. 성한은 별거 아니겠지 방심을 하다, 시간이 걸리자 누나에게로 다가갔다.

"왜? 아파?"

동생이 놀리는 엷은 웃음을 머금고 물었다.
"겹질렸나 봐. 나 좀 일으켜 줘!"
성옥이 오른팔을 쳐들었다. 신체곡선에 맞추어진 물줄기가 주룩주룩 흘러내렸다. 머리에서 입술을 타고 흐르는 물줄기를 푸푸 내쉬는 숨결로 물리치기도 하였다.
성한이 악 쥔 누나의 깍지 손을 힘껏 끌어당겼다. 동생의 힘을 빌려 외다리로 겨우 일어난 성옥은, 중심을 잃고 기웃기웃 흔들리는 발육의 신체를 동생에게 덥석 안기면서 안정을 잡았다.
"물 밖으로 나가자."
성옥이 앞질러 말했다.
성한은 한 팔목을 잡고 남은 손으로 누나의 여린 어깨를 감싸고 걸음을 떼었다. 성옥은 다리를 절룩거렸다.
"안 되겠다. 누나, 업어!"
성한은 물길 복판에서 등을 돌려 반 무릎 자세를 취했다. 누나가 등에 올라타면서 동생의 양어깨에 같은 편 양팔을 걸쳤다. 동시에 동생의 허리둘레를 크게 벌린 두 다리로 바싹 조여 감았다. 성한은 부드럽게 연한 누나의 양 엉덩이를 두 손으로 나눠 받쳤다. 장난기 발동으로 누나의 항문 부위를 중지 끝으로 쿡쿡 찔러대기도 하였다. 움찔 놀란 누나는 가볍게 까불지 말라 타일렀을 뿐 제지는 안 했다.
신체구조가 생판 다른 두 몸의 틈새 없는 완전한 밀착. 성한은 예전에 느끼지 못했던-기분이 붕 뜨며 야릇해지는-이상스럽게 생감한 성분 변화를 누나로부터 화들짝 체득했다.

초등상급반 무렵에 속옷을 갈아입는 누나의 가슴에서 젖멍울을 본 적이 있었다. 남자의 몸매와 별반 다르지 않은 상체 알몸을 동생에게 들켜버린 누나는, 부끄러워하지 않고 태연했다. 그 몇 년 사이 누나의 가슴에 봉분이 솟아올라 있었다. 어느덧 청순가련하게 자란 누나의 말랑말랑한 유방이었다. 성한은 누나 아닌, 여자의 특이 체질에 새삼 마른 침을 삼키며 긴장감을 높였다. 성별 다른 이성에 처음으로 눈이 뜨이는 순간이었다. 너무나 낯설게 민감하여 주체를 잃은 정신이 어리벙벙 혼란스러웠다. 변경 구분이 무너진 동구마니 혼미는, 바싹 죽였던 숨결을 다시금 가쁘게 살려내곤 했었다. 그다음으로 불분명한 형체가 불규칙하게 다가왔다 멀어졌다 했었다. 도무지 주체를 가다듬을 수가 없었다. 잊지 못할 그 인상 깊은-몸 둘 바 모르게 열락이 뜨겁게 달궈졌던-거친 숨결이 귀에 울리도록 컸었던-낯빛이 화끈 달아올라 어찌할 바 모르게 된 의식을 사려야 했었던, 환속의 한눈팔이로 하마터면 누나를 업은 채로 물속에 넘어질 뻔도 했었다.

아무튼 일찍부터 책벌레 별명을 얻은 동생 성일쯤은 충분히 그 뜻을 이해하고 표현할 산문적散文的 같은 선전성 기분은, 오랫동안 유지되어 누나를 빙글빙글 다시 보게 하는 계기가 됐음은 틀림없었다.

물 밖으로 나오자 나무 그늘에서 진즉부터 벗어나온 동생 성일이 뙤약볕 아래에서 기다리고 있었다. 다행히 뼈에 이상이 없었던 탓에 누나의 발목 아픔 증세는 사흘만에 완치되었다.

  "술 마시는 거 한 번도 못 봤는데, 너도 당연히 술 배웠겠지?" 성옥은 몇 발 내딛고 불 곁을 뒤로 하고 다가오는 동생의 손목을 잡아끌었다. "목이 컬컬할 때는 막걸리가 최고지."

  속옷이 비치는 삼베옷 차림새인 원세호는, 두 번째 잔을 비우고 북어조각을 억센 이빨로 잘근잘근 씹고 있었다. 성한은 깜박 놓쳐버릴 만큼의 미세한 몸짓으로 고개를 살짝 끄덕였다. 생활에 퍽 익어 긴 인사는 생략해도 괜찮다는 의례였다.

  "우리도 앉자." 성옥이 오른편 다리는 펴고, 왼편다리를 접고 앉으면서 동생에게 말했다. 그리고는 집어든 주전자를 흔들어 양을 가늠한다. 반나마 양이라 출렁거리는 소리가 제법 크다. "네 매형은 말이다. 동네잔치 아니면 술을 입에 대지도 않는 데, 어지간히 목이 말랐던 모양이다. 자, 한 잔 받고 쭉 들이켜라."

  성한은 양은그릇 잔을 두 손으로 받쳐 내밀었다. 술 따르는 누나의 손길은 손님 대접이 많은 편이라 제법 익숙하다. 무슨 일이든 사리지 않는 손등은 거칠고, 왼뺨에는 선인장가시에 긁힌 실 줄기 굵기의 옅은 상흔이 오 센티미터 가량 새겨져있다. 누나는 한 번 더 출렁출렁

흔든 주전자주둥이를 기우려 남편 잔을 채우고, 조금 남은 양의 처분 문제로 동생을 돌아봤다. 성한은 그 뜻을 어림 알아차리고, 입술에 잔을 붙여 단숨에 체내로 흘려보냈다. 빈 잔에 반양이 채 안 되는 막걸리가 다시금 채워졌다.

성한은 문득 동생 성일과 함께 쓸 방 한 칸을 늘리는 집 증축공사 시, 치아 상태가 썩 좋지 않아 말이 새는 벽돌공이 시험 삼은 농담으로 권했을, 쌀뜨물 같은 희멀건 색깔의 바로 이 막걸리를 마셨던 기억을 되살려냈다. 손등으로 입술을 훔친 성한은, 북어 한 조각을 집어 초장을 찍었다.

"막걸리가 술이니? 음료지. 당신 더 하시려.....?"

성옥이 남편에게 물었다. 한데 기후와 어울려 지내는 긴 시간에 비해 집안에서 보내는 시간은 고작 밤 때뿐이라, 그 탓에 나이에 비해 확연하게 겉늙은 원세호는 말없이 턱만을 놀렸다. 반긴다는 눈치였다. 성옥이 자리에서 일어나 빈 주전자를 낚아챘다.

두 부부는 누구나 들고 다니는 무선전화기를 사용하지 않고 있다. 별로 쓸 일이 없는 데다, 그렇지 않아도 눈앞의 이익으로 떼돈을 버는 하마 기업, 우리 참여로 왜 더 배 불려줘야 하느냐가 표면적 이유이나, 실상은 날로 진화하는 기계류 기능속도를 죽었다 깨어나도 도대체 따라잡을 수 없다는 피로감의 반영이다. 사돈 팔촌쯤 되는 인척 중 한 명이 신사업 발전 기념이라며 하도 조르기에 한번 썼다, 그 많은 내장기능을 아무리 반복적으로 익히려 해도, 나이로 굳은 머리로는 영 풀 수 없자 포기에 이른 것이었다. 손에 잡히지 않는 복잡한 괴물 기기를 반납한 이후 지금까지 쓰지 않고 있다. 집에서는 유선전화기를 쓰고, 요금이 싸면서 전자파가 거의 감자되지 않는 인터넷연결 전화기는 일터까지 들고 나와 사용하고 있다.

이 벽창호는, 연락을 주고받을 사람이 딱히 없는 성한도 마찬가지였다. 사업을 접은 이후부터 병적으로 심화된 의기소침에 눌려 자연 통신두절로 이어졌다. 그 연장선상에서 외로움을 몹시 타는 계기가 되었다.

사업실패 후 달팽이 짐을 지고, 물밥에 돌베개를 베고 쪼그린 새우잠을 잘 수밖에 없었던 성한의 면모는 확연히 바뀌었다. 우선, 복잡한 인간관계를 정리했다. 그 배후에는 주민등록 말소로 백정이 되도록 까지 돈도 집도 몽땅 잃자, 찾거나 찾아주는 사람이 없다는 배신감이 자리잡고 있었다.

다시 일어설 재기에 용기를 불어넣어 줄 누군가의 따뜻한 격려가 못내 그리웠다. 그러나 동배들이 대학공부를 할 시기에, 비록 밑바닥 일이지만 직장을 잡아 그 7년 동안 구두쇠 정신으로 그러모은 자금을 기반 삼아 사업을 시작하자, 그 소문을 듣고 입에 발린 호방을 앞세운 초·중·고 동창들이 무시로 찾아와, 근무시간 마칠 때까지 기다렸다 돌아가곤 했었다. 그토록 밥과 술을 얻어먹었던 초·중·고 동창들은 별 볼일 없는 애옥처지로 전락하자, 너나없이 도망치듯이 곁을 떠나버렸다. 진정한 우의를 나누는 친구들이 아니었다. 듣기 좋은 칭호만 갖다 붙인-믿음에 반하는 콩가루일 뿐이었다. 그들은 불빛만 보이면 우르르 몰려드는 불나방에 불과했다.

　쓸쓸한 무인도 고립은 수시로 불안증에 시달리게 했었다. 전면에 나서기를 의식적으로 꺼리면서, 이름 석 자가 누구의 입에서든 가급 적 오르내리지 않도록 매사에 유념을 기울였다. 그렇게 스스로를 꼭꼭 가둔 대인기피증 현상의 대처 방법은, 누구에게도 기대거나 희망을 걸지 않는 한편으로 존재감을 낮추는 맞춤형 처세였다. 신세라는 단어는 기개의 남아를 접고 굽실굽실 기어서 들어간다는 굴욕의 의미를 담고 있다. 눈물을 보여서는 안 된다는 사내대장부로서는, 이보다 생피 삼키는 처절한 참패는 없다.

　성장과정은 물론, 둘러싸인 생활환경도 개성적으로 저마다 달라 입 밖으로 내는 주장이 같을 수 없는 데도 불구하고, 그 보편을 인정하지 않고 우리와는 얘기 주제가 맞지 않는다며, 핏발 세운 적대적 눈살부터 들이대면 우위를 접하려는 사람들이 싫었다. 그 비관은 급기야 누구든 미워죽겠다는 마음의 살인으로까지 자리매김하게 되었다.

　사람들의 철저한 외면은, 인과 관계가 먼 낯선 타인들과는 그런대로 단편대화는 나누기는 하였으나, 외출에 나설 때마다 어쩔 수 없이 보게 되는 이웃들과는 아는 체를 않고, 아예 마음을 닫아두고 지나쳤다. 그들에게 행적의 자취를 알리지 않으려, 사글세 집과 가까운 가게를 고의로 외면하고, 일부러 먼 곳까지 나가서 사 온 식료품 및 세제 품등으로 육체를 먹이고, 몸을 씻는 생활을 지탱했다. 이를테면 누구와도 친해지고 싶지 않다는 꼴값 창피에 격리를 둔 자신과 사회에 대한 항의성 불만이었다. 대표적 사례로 일 년 여간 단골로 다녔던 이발소주인이, 이젠 제법 낯이 익었을 법한 손님에게 "뭐 하십니까?" 묻는 기색을 흘리자 즉시 발길을 끊은 것이다. 그래서 안다고 할 수 있는 이웃은 아무도 없었다. 서로서로 메워주는 인간 맛과는 아예 거리를 멀리 뒀다.

그 속에서도 현실감은 수반되어 있었다. 자각을 일깨우는 감촉이 있었으며, 생물들의 얕고 깊은 무게와 그들의 각종 삶의 냄새가 코를 자극했었다. 어떤 시간은 저물 지 않겠다는 지루함에 매달려서, 때때로 전후를 뒤죽박죽으로 바꿔 놓았고, 옳고 그름의 판단을 흐리게 하는 혼미에 놀아나기도 했었다. 어떤 날에는 있을 리 만무한 황당무계한 망상이 덧씌워져, 그것을 털어버리는 데 무진한 애를 먹기도 했었다.

덕분에 속 깊이 혼자 살아가는 요령을 충분히 터득할 수 있었다. 누구와도 의사교환 없이, 무슨 일이든 스스로 정리하며 존재감을 키웠다. 웬만한 불편은 감수하는 차원에서 빌리지도 빌려주지도 않는 나름의 생활방식을 보수적으로 다졌다. 감당할 수 있는 범위 내에서 인간적 고통은, 될 대로 되라며 그냥 넘기거나 고집스러운 오기로 버텼다. 상식 밖의 이상한 짓이라 할지라도 숨소리를 죽이며 혼자만의 담을 쌓아 올렸다. 바보는 끌려 다니기만 하다 인생의 종말을 맞는다. 제 삶일 수가 없다. 한계에 다다랐다. 지독한 생계고립이 생기를 사장死藏시켰다.

마음먹은 대로 어디든 쏘다닐 수 있는 멋대로 자유는, 예전에 길들여 놓은 관습생활을 무너트렸다. 책무가 동반되는 어떤 일도 짊어지고 싶지 않다는 철저한 개인주의 성향은, 국가사회나 공공시설 내 단체에서-이용자 전체질서 차원에서 정한 조례대로 따라야 한다는 규칙에 얽매이는 것을 극도로 거북해 했다. 책상머리에 눌러앉아 주어진 눈앞의 일만 하고-말발이 세지 못해 논란거리는 피하기부터 서두르는-그 외의 건에는 상상력 결핍으로 다양한 편의를 창조해 내지 못하는-틀에 갇힌 기관 내 조직은 영 적성에 맞지 않다는 반항성을, 보행 중 급해진 화장실 이용 기피로 나타냈다. 아예 발을 들이고 싶지 않다는 망령부리였다.

쓰디썼던 모든 과거는 소낼로 사라졌으나, 그 가운데서 잊지 못할-아직도 생생한 기억으로 뇌관에 아로새겨져 있는 고아소녀와의 만남이 있다. 시설보호를 받는 아홉 살 계집애였다. 여성 새 상의 옷에 작고 연약한 몸이 둘러싸인-엄마 젖을 갓 뗀 갓난아기가 제집 앞에 버려져 있는 것을 발견한 누군가가 인근 파출소에 신고했고, 경찰로부터 아기를 건네받은 구청복지부 소속직원이 길에서 핀 꽃이라는 뜻이 담긴 도설화道卨花란 이름을 짓고 맡겼단다.

소액의 후원금으로 연을 맺게 된 소녀의 안색은 항상 우중충 어두웠다. 햇살 밝은 오월의 화단 곁 계단에서 세운 무릎 위로 턱을 괸 그 자그마한 손을 움직여 눈꺼풀을 문지르는 동그마니 자세로, 먼 누군가를 기다리는 듯이 슬픈 안색을 띄웠던 그 쓸쓸한 외톨이-부모 역할을 맡고 싶었다. 그렇지만 기본생활 취약이 가로막았다.

해로가 긴 부부는 타고난 유전혈액형은 달라도 성향은 음양으로 닮기 마련이다. 대체로 아내 편에서 남편 성향에 맞춰 조화를 다진다. 소유욕이 강하여 의견일치가 쉽지 않아, 싸움이 잦은 회색도심 부부에게서는 찾아볼 수 없는 녹색 짙은 화합 성 여로이다. 우선순위를 짜지 않고, 당면의 일만을 그때그때 처리하기에 다부진 뭉침이 없어-단정 갖춰 주의를 기울일 이유가 그다지 필요치 않아-물렁물렁 헤퍼 보이는 성향이 대표적 사례이다.

누구에게든 해악을 끼치지 않으려는 착한 본성도 닮았다. 얼굴에 표정이라는 게 없는 것도 특이한 본질이다. 삶의 여정을 밟아오는 동안 경력을 쌓아둔 이력이 있을 법도 한데, 그것과도 단절의 담장을 세우기라도 한 건지, 그 뒷받침이 될 만한 한마디 언질도 없이-옛 군인정신의 절도 품행은 온데간데없이-시간 감각조차 잃은-마른 나뭇가지 모양의 무뚝뚝한 인상의 침묵만이 돋보일 뿐이다.

그렇다고 제 자리가 영원한 바위처럼 무게감이 실려 있는 것도 아니다. 오히려 그 반대로 갱신의 정신과는 거리가 먼-의지력 없는 약한 인물로 비친다. 이 때문에 원세호는 말귀를 못 알아 듣는 귀머거리가 아닌지 오해를 곧잘 받곤 한다.

남편의 대가 없어 항상 지면地面과 맞붙어 있는 질경이 같은 내성적과 대조하게 아내 성옥은, 말주변이 천진난만하여 아무에게나 쾌활한 애교를 잘 부린다. 그래서 집안 내외 일들을 주도적으로 맡는 편이다. 남편의 보조를 받으며 전날 저녁에 모든 준비를 마친 생산물을 규정된 경로를 밟아 아침마다 시장에 내보내 그 가격을 받아 집안 살림을 이끄는 것은 물론이고, 나라로부터 내려온 공문서나 공공요금 건 등도 도맡아 처리한다. 덕분에 머리를 굴리지 않아도 된 남편이 아내에게 붙여준 농담 별명은 집 대변인이다.

성옥은 잘 웃는 만큼 귀가 엷다. 소위, 경계심 없는 무방비 웃음이 헤픈 편이다. 자신이 옳은 일을 하고 있다는 확신을 지닌 사람들의 특징이다. 남 참견이 적당을 넘어 좀 심한 편이고-그 교세교세 가운데서 터득한 기질은 문제를 꼭 끌어안고 쩔쩔매는 이웃에게 대수롭지 않은 일상의 가벼운 한마디로 해결책을 제시하는 예도 간혹 있다. 한 예로 오며가며 이따금 접하는 젊은 과부에게, 성옥은 이렇게 희망을 실어준 적이 있었다. 금전소득 목적보다, 취미 삼아 기르는 선인장온실 안에서 있었던 일이다.

 미취학 두 아들의 엄마인 젊은 과부는, 자신 명의로 봉고 형 화물용달 한대를 소유하고 있었다. 그녀는 그 차량으로 도심 도매가게에서 물품을 받아 주소지별로 배달해 주는 일로 생계를 꾸리고 있었다. 어느 한 날에 그녀의 차량은 엔지 부 작동으로 정비소에 들어가 있었다. 어쩔 수 없이 도매가게 주인 차량을 이용할 수밖에 없게 된 딱한 입장으로 내몰리게 되었다. 쥐포·땅콩·과자 등의 물품을 적재함에 실은 일 톤 차량운전은, 담배가 심하여 온몸에 그 냄새가 절절 밴 곱슬머리 남자 주인이 맡았다.

 그는 컴퓨터 인쇄물로 뽑은 주소지 행로에 맞추어 길을 떠났다. 사차선 교차로를 지나 목적지 초 입구에 다다랐다. 30미터 높이 경사 꼭대기에 오랜 거래처인 구멍가게가 있다. 그는 일과 상관없는 집적의 눈치로 정신 흐트러진 산만성을 수시로 드러냈다. 젊은 과부의 직감은 불안했다. 아니나 다를까. 그는 폭 좁은 골목길을 줄넘기를 하면서 건너는 초등생 여자아이의 작은 몸체를 기어이 들이박고 말았다. 10킬로미터 이하로 속도를 낮추었던 탓에, 다행히 여자아이는 크게 다치지는 않은 듯하다. 사고 충격에 놀란 인상을 찌푸리며 손길을 댄 부위로 미뤄 옆구리와 무릎이 아픈 것 같다.

 그는 양심을 저버리지 않았다. 차량에서 재빨리 내린 그는 길바닥에 쓰러져 있는 아이를 끌어안고, 몇 가지 물품을 아무렇게나 내던져 치운 차량 뒷좌석에 누였다.

그 과정을 도운 젊은 과부가 계집 곁에 앉아 안전을 돌봤다.

계집아이를 의사 처방에 맡긴 주인은, 준 종합병원 내 복도의자에 나란히 앉은 과부에게 귓속말로 속삭였다. 요점은 반드시 사고조사차 나올 경찰에게 운전대를 잡은 장본인임을 진술해 달라는 내용이었다. 사고 낸 책임을 전가하려는 음흉한 압력이었다.

"안요. 사장님의 부주의 잘못을 왜 제가 짊어져야 합니까?"

젊은 과부는 고개를 완강하게 저으면서 엮임을 경계했다.

"쉬, 목소리가 너무 커!" 사장은 일자로 세운 엄지가락을 제 입술에 붙이며 주변을 두리번거렸다. 차가운 냉혈이 뜬 낯짝은 비열하기 짝이 없었다. "실은 말이야 내 정신이 미영 씨에게 흠모로 홀딱 치우쳐져 있었거든." 사장의 밑도 끝도 없는 이 자백은 거짓이 아니었다. 그는 개망나니 짓거리로 생활력 강한 아내로부터 내쫓김 당한 남편과 사실상 이혼 상태인 생과부와의 외도를 남몰래 꿈꿔 왔었다. 그 절호의 기회를 맞아 눈치껏 생과부의 허벅지에 음욕 담은 손을 대려다 불의의 사고를 낸 것이었다. 여자는 분위기에 약하다 했다. 잘해 주는 과도한 선심에 남편이었으면 하는 이성의 의지를 기울였던 것은 진심이다. 그 방심에 입술도둑을 찰나에 맞기도 했었다. "그래 준다면 그동안의 보상 충분히 해줄게."

사장이 전지전능한 돈으로 매수하려는 유혹은 실로 달콤했다. 형량 기간은 얼마나 되는지 따져보지 않고, 철천지원수와도 같은 위대한 돈다발 자체에 마음이 갈대처럼 흔들렸다. 그러나 두 아들이 눈에 밟혔다. 고아 아닌 고아로 누구의 손길에 맡길 수 없다는 모성이 격동을 불러 일으켰다.

"사장님, 죄송합니다. 돈 몇 푼 때문에 얘들을 팔수는 없습니다."

"내가 매정하지 않은 성미라는 거 미영 씨도 잘 알 텐데....." 사장은 표 여리게 눈알을 부라렸다. "얘들은 우리가 돌볼 테니, 제발 어디서 쉬고 온다는 생각으로 그렇게 자백해 줘."

이렇게 교활하다면 정한모는 더욱 믿을 수 없는, 숨을 구멍만을 찾으며 흙탕물을 일으키는 미꾸라지이다. 자신이 저지른 사고범죄를 극구 부인하거나, 자신보다 약하다 싶은 동승자에게 책임을 떠넘기는 수법자의 성질은 절대로 정직하지 못 하다. 영혼이 비틀려있을 뿐이니, 저만 살겠다는 욕망이 뜨겁다. 이렇게 약아빠지게 빠져나갈 궁리만을 좇는 사람은, 지금 내뱉은 말을 차후에 오리발로 내밀게 자명하다. 위협이 살벌한 이곳에서 우선 한시바삐 벗어나야 한다.

"알았어요. 경찰에서 소환장 보내는 날까지 생각을 정리해 둘게요. 우리만 아는 동승자 입장에서 조사는 불가피하니까요." 미영은 마주 잡고 꼼지락거리는 제 손을 내려다보고 있던 눈을 쳐들어, 턱을 가슴팍에 붙이고 제 구둣발 끝을 물끄러미 눈여기며 있는 정한모의 살집 붙은 옆얼굴을 지켜봤다. "어떻게 할까요? 이렇게 된 마당이라 배달은 어렵지 않겠어요."

"경찰이 곧 도착할 거야. 사고 낸 자는 기다려야 해. 자리를 뜨면 도망자란 혐의가 붙어 불리가 더 커져."

정말 운수 사나운 날이었다. 운신이 꽁꽁 묶인 침통이 참으로 풀기 힘든 숙제로 몰렸다. 까닥 잘못하면 피골상접의 생활을 말끔히 잊게 하는 아이들을 볼 수 없게 되는지도 모른다.

제복차림의 경찰이 왔다. 두 경찰은 먼저 안내실을 찾아 뭔가를 물었다. 흰 가운의 간호사가 발랄한 성격으로 두 경찰관을 아동 진료실로 이끌었다. 문을 조심스럽게 열고 안으로 들어갔다, 잠시 만에 나타난 간호사 뒤를 따라 의료용 마스크를 쓴 의사 모습도 함께 보였다. 소아과 문 앞에서 조금 떨어져 나온 의사와 경찰관은 마주서서 무슨 얘기를 나누다, 의사 편에서 복도의자에 앉아 있는 두 사람을 손끝으로 가리켰다. 경찰서 조사에서 미영은 망설이지 않고, 자신은 농승사일 뿐이라고 진술했다. 피의자 신분으로 전격 전환된 정한모의 손목에 수갑이 채워졌다.

반신반의로 예상했던 바대로, 그 몇 시간 만에 난리소동이 벌어졌다. 정한모 아내가 미영의 집을 불쑥 찾아와서 "네가 운전대를 잡지 않았느냐? 그런데 사고 책임을 왜 우리 신랑에게 뒤집어 씌웠냐!" 욕설을 고래고래 퍼질러댄 것이었다. 마구 뱉어지는 입의 비말이 젊은 과부의 얼굴을 무차별 때려대었다. 과부는 어처구니가 없었다.

그 삼일 후 성옥은 풀죽은 한 동네 미영과 딱 마주쳤다. 물끄러미 바라보는 눈빛은 시름에 잠겨 있으면서, 금방이라도 울음통을 쏟아낼 것 같은 입술에서는 무슨 말을 하고 싶은지 연신 실룩거렸다. 성옥은 일자리를 알아보려 외출에 오른 미영에게 차 한 잔하고 가라며 선인장 실로 안내했다.

사연을 다 들은 성옥은, 일반적 상식선에서 그들과 더는 엮이지 말고, 단호하게 정리하라는 말을 들려줬다. 덧붙여 일자리 마련 때까지 두 아이를 돌봐 주겠다는 약속을 걸었다. 미영이 안심하고 맡긴 두 아이를 보호하며 데리고 있었던 기간은 나흘에 불과했다. 부지런히 발품을 판 미영이 식품배달 아닌 사대보험이 확실한 무역회사에 취직했기 때문이었다.

심신이 미약한 사람은 상대방으로부터 어떠한 피해도 입히거나 입지 않겠다는 경계 적 조심성향이 높다. 상처 기억을 오랫동안 잊지 못하기 때문이다. 그래서 될 수 있으며 뭐든 주는 것으로 상대방으로 하여금 물러나게 만든다. 또 한 면은, 성질이 독하지 못하여 속임을 당하는 횟수가 잦다는 점이다. 맞대면 전에 의심스럽다는 경계를 세웠다 할지라도, 상대방의 눈물 어린 애절한 하소연에서는 속수무책으로 무너지고 만다. 그러면서 뜯긴

돈도 상당하고, 그 선행을 악용한 사람으로부터 사기꾼으로 고발되어 경찰조사를 받기도 했었다. 성옥은 그 소감을 이렇게 표현했다.

"모질게 굴 수 없이 착한 게 죄다."

우정의 배신

 서른 나이 문턱 밟는 시간을 반해 남겨둔 윤창호는, 심신 안정 속에 미래를 열어가는 데, 배후에서 적극적으로 밀어줄 사랑하는 여자와의 결혼 꿈은 뜻대로 실천에 옮길 수가 없었다. 어머니를 일찍 여읜 데다, 건강이 안 좋으신 아버지마저 치매요양원에 입원해 있는 것이 가장 큰 원인이다. 창호의 개인적 환경은, 혼자 자취하며 자동차 엔진부품을 완성차회사에 납품하는 중소기업에서 야간 조로 근무하는 조립원직원이다. 그의 착실한 업무 수행으로는 한 달 전체 지출비용 감당은 벅찰 수밖에 없다. 저축할 여력 없이 늘 돈에 쫓기는 형편이다.

 한밤 어둠이 물러나기 직전인 새벽 5시. 정규 퇴근 시간은 6시지만, 치매환자 아버지를 모시고 대전 작은아버지 생일잔치에 다녀와야 한다는 사유로 조 반장에게 조퇴의사를 진즉에 올린 창호는 거리낌이 없었다. 단, 아버지의 핑계 성 구실을 댄 거짓 사유가 양심에 걸릴 뿐이었다.

 공장 앞에서는 새벽 2시경 택시로 날아온 중학교동창 박성근이 기다리고 있었다. 비 내리는 궂은 날씨 탓인지, 모자 달린 후드 티 차림새인 박성근은, 의형제처럼 절친한 창호를 활짝 연 두 팔로 얼싸안으며 조기 퇴근을 반겼다.

두 친구는 어깨동무로 우정을 과시하며 사물 분별이 가능한-날이 밝아오기에 이젠 존재 의미가 퇴색해져 가는 가로등 불빛 속의 한길을 걸었다. 윤창호는 친구와 더 깊은 발전의 우정을 나눌 수 있게 된 것에 한량을 떨며 박성근의 안내를 무작정 따랐다.

박성근은 두세 차례 물놀이 왔었던 까치교로 친구를 이끌었다. 좌우 변으로 웃자란 풀잎 녹색이 짙은 제방 길 따라 늘어서 있는 미루나무 우듬지가지마다, 까치들이 대대로 둥지를 틀고 살아가기에 붙여진 이름이다. 두 사람이 자리 잡고 나란히 앉은 앞으로는, 장마 절기인 데도 열흘 넘도록 까지 잠잠했다, 하필 날 잡은 오늘 새벽부터 뿌려대기 시작하면서 줄곧 따라붙는 세찬 비로 수량이 점차 불어나는 추세인 하천이다. 다리 아래는 비를 피할 수 있는 안성맞춤의 장소였다.

박성근과 윤창호는 중학교 단짝을 넘어 서로의 부모님과도 잘 지냈다. 각자의 삼촌·사촌까지도 잦은 연락으로 가까웠다. 어른이 되어서는 술잔을 주고받는 자리에서 속내 고민을 털어놓으며 서로를 격려하기도 했었다. 일하며 번 수입의 일부를 떼어 모은 돈으로 동반여행을 다녀오기도 했으며, 사업동업자가 되자는 의기투합으로 인터넷 옷 파는 장터를 열기도 했었다. 삼개월 만에 접기는 하였으나, 두 친구는 젊은 나이인

데-하며 재창업의 꿈을 버리지 않고 다져 두었다.

이렇게 두터운 우정의 배후에는, 창호가 마음으로 점찍어 놓은 여자가 있었기 때문이었다. 아무나 끌어안으려는 개방 성향으로 미뤄 남자 경험이 분명 여러 번은 있을 법한, 박성근의 동생 박정자가 그의 연인의 대상이었다.

어느 한 날 술자리에 마주 앉은 박성근이 창호 앞으로 용지 한 장을 내밀었다. 보험 계약서였다.

"우린 동고동락을 같이할 영원한 친구 사이 맞지?"

성근은 변성한 근육의 목청으로 친근미를 과시했다. 창호는 눈치가 없는 숙맥 청년이다. 사려가 깊지 못하여 주의를 살피는 술수도 까막눈이다. 상대방에 맞춰 때로는 아니 하며 고개는 젖곤 한다. 그러나 자주 만나 가까워진 오랜 친구에 한해서는 천성적인 외압의 순치 병인지, 앞뒤 가림 없이 덤벙대며 무작정 매달린다. 면전에 둔 성근이 안팎으로 꾸미는 편력의 가색假色이 짙은 데도, 전혀 눈치 차리지 못하는 까닭도 이 때문이다. 그는 환한 표정을 띄운 그대로, 턱 끝이 가슴팍에 닿도록 연시 끄덕이며, 돈독한 우정의 화답만을 밝혔다. 성근은 확신을 굳혔다. 창호의 대답을 듣기 전까지 거절하면 어쩌나 속 근심을 말끔히 털어냈다. "응, 그래! 정말 고맙다." 성근은 털갈이 식인 쌍심지를 켠 하정의 힘으로 아첨을 떨었다. "이 계약서가 우리 우정의 증표로 남게 될 거다. 너 이름 옆에다 사인만

하면 끝난다!"

박성근의 어근의 기저에는 덧씌운 달관 기운이 짙었다. 우정의 부양을 한껏 띄운 말투와는 달리, 동기가 순수하지 못한 비대칭 음순 성이 다분히 깔려있었다. 꼬드겨 짝패로 끌어들이려는 속심이 강했다. 중학생 시절부터 한 반생들에게 갚지 않을 속셈을 미리 계산해두고, 돈 좀 꿔줘라 조른 추비한 기질 그대로였다.

그러나 창호는 바람에 뜨는 공기풍선처럼 해해거리는 면모만을 유지하며 있었다. 허파바람으로 채운 몸태질은 친구의 입담 좋은 말속에서 변치 않는 우정을 확인했기 때문이었다. '우리 둘 중 누가 먼저 죽으면 남은 사람이 보험금의 상속인이 되어, 너의 보모 또는 나의 부모를 모신다.'라는 멋진 조건이 썩 마음에 들었다. 친구의 생각이 나보다 앞서있다는 감격이 몸 둘 바 모르는 주체를 잃게 한 것이었다.

창호는 계약서 내용 글을 한 줄도 읽어보지 않고, 무조건 친구 이름과 나란히 붙은 제 이름 옆 네모 꼴 칸에다 사인을 남겼다. 그 필체조차도 어떤 모양새로 쓰였는지 전혀 모르고, 구름 탄 선한의 우애만을 듬뿍 실었다.

대략 계산으로 20년 만기 일반상해 사망보상금으로 4억 원이라면, 일인당 얼추 한 달에 28만 5000원씩의 지출을 감수해야 한다. 중소업체 말단직원으로서는 허리를 더욱 졸라매야 하는 버거운 금액이 아닐 수 없다. 그동안 성근은, 창호의 가마 부위를 집중 노려봤다. 그 눈빛은 몰아의 비웃음이었다.

 까치교 바깥에서는 추적비가 여전히 내리고 있다. 지루하게 내릴 기세다. 의복은 묵기해졌으며, 기분 역시도 젖어있었다. 두 친구는 함께 즐기며 시간을 보낸 옛 시절을 떠올린 즉시 혀에 담아 마음껏 지껄였다. 주접잡기를 곁들인 여러 종류의 이야기를 열정적으로 나누었다. 여동생의 안부를 빠트리지 않고 물은 창호의 음량은 시종 밝았으나, 때때로 동문서답으로 응대하는 성근의 감추는 듯이 꼬리를 내리는 편력의 음색은, 간혹 떨리면서 음습 기운이 물씬 배어있었다. 요리조리 둘러대는 말로 본질을 적당히 피해 가는 선회가 솔직하지 못하였다.

 박성근의 부모는 작은 식당을 운영한다. 그러나 그 아들은 벌써 이년 넘도록 일정한 직업이 없다. 그의 생활수단은 오래갈 수 없이 하루하루가 위태로운 낭인의 처지였다. 두 여자 친구에게서 각각 빌린 6,300만 원과 800만 원 빚 외에 교통사고를 내 물어야 할 원금 비용과, 구상금 3,000만 원이 걸려있는 빚쟁이다. 게다가 얼마 되지 않는 인터넷요금도 미납 중인 초비 신세에 내몰려 있기도 하다. 말하자면 음식물쓰레기를 뒤져 먹는 떠돌이 개처럼, 이리저리 발길 차이는 골목거리 비루이다.

 모든 생명은 배의 힘이 든든해야 선한鮮韓을 둘러보

는 여유가 생겨난다. 서로 간 흉금을 털어놓고 지내는 15년 죽마고우 박성근의 이러한 환경 형편을 누구보다 잘 알고 있었던 윤창호는, 다달이 봉급에서 얼마를 떼어 용돈으로 쥐여 주곤 했었다. 이 목적의 기대로 박성근은 창호와의 만남을 더욱 원했다 해도 과언이 아니다. 이를테면 우정을 위장한 아첨부리였다.

창호는 아무것도 깨닫지 못하는 바보 이상으로 순진했다. 그는 성근에 대해서 추호의 의심도 하지를 않았다. 이 세상 다하는 그 언제까지나 우정의 친구로 남겨두는 판무식 꿈만을 오롯이 새겼다. 바위처럼 흔들리지 않을 굳건한 담보를 머릿속에 담아두고 신뢰를 부여하는 선의의 양보를 자랑으로 선택했다. 그래서 성근에게서 우정에 반하는 벼룩·파리·모기·이·빈대 등 소위 인체 피를 빨아먹고 사는 인신오적의 해충들 같은 현혹의 언행을 번번이 들었거나 몸소 체험했었음에도 불구하고, 잘못된 이해겠지-고개 저음으로 자신 밖으로 극구 미뤄냈다. 친구를 나쁘게 보는 모양의 그림이라면, 뇌리에서 아예 지워 저 멀리 쫓아냈다. 영역이 아니라는 충실한 우직으로 친구로서의 우정만을 철장없이 다잡았다.

보험금 상속인의 면면은 거의 모두 남편-아내와 연관된 형제나 가까운 친인척들 간의 수평에서 이뤄진다. 갓 입사한 보험설계사들이 제일 먼저 부모, 또는 형제·친인척들부터 찾아가는 이유이다. 자산가가 선행으로 추천한 제삼자를 대신하여 납부하는 경우도 흔하게 볼 수 있다. 그러나 어느 한편이 먼저 죽으면, 남은 사람이 수익자가 된다는 친구 간의 계약 건 선례는 전무후무하다.

보험설계사인 박칠성은, 사촌동생인 성근이 제안한 위 사례에 대해 한참 고민을 했었다. 실적을 쌓기에 앞서 경험이 다양하게 풍부한 선배에게 묻는 한편으로, 과거 사례를 뒤지는 수고도 병행했다. 그러면서 보험료납부에 위험이 발생하지 않는다면 무난하다는 결론을 내렸다. 직업이 없어 생계권이 불안정한 비렁뱅이 동생이 미심쩍기는 하였으나, 안면 익은 그의 든든한 동반자 친구 윤창호를 믿고 계약서를 내주었다.

실종 며칠 째로 접어든 동생을 안타깝게 그리워하는 윤창호의 삼촌과 마주 앉은 성근은, 그 너머로 평소의 대면과 다를 바 없는 창호의 얼굴 윤곽이 더욱 선명한 상기로 떠오르자, 심호흡이 정지되는 현상을 일시로 겪었다. 가빠진 심경이 격렬하게 흔들리면서 그만 차분 성을 잃고 말았다. 신경세포를 과다하게 흥분시키는 발작은, 휘둥그레 커진 두 동공의 눈빛 속에 깊이 감추고 있는 목젖까지 드러내게 했다. 그 발아래로 남몰래 흘려버리는-비밀스러운 말을 애써 삼키려 드는 행태 전반은 편치 않게 불안정했다.

"왜 그리 놀란 빛이냐?"

맵짠 질문을 던진 삼촌의 안색에는 오종종 숨기려고

만 드는 의문을 캐려는 의중이 실려 있었다. 앞머리 부위와 정수리 머리카락 수가 감소 추세이면서-모발 소형화라 불리는 솜털처럼 가늘게 얇아지면서 힘을 잃어가는 탈모현상이 두드러지게 나타나고 있는 삼촌이다.

성근은 삼촌의 느닷없는 가시채찍 질문에 사지를 부들 떨었다. 특히, 검게 염색된 눈살의 경혈이 격심했다. 좁쌀만 한 크기의 점점 물 사마귀 몇 개를 얹고 있는 목덜미 역시도 그에 못지않게 세차게 들먹거렸다. 귀싸대기 한대 맞은 이상으로 귀가 먹먹했다. 정중이 무너지고만 심금이 찔리면서 아리게 저렸다. 큰 신음이 한숨 조로 절로 내쉬어졌다. 일종에 지능장애로 보기도 하는 신경계질환인 난독증 현상이었다.

보통 때라면 예사로 흘려들었을 말이다. 성근은 자신을 꽁꽁 가둬둔 성벽이 무너질세라, 내심 긴장의 경비를 세웠다. 자신이 판 구덩이 함정에 자신은 빠져들지 않겠다는 결의를 다졌다. 그렇지만 과도하게 높아진 초긴장으로 안절부절 떠는 사지를 진정시키기에는 심적 체력이 받쳐주지 않아 역부족이었다. 사분오열로 찢기고 갈린 조바심으로는 표정 관리도 쉽지 않았다. 뭔가 공허해 보였다.

"아, 아닙니다."

성근의 들릴 듯 말듯 기어든 음량은, 쩔쩔매는 진땀의 공포심을 깔고 있었기에 심하게 흔들렸다. 얼떨결

정신 상태라 마디마디 어투가 언죽번죽 불분명했다. 그는 어물쩍거리는 기색을 줄줄 새어 내는 눈꺼풀을 내리깔았다.

무엇보다 아무도 모르게 꼭꼭 숨겨야만 하는 살인 죄행의 들통이 조마조마 두려웠다. 고무줄을 끝까지 당긴 것처럼 팽창해진 경색 탓에, 의도와는 정반대로 머리 셈 굴리는 회전이 뒤죽박죽 어지러웠다. 어느 쪽이 진짜 자신의 모습인지 통 판단이 서질 않았다. 다만, 유도 심리인 미끼를 물지 않으려면, 주의경계를 강화해야한다는 부각은 가능했다.

절충은 한층 멀어졌다. 핏기 마른 입술은 물을 요구했다. 그는 된장찌개로 식사를 마친 빈 식기들이 널린 식탁의 물 컵을 왼손으로 집어 들고 목을 축였다. 그러면서 맞은편 등받이의자에 다리를 꼰 비스듬한 자세로 앉아 있는 삼촌을 어섯 눈질로 요리조리 살폈다. 운신이 꾀죄죄하게 조여지는 이런 거북한 자리는 피하고 보는 게 상책이다.

"뭘 알고 싶은 건데요?" 성근이 주체를 잃은 겁을 애써 누르며 단도직입적으로 물었다. "죄송한 데요. 삼촌보다 더 자주 만나는 창호의 소재 현재로서는 저도 알지 못해 몸 둘 바를 모르겠습니다."

"너라면 창호가 갈만한 장소쯤은 알고 있을 게 아니냐?"

삼촌의 사무적인 인상은 매끄럽게 밝다. 다만, 경계

를 따지려드는 눈빛은 여전히 맵다.

"그 점이 참 이상해요. 걔는 어디 간다고 하면 꼭 보고식으로 제게 알려주곤 했었는데, 이번에는 전혀 귀띔이 없었거든요." 침 삼키는 소리는 심장을 뛰게 했다. 옷깃 위로 드러난 목덜미 살피가 다시금 부들부들 격랑을 쳤다. 그는 턱뼈가 새겨지도록 이를 악문 의지와 별개로 여기서 무너져서는 안 된다는 의식을 모질게 그러모으면서 고개를 쳐들었다. "삼촌, 그렇게 걱정만 하지 마시고요, 경찰에 실종신고를 내세요."

자갈 위를 밟는 불안정한 신경자극에 떠밀려 내뱉은 혀의 말은 속만 울렁거리게 했다. 비위 따위나 맞추는-수작에 불과한-동정의 연민으로 위장한 음색은, 맛이 없어 내뱉고 싶은 수구레(돼지껍질)에 지나지 않았다.

성근은 움찔 놀라는 자신을 새롭게 인지했다. 만약, 자신이 선제적으로 제시한 말대로 삼촌의 실종신고 접수를 받은 경찰 측에서 수사에 돌입한다면...? 거창한 망상이 부른 친구 살해 건에 결국에는 자신이 수사선상에 영순위로 오르게 된다는-정처 없이 쫓기다-운수 없는 그 어느 날에 올무에 걸려들 수 있다는-그다음 두 손목을 옥죄는 수갑이 채워진 후, 정해진 절차 따라 기나긴 옥살이에 들어가게 된다? 오감이 으스스 떨렸다. 머릿속이 하얗게 맹해졌다.

"너 참 불안해 보인다. 말해봐. 너 뭔가 숨기는 거 있지?"

삼촌의 톤 높아진 목청에는 몰아붙이는 기습이 있었다. 그냥 시험 삼아 던져봤을 리가 만무한-속부터 단단한 볼링공에 생각의 근원인 뇌리를 한 번 더 세게 얻어맞은 성근의 안색에 차갑게 얼어붙는 혈류 정지 현상이 떴다. 그와 비슷한 무게 과정이 몇 초간 이어졌다. 주리 튼 아픔의 혼선은 필요 이상으로 새우 눈에서 황소 눈으로 키워졌다. 목 기도는 막히고 만일, 하대 무방한 상대라면 주먹 한대로 눌러버릴 수 있을 터인데-성근은 물어뜯는 맞장을 뜰 수 없는 발작의 애통을 애먼 물로 또 달랬다.

　"삼촌, 저 이만 일어나겠습니다." 성근은 뒷다리로 물린 의자에서 살집 여윈 엉덩이를 어정쩡 떼었다. 단정치 못한 땟국 청바지가 커 보였다. "창호 아버지를 찾아뵈려고요."

　"기억상실증에 걸린 노인네가 뭘 알겠니?....." 삼촌은 시큰둥한 반응을 노골적으로 내비쳤다. 기분부터 뒤틀린다는 상념의 눈초리를 좀처럼 거두지를 않았다. "알았다. 창호 만나면 꼭 내게 알려줘야 한다."

　"네, 연락드리겠습니다."

　삼촌은 뜸 들이는 듯이 망설이다 마지못해 손을 내밀었다. 아마, 시차를 두고 일어날 속심인 것 같다. 격발하게 일그러진 안색은, 멱살을 와락 움켜잡고 때려죽이고 말겠다는 화기성분 그대로였다.

　피부로 감촉되는 흐린 공기는 습기를 머금고 있어

묵묵하다. 자아가 변용 없는 고집으로 밀어붙인다면, 기분을 가라앉히는 우울증을 유발하는 원인일 수 있다. 덩치 큰 누렁개를 보고 냅다 도망부터 치는 몸집 작은 삽살개 목도에 소스라치게 놀란 성근의 신경에 분열이 일었다. 차량이 드문 이차선 도로를 순식간에 가로질러 쫓는 개마저도 1층 상가건물 모퉁이 뒤로 사라지자, 보행로를 오가는 평범한 몇몇 사람들의 인기척이 현실을 깨웠다. 정신을 야금야금 갉아먹으며, 압지(잉크가 번지지 않도록 위에서 눌러 물기를 빨아들이는)에 눌려 나태에 빠져들게 하는 만성적 무력감에서 샛눈이 뜨이는 수준이었다.

알게 모르게 한 공기 안에서 주고받는 공동체 생활을 덧없이 누렸고, 또 어울리며 지내고 있기에 거기서 거기인 일상인 줄은 뻔히 안다. 그런데 오늘따라 이런 풍경세상 처음 본다는 듯, 낯짝이 흐리멍덩하다. 모든 시작은 어둠에서 시작된다는 말처럼, 그 한밤을 보낸 아침에 일어나 세수하고, 밥 먹고, 동녘 햇살로 젖은 머리 말리며 일터로 쫓기듯 달리는 평범한 사람들의 반복적 일상이, 도대체 생경히여 이해로 와 닿지 않는 것이다.

물론 없어서가 아니다. 찾아 나서는 발품만 팔면 문이 열리는 데도-물결 헤쳐 앞으로 나갈 의지 없이-무지렁이 무직자로 지내면서-신수 좋게 잘나가 살판난 어느 놈의 등에나 업혀서 어디든 날아보려는-인간되기는 영 글러 먹은-송충이만도 못한 버러지 한량인이라, 그들의 일상과는 아무런 관련이 없다. 혼이 메마른 눈빛으로 구경하듯이, 그저 스쳐 지날 뿐이라 그럴 수는 있다. 그렇지만 지금의 기분 상태는 저기압에 꾹 눌려 있는 우거지상이다. 그 연장선상에서 머릿속은 둔중하여 추측 가능은 저 멀고, 느글느글 속내는 지각 결핍증을 불러일으켜 망연한 상실감에 잠기게 하고 있다.

성근은 자신의 피투성이 손으로 한 생명의 목숨을 끊은 무자비 죄목에 죄책감을 느끼고 있지 않다. 악마의 화신禍神이라 할까? 그 경지까지는 아니더라도, 적어도 자신의 좁은 지각으로도 인간성을 잃은 양심 불량자의 정형임은 틀림없다. 죄책은 일종에 양심고백의 성격을 띤다. 자신이 저지른 잘못을 인정하며 회개의 눈물로 용서를 구하기도 한다. 그러나 일반적 도덕성을 무시하며 악덕을 일삼는 자는 사회 파괴를 뿌려댄다.

저속한 무리에게는 진리는 세워 놓은 허수아비에 지나지 않다. 성근은 책임감을 모른다. 자신이 마구 어지른 짐이나 쓰레기일지라도 치울 줄 모르고 방치로 내버려둔다. 저 배만 부르면 우주가 뒤죽박죽 깨지든, 지구의 생태계가 파괴되든, 자신과는 아무런 관련이 없다고 뻗대는 인물이다.

며칠 전에 내버린 피투성이 시신 한 구가 하천 변에서 부패되어가고 있다. 악취만을 좇는 파리들이 그 몸

속에다 헤아릴 수 없이 많은 알을 쳤을 것이고, 그 인근에 터를 잡은 들쥐들 역시도 오며 가며 살집 한 점쯤은 물어뜯고 주린 배를 채웠을 것이다. 그 보답으로 페스트균을 남겼을 수도 있다. 그 곁에는 어깨가방 하나가 놓여있다. 그 안에는 사람의 사체보다 부패 속도가 훨씬 빠른 작은 용량의 우유와 빵이 각 한 개씩 들어있다. 중학생 시절부터 단짝으로 지내온 친구에게 주려고 망인이 남기고 간 공장 간식이다.

오랫동안 지녔던 추억은 짧은 시간 내에 잊을 수 없다. 성근은 돌연 창호가 그리워졌다. 그렇지만 망상은 어디까지나 현실이 아닌 망상에 불과하다.

"창호야, 미안하다."

그는 근육의 안색을 흉하게 일그러트리며 낮은 숨결을 길게 내쉬었다. 시간 때를 임의로 조절할 수 있다면, 평화했던 그 시절로 되돌려놓고 싶다는 애처로운 아쉬움의 한숨이었다.

이성은 상식에 맞추어 행동한다. 역으로, 이성상실은 비도덕·비 윤리·무질서를 남긴다. 공동으로 지켜야 할 관습법을 무너트리는 행데는 빈인류적이다. 김징이 걱해 남의 생명을 함부로 빼앗기도 하는 반사회적 인물은, 심신미약 자 부류에 속한다. 불안정한 의기소침의 성향을 극단으로 부각하여 관심을 유도한다.

숨어서 활동 준비를 하는 이 땅의 모든 세균은 아무도 모르게 창궐된다. 나의 목숨 부지 차원에서 담력을 높이 세워둔 사람은, 평소와 다름없는 일상생활로 자신만의 비밀을 끝까지 감춰둔다. 위장의 삶이다. 그러나 하늘과 땅과 나의 양심은, 내가 지은 죄명을 꿰뚫어 알고 있다. 그러므로 언제까지나 숨겨둘 수 없다는 시름으로 주체를 잃고, 어쩔 줄 모르는 공포에 떨면서 나날을 보내는 자는, 그나마 자신의 생명을 아끼는 사람이다. 성근은 전자 인물에 해당된다.

성근은 생활터전이 골목처럼 협소한 탓에 화젯거리가 빈약하다. 그 이야기소재도 제한적이라 따분하기 그지없다. 논리가 결연된 주접부린 입담은 그런대로 알아들을 수 있는 수준이나, 정합성이 떨어져 앞뒤 맥락을 가리려면 어금니 악문 인내가 요구된다. 특히, 남 비판이 가열 차다.

한번은 윤창호 포함 서너 명이 둘러앉은 술좌석에서, 그 두 달 전에 심장마비로 갑자기 요절한 고향친구를 두고, 개인적 방식으로 빙빙 돌리는 욕설을 퍼대며, 모든 안색에 못 믿을 거지발싸개 친구라는 식상감을 심어 놓기도 했었다. 그중 독서를 꽤하는 편인 한 친구가 이솝이야기 한편을 들려주며, 그의 아주 못된 하정의 근성을 꾸짖는 주의 성 경고를 보내기도 했었다.

《농부와 늑대》

농부가 소 한 쌍의 멍에를 풀어 물통이 있는 곳으로 데려갔다. 그때 굶주린 늑대가 먹이를 찾아다니다가 쟁기를 보고 소들이 맸던 멍에의 안쪽을 대뜸 핥기 시작했다. 늑대는 자기도 모르게 멍에 밑으로 조금씩 목을 들이밀어 넣다 목을 뺄 수 없게 되자, 쟁기를 밭으로 끌고 갔다. 농부가 돌아와 늑대를 보고 말했다.

"이 악랄한 대가리야, 네가 진정 약탈과 해코지는 그만두고 농사일이나 시작했으면 좋으련만!"

잔머리를 많이 굴려 쓸데없는 짓거리로 덜떨어진 실수를 종종 낳곤 하는 그의 친구 관계는, 얻는 것이 없으면 만날 이유가 없다는 심보 자다. 자신의 이익만을 챙기는 계산적 인물이라, 하다못해 양말 한 짝이라도 사 들고 인사를 와야 웃는 낯으로 반겨준다. 자기는 친구들을 위해서는 돈 한 푼 쓰지 않으면서, 누구네 집에 갔더니 물 한 그릇 대접도 않더라는 욕은 대놓고 하고 다닌다. 입정이 종잇장처럼 가볍고, 흘기는 곁눈질은 생선을 낚아채려는 고양이눈빛이다. 또한, 세치 혀에는 상대방에 따라 써먹을 거짓말을 힝싱 검비로 머금고 있다. 정력 해소 차원에서 조선족여성과 일 년여 정도 동거했었다는 여자와의 잠자리에서는, 걸신들린 사람처럼 간신배 아양을 떨며 인격을 무시하고 조급하게 덤벼드는 타입이다. 남겨지는 뒷말은 남성의 가장 치명적 급소인 몇 그램 고환을 걷어차서라도, 다시는 상종하지 말아야 할 인종이라는 비난이다.

못난이 채소가 된 머리를 쥐어짜 봐도 도통 잡히는 게 아무것도 없다. 허공을 떠도는 시무룩 기운을 어렴풋이 일깨운 그림은, 차후 받을 거액의 보험금 지폐 더미였다. 회동會同을 일으킨 상상은 흐뭇한 웃음을 머금게 했다. 그 바탕에는 살해사건 발생시간이 제법 흘렀는데도 불구하고, 여전히 경찰들의 움직임이 없다는 조악한 안심도 있었다. 그는 의기양양해진 득세를 몰아, 나는 경찰수사망에 절대 걸려들지 않을 거라는 자만심을 내심 추켜세웠다. 사회 환경 위협이 어느 정도인지-정밀하게 따진 사안별로 비공개 수사를 벌인다고는 하나, 적어도 지금까지는 실없는 걱정 따위는 안 해도 될 성싶다.

그는 이참에 아직 현장에 남아있을 시신 처리로 흔적을 아예 지워 버릴까? 초점에 돌연 의중을 모았다. 그러다 추론을 정리하면서 생각을 고쳐먹었다. 살인사건이 세상에 적나라하게 알려져야, 그 증명 바탕에서 보험사로부터 공동수익자인 내 앞으로 사망보험금이 나올 게 아닌가? 에 눈을 번뜩 뜨고, 현장방문 계획을 잠정 철회하며 접었다.

무거운 돈다발이 곧 손바닥에 얹어지게 된다는 심장 뛰는 흥분에 세상이 더없이 넓고도 환하게 보였다. 가상의 모종이 좀 석연치 않긴 하나, 그런대로 좋은 징후로 이끌렸다. 의식은 보험금 수령 후, 빚 갚고 남은 대거리 여윳돈으로 제주도 한라산에 올라 신이 차오른 목청으로 야호를 외친 기념선물로, 그곳의 신선 물을 용기에 담아 오랫동안 보관하고 싶다는 하나의 꿈으로 모아졌다.

그다음은.....? 몇 분 앞도 내다보지 못 하는 나도 모르겠다. 내일 일을 말하면 귀신이 웃는다는 말처럼, 영혼이 썩어빠져 천륜을 거스른 살인마의 운명은, 현실적인 지장이 초래되지 않는 한-뇌의 기억에서 잊기 전까지는 편치 않다. 그럴 바에야 수사권을 쥔 사냥개의 눈들을 피해 다니지 말고 자수하여 광명 찾지 말은, 자신의 범행 이전에 죄를 지어 경찰에 쫓기는 범죄자들을 향해 비웃음용으로 써먹던 일갈이었다.

성근은 요금 미납으로 인터넷이 끊긴 싸늘한 자취방으로는 돌아가고 싶지 않았다. 남아도는 시간 보낼 곳이 딱히 떠오르지 않자, 눈에 지핀 구립도서관으로 발을 들였다. 책과는 담쌓지 오래라 낯선 입실일 수밖에 없었다. 컴퓨터 오락게임만을 주로 즐겼기에 그와 관련된 책 뭐가 있을까, 이리저리 굴리는 그의 눈빛은 시간 보내려는 심심풀이 목적에 불과하였기에, 대충으로 흘기는 데 지나지 않았다. 흥미가 오르지 않으면 막을 치고 돌아보지 않는 것이 그의 특징이다. 그만큼 호불 편차가 격하다.

젊은 엄마 등에 업힌 갓난아기가 물끄러미 쳐다본다. 두 눈빛이 영롱하게 맑다. 연한 피부도 보송보송

곱다. 제 엄지를 물고 있는 사내아기가 엄마 등 뒤로 얼굴을 감추면서 갑자기 으악~울음을 한바탕 터트렸다. 도서관의 정숙이 순식간에 깨졌다.

성근은 깜짝 놀라며 아기에게서 이보 물러섰다. 엄마가 어르고 달래는 데도 불구하고, 아기는 좀처럼 울음을 그칠 줄 모른다. 컴퓨터 화면을 들여다보고 있던 자리에서 벗어나온 젊은 여사서가, 두 모녀를 문밖으로 조용히 안내한다. 이내 돌아와서 성근의 눈빛을 빤히 들여다보는 사서의 싸늘한 시선이 예사롭지 않다. 흉포한 악마를 봤다는 기색이 역력하다. 제자리로 돌아가 앉아서도 힐금힐금 눈짓으로 요 주의자라는 긴장의 경계심을 거두지 않았다.

기분이 굉장히 불쾌해진 성근은, 드잡이로 달려들어 따져 묻고 싶었다. 그렇지만 부글부글 끓는 성질대로 태질은 부리지 않고 용케 참는다. 좋을 리 없는 문제 커짐을 자각한 것이었다. 그러고는 혼자 말로 "내 참! 별꼴이네. 내 인상이 그렇게 흉측한가? 하긴, 사람을 죽인 살인범이니...." 툴툴거리고 만다.

책들이 빼곡하게 꽂힌 서가 앞에서 물러나면서 발머리를 돌려 신문 대 의자에 앉은 그는, 골라 집어든 일간신문을 뒤척거린다. 끔찍한 범행을 저지른 악마는 여론을 중시하는 경향을 보인다. 다른 보도에는 별 관심을 기울이지 않고, 일종에 자신이 주도해 남긴 행적만을 눈여겨 찾으려 한다. 여론은 사건을 어떤 조명으로 분석하고 있는지와, 뒤쫓는 경찰수사는 어디까지 추적했는지를 사전에 알아보고 싶다는 병리 현상이다.

제일 먼저 사회면을 살폈다. 역시 다리 아래 살해건은 실리지 않았다. 신경 거슬리는 불안심이 일었다. 허전한 초조감이 일시에 밀려들었다. 일종에 문제가 풀리지 않는다는 안개 속 갑갑증이었다.

그는 신문에서 눈을 떼고 깍지 낀 두 손으로 받친 머리 뒤통수를 바싹 젖히며, 거리가 불과 이미터 남짓인-형광등불빛이 밝은 천장을 멀거니 바라본다. 그곳에서 자신을 마주 보고 있는 누군가의 얼굴 현상이 나타났다. 솜털 시절부터 성대 변성기를 지나, 수염이 억세게 까칠까칠해지도록 까지 한 이불의 죽마고우로 지낸 창호였다. 자연스럽게 세월 저편에 묻힌 옛 추억이 새롱새롱 되감아진다. 왁자지껄한 상업도심에서 한참 벗어난 냇물 속에서 몸집 작은 물고기를 투망으로 잡다, 메뚜기 뛰는 청정한 푸른 들판으로 올라와서 손잡이 그물채로 공중을 비행하는 고추잠자리를 쫓다, 이 나무에서 저 나무로 재빠르게 옮겨가는 매미를 도중에 낚아채는 자연놀이를 재미있게 줄겠던 중학교시절의 되감기 영상이다.

너의 집이 곧 나의 집이요, 나의 집이 곧 너의 집임을 가리지 않고, 문턱이 닳도록 서로 오가며 숱한 밤을 보냈던 우정의 단짝 친구를 그 누구도 아닌 나의 이 손으로, 그것도 핏덩이 채로 숨통을 끊었다는 게 한편으로는 도무지 믿어지지 않았다. 물욕이 화근이었다. 정말 그럴까?

사실, 모든 것을 살 수 있다는 전능의 돈에는 아무런 죄가 없다. 잘 먹고 잘 살아보겠다는 목적의 과욕에 사로잡힌 인간이, 그 돈을 빼앗아 쥐려 생명 죽임을 불사한 것이다. 인간만사는 돈에서 움직인다. 그 돈 때문에 웃고 우는 생활을 반복한다. 속박에 갇힌 신분을 영원토록 벗지 못하는 노예 신세와 별반 다르지 않다.

귀신도 춤추게 한다는 뭉치의 돈다발에 정신 팔려 인류를 뒤집어 파괴한 죄는, 비눗물로도 북북 씻어낼 수 없는-살아있는 현실의 뿌리이다. 그토록 기댔던 친구를 자신의 무서운 광기로 다시는 볼 수 없게 됐다는 암울은-최근 들어 심신이 극도로 미약해진 탓인지, 겉으로는 후회를 안 하는 척하면서도, 그 어느 한구석 편으로는 양심고백 같은 가책은 일말 품고 있다. 어둠에 묻힌 결함과 왜곡이 낳은 죄라는 인식 정도이다. 나의 의식 주체는 비뚤어진 데 없이 한결 정상적이다. 주장은 정신병 환자들의 변이지 아니던가.

기회 마련은 손길이 닿지 않는 먼 곳에 있는 것이 아니라, 바로 내 안, 또는 주변에 있는 것이다. 스친 흑막 지혜는 정신을 번뜩 깨웠다. 비로소 창호에게 초점이 맞추어졌다. '보다 넓게-보다 가깝게'라는 목표를 세운 성근은, 경험상 아무 때나 만나볼 수 있는 창호에게 평소의 세계처럼, 평소의 나로써, 친구의 우정을 영원히 변치 않겠다는 다짐을 매번 토로했다. 나를 찰떡같이 믿으라는 과시였다. 악의 없이 순진한 창호는, 그때마다 너만 믿는다는 고개를 끄덕이며 웃음꽃을 피워냈다. 모진 놈 곁에 섰다 벼락 맞는다는 얘기를 그는 전혀 듣지를 못하였다. 그래서 보험금 수령자가, 가족 친지도 아닌 친구 간 동시 가입이 수월했다.

뼈를 구성하는 성분의 영양제칼슘이 부족했었던 탓일까? 나의 절친한 15년 단짝에서 우정을 저버린 배신적 작태는, 너무나도 손 쉬웠다. 한 시간 치기로 끝낼 수 있었다. 그동안 쌓아둔 믿음의 결말은, 그렇게 한순간이면 충분했다. 장구한 계획을 세우지 않았던 것은 아니다. 친구가 마지막 선물로 안겨줄 피의 보상금이 재기의 힘이 되리라 믿고, 그 시점에 맞추어 한 달 전부터 여타 사례를 들여다보며, 이리저리 가설을 짜는 준비를 했었다. 그 기간에 도약의 위상을 높여줄 이용물의 잠정 대상이 된 친구 대함은, 위선에 가까운 비열 그 자체였었다.

떳떳할 수 없는 의식은 숨김부터 서두르게 했다. 남몰래 혼자 꾸미는 중이었던 살해 설계, 그 이면적 태도에 얹어진 심리적 무게로 움직임이 힘들었던 것은 사실이다. 정체가 묘연하여 가늠이 안 잡히는 돌덩이 무게는, 짧은 순간 가슴의 호흡까지 멈추게 했었다. 비몽사몽이나 가위에 눌린 악몽은 분명 아니었다. 잠 꿈은 잘 꾸지 않기 때문이다. 아, 한 가지 꿈은 기억이 생생하다. 친척 중 한 사람이 병원에 입원해 있는 데, 그날 꼭 해결 보아야만 하는 외부 일로 남편 곁을 지킬 수 없게 된 아내에게 대신 간병인 노릇을 맡겠다는 철칙 건 약속과 달리, 그 시간에 다른 장소에서 흙을 파먹는 비루한 지렁이 인생 몇몇과 술주정을 부린 꿈이다. 이후, 그 친척부부를 애써 피하는 장면이 이어졌었다.

말을 들어 먹지 않는 자의 별명은 아무것도 썰지 못하는 무딘 칼이다. 성근은 무척추 거머리 인물이다. 남을 이해하는 선심이 티끌도 없다. 혈육의 둥지를 해치는 까마귀 종자이다. 그러므로 너무나 억울하여 염라청閻羅廳과 극락을 마다하고, 뜬 귀廣鬼로 구천에 떠돌 창호에게 애석하다는 미덕을 가질 수가 없다. 만감 교차이다.

"거지발싸개 같은 놈. 그딴 돈 때문에 절친한 생명을 빼앗다니.....양심과 영혼을 팔아먹다니.....저속해진 내 인생은.....사람이기를 포기한 나의 인생은.....신의 가호를 더는 기대할 수없이 완전히 패망했다. 짧게 남았을 여생 갈 데까지 가보자!"

결핍된 아픔이 없으면 문제 해결은 없는 법이다. 이런 환경이 성근의 성향을 의지가 물렁물렁한 인물로 구조시켰다 해도 과언이 아니다. 실제 생활에서 터득한 필요의 지혜는 보편적으로 갖추고 있긴 하나-자구

노력으로 세상을 확 바꿔보겠다는 결기는 전혀 찾아볼 수 없게 되었다. 자기로서의 장래 구축은 남의 일처럼 등 뒤 저편으로 미뤄내고, 누군가가 크게 돕는 다면-전제만을 달고 있을 뿐, 수식이 관장하는 당돌성이 취약하다. 창호와의 인터넷 쇼핑 사업을 삼 개월 만에 폐쇄한 경험을 발판 삼아 재기를 노렸으나, 녹록치 않은 주변 상황으로 끝내 풀리지 않자, 그 이전 날들처럼 책임감 없이 시간을 잊고 사는 방종의 기질로 확연히 되돌아섰다.

그는 작은 식당 경영으로 겨우 풀칠이나 하는 부모를 많이도 원망하며 저주했다. 아무런 도움을 주지 못하는 부모의 따분한 아들이라는 게 창피할 지경이었다. 살아갈 목적을 흐리게 하는 그따위 부모는 없어도 그만이라는 홧김 머금은 말을 곧잘 내뱉었다. 그는 생물학적으로 마음을 붙일 수 없게 된 부모로부터 애정결핍을 느꼈다. 천부적인 피해자라는 인식을 떨쳐내지 못하고, 부모의 말이라면 어떤 주의 성 경고도 듣지 않고, 성질부터 버럭 지르는 혈기로 누르며 귓전으로 흘려버렸다. 그나마 기억하고 있을 때 잘 하라는 말이 쓸데없는 아카시아가시 같은 존재였다.

그는 만화방이나 그밖에 유흥업소 드나드는 비용을 손 벌리는 민폐로 조달했다. 재미가 붙은 오지랖 미소는 더 큰돈을 빌리는 온갖 궁리로, 사기꾼에 버금가는 거짓말을 개발하여 써먹는 계기가 되었다. 그렇게 속

아준 몇몇 사람들 덕분으로 주머니 사정은 든든해졌다. 그러나 쓰기만 할뿐 정기적인 수입원이 없었던 탓에, 허례허식의 푼돈 수명은 오래가지는 못하였다. 이젠 피붙이든 겨레붙이든 간에 누구든 그의 입에 발린 간교한 말에는 귀담아듣지 않고, 절교에 가까운 경멸로 무시했다. 인간의 기본인 신망을 깡통으로 잃고 만 것이었다. 하늘빛은 노랗고, 양편으로 쫙 갈린 땅 구덩이는 깊어 떨어지면 곧바로 무덤행이다.

한편으로 치우친 편협에는 독선이 매우 강해 앞뒤를 맞춰보는 절충이 쓸데없다. 제가 옳다는 주장을 무조건 밀어붙이기 때문이다. 나는 내 길을 갈뿐이다 식이다.

뾰족한 둔기로 사정없이 두들겨 맞으면서 찔린 창호는, 피의 옷을 입고 숨을 거뒀다. 그렇게 창호는 처음부터 방어력을 잃고 숨결을 멈추었다. 순교자의 참수처럼 서슬 퍼런 둔기에 무차별 두들겨 맞으면서 눈을 감았다.

성근은 공장 내 공동 작업복 단추셔츠를 입은 채로 축 늘어진 시신의 두 발목을 나눠 잡고, 살해 현장 풀더미 속에서 질질 끌어내 콘크리트 벽 아래 전신주와 큰 하수관 사이로 내던졌다. 살해 범죄를 다룬 영화 장면의 재현이었다. 그다음으로 살해하면서 튄 여기저기 피의 파편을, 빗물이 냇물이 되어 흐르는 물결로 씻었다. 손과 얼굴 그리고 후드 옷을 벗어 잔재를 지우고 또 지웠다. 그러나 코에 배인 잠재의식의 비린내까지는 제거할 수는 없었다.

자신의 잔인무도한 흉악 기질에 적잖이 놀란 그는, 그 과정에서 뜨거웠던 흥분의 숨을 충분히 가라앉힌 이후 외출 7시간여 만에 택시를 타고 집으로 돌아왔다. 성근은 대충 씻은 다음, 해 남은 오후 녘 잠자리에 들기 전에 세워둔 계획대로 두 여자 친구에게 차례로 전화를 걸어 빚 갚게 됐다는 언질을 내비쳤다. 이른바 알리바이 맞춤이었다.

성근은 친구를 비명횡사로 보낸 일주일 후, 스스로 자신의 정신 상태를 점검하는 과정을 밟는 계기를 맞았다. 잠이 좀처럼 오지 않자, 떠오른 생각대로 되짚게 된 것이었다. 정신 균형은 여느 때처럼 정상이다. 양심의 가책은 악마에 잡혀 먹혔는지, 떨떠름할 뿐 대체로 무덤덤한 편이다. 한 생명의 목숨을 죽였다는 무게감도 저 깊은 수면 아래로 가라앉아 있어 감회가 거의 없다. 한 생명의 살해는 곧 인류 전체를 살해한 것이다, 라는 말을 어디서 얼핏 들었던 것 같다. 그렇지만 그는 그 말과 자신과는 전혀 무관하다는 간과로 묻어버렸다. 자의식이 끌어올린 결점의 죄책도 무시로 뭉갰다.

그렇지만 이전처럼 유순히 흐르는 자연스러운 심경이 아닌 것은 분명하다. 양심을 찔러대는 송곳 같은-그 무엇가의 악성이 내 안에 있긴 있는 모양이다. 이젠 그 원뿌리에서 이식해 나와 더 이상의 관계는 없다, 라고 단정 내린 그 속에서 아직은 완전한 궤도 이탈이 아니라는 시인 성 기운이 바로 그것이었다. 실수로 꽃병 하나를 깨트렸다는 합리적인 억지 주장은, 천인공노한 엄청난 큰 사건에 비해 그 강도 면과 맞지 않게 퍽 약하다는 설득도 한몫 거들고 있다.

지구의 공전에 맞추어 돌고 도는 여름과 겨울은 한 계절로 머물 수 없듯이, 그를 볼 상봉의 기회는 영영 사라져버렸다. 사지를 움츠려들게 하는 추운 겨울이, 생동이 넘치는 봄을 그리워할지라도 소용이 없게 되었다.

남의 생명을 함부로 빼앗은 치명의 살해는, 공동체 사회를 헤친 경천동지驚天動地 범죄이다. 이미 쏟아버린 물이다. 잘못된 물건이라며 반품할 수 있는 가벼운 성질의 건이 아니다. 세상이 두 쪽으로 갈리어도 갈기갈기 찢어발긴 범행의 자취는, 언제까지나 변형 없이 그 자리 뿌리로 묻혀있을 것이다. 그렇지만 범행을 저지른 나의 입장에서는, 그것을 부인 성 거짓으로 덮지 않으면 아니 된다. 왜냐하면, 깊은 은닉일수록 내가 살아남을 수 있는 유일한 길이기 때문이다.

사실, 나는 악마에게 이용당했다. 아니, 고용인으로 완전히 붙들렸다. 자존심을 억압으로 짓누르는 돈 문제 해결에 몰두해 있는 나의 방방 떠는 약점을 파고들어, 자신의 흉악한 유전을 내게 부여하여-그것도 절친한 친구를 대상 삼아 살의를 품도록 붉은 혀로 꼬드겨 기어이 이손으로 피를 흘리게 하고 말았다.

얼마나 오랫동안 그렇게 골똘히 매달려 있었을까? 심장박동이 숨 쉬는 감각을 일깨운다. 뒤따라 갈피 잃은 허망함이 밀려들었다. 기분이 묘하게 뒤틀리며, 찾아도 찾아낼 수 없는 저 먼 안개 속 환상에 분노가 치밀어 올랐다. 일종에 이성 잃은 광분이었다. 그 속에서 생명의 불꽃이 가물가물 꺼져가는 데도, 저의 붉은 피로 흥건하게 덧칠된 다른 손을 꼭 쥐고 놓을 줄 몰랐던 창호의 마지막 모습이 다시금 생생하게 그려졌다. 꾸부러지며 엎어지면서 최후의 숨결을 멈추었다. 인간이기를 포기한 이날의 끔찍함과 뒤엉켜서 가슴이 미어지는 뜨거운 울분이 솟구쳤다.

나는 창호를 친구로서 사랑한 적이 솔직히 한 번도 없었다. 중학교 동창 100여 명 중 한명 일뿐이라는 주관이 대세였다. 그들보다 단짝으로 자주 만나 대하기가 편했었다는 겉모양의 형용일 뿐이었다. 나의 아픔만 감지했지, 남의 상처에는 파리 취급으로 그다지 관심을 기울이지 않았었다. 상대이 안색을 실피지 않고 혼자 떠드는 격이었다. 그 결과 속속들이 한 지체로 똘똘 뭉쳤던 친구를 잃었다. 지금에서야 바른 이성으로 말하지만, 속죄는 하고 있다. 창호처럼 형제 이상의 우애가 넘쳤다면, 천하보다 귀한 생명을 그토록 무참하게 때려잡는 망상의 살인은 저지르지 않았을 것이다. 아무리 돈이 주목적이었다 할지라도 경계를 크게 넘어갔다는 것은, 통절의 힘을 입지 않고는 불가능한 일이다-정도의 후회는 하고 있다.

잠시 숨을 고른 성근은 자수는 절대 않겠다는 다짐을 재차 다졌다. 나의 모습은 빨랫감만 잔뜩 들어차 있는 트렁크와 같다는 뒤늦은 시큼함에 적지 않게 실망했음에도, 스스로는 교도소에 가지 않겠다며 주먹손으로 벽면을 서너 번 때려대었다. 그 여세를 타고 세상살이 풍경은 다양할지라도 나의 나는 나일뿐이다, 라는 생각을 모질게 굴렸다.

올해 장마는 비가 적다. 마른장마 기간이 십육 일째 이어지고 있으니 말이다. 그는 견딜 수 없도록 격화된 궁금증 병을 치료하겠다며 집을 나와 택시를 세웠다. 목적지 전 길목에서부터 걷기 시작한 발걸음을 하천 인근에서 주춤 멈춰 세웠다. 인적이 드문 시각인 데 여러 명의 인기척을 아득히 들었기 때문이다. 반사적으로 사지가 움츠려들었다. 기온이 갑자기 온 대지를 꽁꽁 얼리는 영하권으로 굳어버렸다. 청력 느낌이 썩 좋지 않았다. 비관적인 색조의 눈이 크게 키워졌다. 의혹이 짙은 불안의 그림자로 덮여왔다. 머리통이 무지근 힘에 짓눌렸다.

거리를 적당히 맞춘 먼발치에서 하천을 가로지른 콘크리트다리가 보였다. 그늘진 다리 밑 바깥-빛발이 한가득 내리 쬐이는 길목에는 노란 선이 둘러쳐져 있었다. 사건 조사 중이니 접근을 말라는 경찰의 신호였다. 순간, 그는 가슴 복판에 화살이 꽂히는-그 상처의 피가 흐르면서 고체로 굳는 경직에 얼어붙었다. 그는 더는 자신을 밀어 대지 않고 샛길을 찾아 허겁지겁 달아나기 시작했다. 그 길은 경운기가 다니는 농로였다. 그러면서 느티나무 아래서 더위를 식히고 있는 동네주민 두 사람을 목격했다. 그들이 나를 본 유일한 농민들이다.

  보름 남짓 자연환경 속에서 그대로 방치된 부패 시신을 발견하고 휴대전화기를 연 사람은, 물놀이를 나온 50대 외지인이었다. 신고 접수를 마친 경찰은, 즉각 수사본부를 차렸다. 선별로 뽑힌 36인의 형사들에게 살해사건 해결의 열쇠가 맡겨졌다. 내부 의견을 거쳐 그 수를 6개 팀으로 나눴다. 1차 모임을 가진 그들은 원한 범죄에 초점을 맞추었다.
  다리 아래 살인사건을 총지휘 맡게 된 지역 경찰서장은, 강력범죄를 수없이 다뤄본 훌륭한 베테랑이다. 경찰은 흉기에 무차별 난자당한 망자의 신원부터 탐문을 시작했다. 현장에서는 사망자의 신원을 딱 짚어 확인해 줄 물증은 아무것도 없었다. 어깨가방 안에 들어 있는 빵과 우유가 전부였다. 그것도 이미 썩은 상태라, 냄새가 아주 고약했다. 그 외에 노란 수건 한 장과, 치약·칫솔이 함께 담아진 직사각형 플라스틱 갑이 더 있었다. 수거한 칫솔과 아직은 윤곽이 남아 다행인 손가락 지문을 채취해 국립과학수사연구원에 의뢰했다. 신원이 확인되었다. 주소는 사망자의 자취방이었다. 어머니는 안 계시고, 치매요양원에 장기입원 중인 아버지의 소재도 찾아냈다. 근무지도 알아냈다.

일선 수사팀은 경위를 밟아 사망자가 다녔다는 중소기업을 방문했다. 근무실적이 성실한 상주직원들은, 공무집행 차 나온 사복경찰관들에게 친절을 다했다. 두 형사는 윤창호의 이름을 대고 평소 그와 친하게 지냈던 동료들을 불러 달라고 책임자 임원에게 청원했다. 기름때에 전 멜빵작업복 차림새로 규모 작은 회의장 문턱을 차례로 넘어서면서, 낯선 두 사람에게 반사적 눈빛을 던진 5인의 근로자들은, 하나같이 양 눈썹이 짙으면서 턱관절은 길쭉했다. 직업이 사람을 만든다는 말처럼, 아마 그 밥줄에서 골격이 다져진 인상착의이지 않을까 싶다.

작업 중 부름을 받은 영문을 몰라 굼떠 있는 그들이 철제의자에 개별로 일제히 앉자, 사복형사가 그들 앞에 마주 섰다. 그는 자신 소개를 짧게 마쳤다. 그리고는 미리 내려둔 벽면 스크린을 향해 준비해온 폐쇄회로(CCTV) 영상물을 틀었다. 영상물의 시발점은 공장 정문이었다.

6월 하순. 어둠 자락이 희미한 잔재로 남아있는 새벽녘. 굵은 초기 장맛비가 세차게 내리는 가로등 거리.

받쳐 쓴 우산 안에서 어깨동무를 한 두 사람의 뒷모습. 신장 면에선 왼쪽 사람이 이 센티미터 가량 크다. 행동거지는 비교 쉽게 딴판이나, 분위기상 친형제와 다를 바 없이 매우 친밀하다. 영상물의 동선은, 한편은 마을, 한편은 까치교 방향인 두 갈래 길목에서 끊겼다.

동료형사가 더없이 소중한 자료영상물을 챙겨 등 가방에 넣고 있는 사이, 안면을 터 한층 가까워진 형사가 근로자들 앞에 다시 섰다. 그는 반 주먹손으로 두 번의 헛기침을 막은 후 두 발붙인 자세를 꼿꼿하게 세웠다. 그는 영상으로 함께 본 두 사람이 누구인지 알아보겠느냐 질문을 넌지시 던졌다. 진즉에 알리면 친구는 친구를 감싸려 든다는 통례적 의문을 비로소 풀어놓은 것이었다.

기름진 기계를 돌리고 만지는 근로자들은, 170센티미터 정도의 신체에 체형이 마른 편이고, 걸음걸이가 O자형(양측 내반슬)에 팔자걸음(양측 외족지 보행)과 동시에 왼쪽 발을 바깥으로 차면서(원회전 보행) 걷는 습관의 주인공은, 동료 창호와 절친 사이인 박성근임을 이구동성으로 증언했다. 그들은 덧붙여, 자주 놀러 봤었기에 자세 모양이 퍽 익어 아무리 변장을 해도 단번에 알아볼 수 있다는 점도 힘 실어 강조했다. 형사는 작심하고 여러분들의 동료분이 살해당했다는 사건을 마침내 공표했다. 놀라움을 감추지 못하게 된 동료들은, 서로를 돌아보며 창호의 해 밝았던 인상을 저마다 되새겼다.

한편, 다른 방향에서 폐쇄회로 영상을 분석한 팀은, 당일 새벽 두세 시 무렵부터 시내에서 나왔거나 들어간 택시 수백 대 중 한 대를 추려냈다. 경찰서에서 목격자조사를 받게 된 기사는, 늘어나는 흰 머리수에 비해 검은 올 수는 점차 감소하여 가는 환갑노인이었다. 두피가 훤히 들여다보였다. 두 즘 양은 족히 잡힐 배불뚝이 신체를 가지고 있었으며, 수면 질이 낮은 졸림증을 몸으로 호소하는 눈빛이었다. 젊었던 시절에 넘쳐흘렀던 탄력 체형은 온데간데없이, 피부수분 부족에 시달리는 풍채 건조한 체구였다. 젊은 시절에 마음 가는 대로, 발길 닿는 대로 싸돌아다녔던 예전의 기억만이 살아 있을 뿐인 노쇠한 몸체였다.

형사의 사무적인 질문에 그는, 후드 티 모자를 내내 벗지 않고 '목 수술로 말을 못 합니다.' 쪽지 문구 아래로 목적지를 기재했다는 특징을 순순히 진술했다. 또 한편의 수사관들은, 윤창호 시신 발견 직후 누군가가 보험금 청구에 대해 문의한 기록도 찾아냈다. 이로써 용의자에 대한 전반적 조합은 맞춰졌다.

공중오락실에서 시간을 보내고 돌아온 성근의 사글세 집에 체격 건장한 세 사람이 갑자기 들이닥쳤다. 두 시간 전부터 잠복근무 중이었던 검거 조 형사들이었다. 그중 한 형사의 입에서 미란다원칙 고지가 외워졌다.

"당신은 묵비권을 행사할 권리가 있고, 당신이 하는 말은 당신에게 불리한 증거가 될 수 있으며, 당신은 변호사를 선임할 권리가 있다. 당신을 살인죄로 긴급 체포합니다."

구름 너머 하늘

"그건 이를테면 바보 같은 착시 현상이야."
"잘못 보고 있다는 착시라니.....어째서.....?"
 동창의 말을 맥락은 같으나 다른 어휘로 역 질문한 입매 자는, 얼빠진 기운을 조급하게 지어냈다. 그러면서 사람을 낮춰보는 오글거림의 낌새를 일순 흘긴 그 눈빛을 아래로 천천히 무겁게 내리깔았다. 비밀이 다른 사람을 만든다는 말처럼, 턱을 가슴팍에 붙인 채로 쓰디쓴 무언가를 억지로 삼키는 듯이 입맛을 다졌다. 그 이면으로 달갑지 않다는 불신의 표면을 확연하게 새겨내기도 하였다. 나이에 비해 아직은 체력이 쓸 만하게 받쳐있어, 젊은이들 못지않은 용을 쓰겠다는 열정은 열 입의 장려로도 모자랄 판이다.
 그러나 인간됨됨에 있어서의 자질부족이 두통거리이다. 안타까운 비관은, 나라정세에 대한 걱정을 눈곱만치도 갖추지 못한 주체의 본질을 자신만 까맣게 모른다는 흑화黑化이다. 사람들이 그 그릇이 아니니, 제 분수를 알고 자신을 지키는 것이 우선이라는 신호를 입과 손과 발짓으로 수시로 보내는 데도 불구하고, 영웅담에 들뜬 빗면질만 하고 있다. 면류관이 씌워지는 사회적 성공에는 세력에 의해 만들어진다는 이론은 안다하면서, 도대체 그 불특정 다수들로부터 신뢰를 입는 비결이 무엇인지 찾아보겠다는 반성 없이, 화투놀이에서 단번에 피 두 장을 따겠다는 일타쌍피一打雙皮 염탐만을 노리고 있을 뿐이니 안타깝다.
 우리라는 상호 간 협력의 동질을 모르는 그는, 불구의 뚝심이 빈약하다. 자신이 확신하는 주관적 철학의 취약을 허세부리 안개로 덮어왔다. 그 과대포장의 기질대로 상호 의견을 토론하는 자리기피 성향을 종종 드러냈다. 절대로 성공이 따라붙을 리 만무한 문제 중에 문제가 아닐 수 없다. 이런 종합을 오래전부터 듣고 보아온 속물의 근성을 꿰뚫어 알기에, 성훈은 나무라는 어조로 상대로 하여금 머리를 조아리게 한 것이다.

성훈은 이 바탕의 취지를 곱씹으며 어렸던 시절부터 대단한 집안의 자손이라는 세도를 떨며 동무들의 기세를 꺾어 놓기 일쑤였던, 홍기성의 정수리부위를 물끄러미 지켜본다. 왼편으로 가르마 선을 낸 두피가 훤하다. 그만큼 탈모로 머리카락 수가 허술해졌다.

사람의 성격은 배후의 행동에서 드러나기 마련이다. 기성의 아버지인 홍기호는, 일제강점기 때 엽전놀이(고리대금업자)로 담장 두른 대궐 안에 살면서 백성의 고혈을 짜낸 원성이 자자했던 조부의 유산을 이어받은 재물 덕분에 전 국민이 비탄에 빠진 6·25동란 시기에도, 별 고생 없이 등 쭉 펴고 잘 지냈다. 나에게는 위아래가 없다는 협박의 눈알로 남을 업신여긴 아버지의 안 좋은 그 검은 핏줄을 그대로 물려받은 기성 역시도, 또래 아이들 앞에서 지폐뭉치를 너풀너풀 흔들어대는 현혹으로 상주 행세를 부렸었다. 나이를 마술로 먹었는지, 이렇게 버르장머리 없는 안하무인이 정치판에 발을 들이려하고 있다. 추호도 될 성 싶지 않았는데, 재력만을 믿고 동네구의원에 도전했다 실패한 경험조차도 무시하고, 이번엔 구청장후보로 나설 태세인 모양이다. 기성이 먼저 성훈을 찾고 자리를 마련한 이유이다. 동창 승호를 여러 날 동안 도와 국회의원에 당선시킨 일등 공신이었기 때문이다. 이전까지는 만나도 별다른 화두 없이 악수로만 끝냈던 두 사람 사이이다.

"도대체 너는 어느 나라 사람이냐?"

성훈이 단도직입적으로 대들었다.

"그야 물론 대한민국 사람이지."
"그럼, 대한민국 헌법 제1조1항 말해볼래."
"대한민국의 주권은 국민에게 있고, 모든 권력은 국민으로부터 나온다."
"잘 배웠네. 한데, 왜 넌 그 수평을 깨는 거센 파도 속으로 뛰어들려는 거니? 말하자면 그 방법의 길도 모르는 사람처럼, 오직 충성만을 요구하는.....이를테면 죽은 자는 절대로 무덤을 요구하지 않는다는 독재부리로 존재를 과시하려는 건지 그게 궁금하다."
"패거리인 정치판이 그러니 좇아갈 수밖에......"
"남의 모방으로 독불장군 위세를 떨쳐보겠다? 어째 발상이 위태롭게 느껴진다."
"내 꼴이 위태롭다? 어째서.....?"
이렇게 모방의 기계로 반문하면서 부른 뜬 두 동공은 험상궂게 일그러졌다. 내 사전에는 교정의 타협은 없다는 사나운 아집이 팽팽했다. 난폭한 성격으로 들이박는 숫염소 뿔에 다치지 않을지, 피하고 보자는 진땀이 절로 스며질 지경이다.

"제 뿌리 없는 식물생명 얼마나 길까? 노릇도 어느 정도 민중의 세력을 거느렸을 때 판을 뒤집을 수 있는 긍정이지, 너처럼 뭐.....지역을 하나님나라로 건설하겠다는 속빈 선언부터가 국민적 반감이 클 거라는 점 왜 내다보지 못하는 거니? 이 땅은 영원하다는 신의 나라가 아니라, 이기심으로 똘똘 뭉친.....영역을 빼앗거나 지켜내려는 암영暗影으로 치고 박고 싸우는 인간들 세상이야. 종교 취향이 저마다 제각기 다른 구민들이 지지를 보내 줄까? 어리석은 허황된 꿈에서 깨어나라. 건전한 원리는 언제나 건전한 결과만을 촉진시킨다는 근본의 바탕부터 배웠으며 한다."

비판이 가열하게 표독하다. 사지가 다 떨릴 지경이다. 그러나 마디마디를 뚝뚝 끊고, 절묘하게 맞춰 잇는 얼개의 달변은, 한 치의 굴곡도 없이 짚어내는 음이 아주 정확하다.

"하나님의 섭리가 임해야 사람이 붙든 돈이 붙든 하잖아."

"그 한 장의 그림종잇장 따위에 불과한 돈만 있다면 모든 조달이 가능하다는 거소擧訴 나도 인정해. 그렇지만 그것이 공명정대한 다의적多義的 사고라 할 수는 없지. 왜냐하면 저평가 우량주 인물은, 그나마 생존의 병기를 숨기고 있다는 그 안전감의 긍정을 여론이 떠밀어준다면 반전의 힘을 받을 수 있지만, 너처럼 뭐 기회만 잘 타면 세상을 단번에 거머쥘 수 있다는 정치 병부터 앞세운다면, 어느 누가 좋아할까? 모욕만이 뒤집어 씌워지지 않을까? 어떤 형세의 병색이든 건강을 잃었다는 건 당연한 상식이 아니더냐. 인격의 조화가 깨진 오욕이지 아니더냐. 삶의 질이 형편없이 낮아졌다는 증언이 아니더냐. 그리고 또 하나 지적은, 넌 표면적 배척은 아닐지라도 신을 안 믿잖아."

상대방의 안색이 편집증으로 흉물스럽게 일그러졌다. 초등학교동창이 아닌, 원수 이상의 악마라는 음각을 박재로 새겨냈다.

"이놈의 자식 정말 눈에 봬는 것이 없구나."

음량이 높아진 욕설에는, 잔뜩 부추긴 열불을 철회하지 않으면 가만두지 않겠다는 협박성 악의가 득세했다. 금방이라도 입천장을 찢어발기고 말겠다는 기세가 파괴적으로 거칠었다. 머리가 돌아버린 위험한 정신적 착락으로, 사리분별의 처신을 거둬치우고 채운 분노의 눈알은 확 뒤집혀, 사물을 겹쳐 보는 사팔뜨기 안구 그대로였다. 여기서 개인의 능력은 물론이고, 날로 자질의 급이 높아져가는 국민적 수준에도 한참 못 미치는 편협한 반항심을 엿볼 수 있었다.

저 잘났다며 마구 날뛰는 소아小我성 기질은, 예전에 친구들을 흔하게 깔아뭉갠-달력에 맞춰 오며가는 그 계절을, 제멋대로 지랄망정하게 뒤섞어 장난질을 쳤던, 그 도착증倒着症 증세와 꼭 닮았다. 정말, 참는 인내를 저버린-돼먹지 못한 성미 고약한 짓거리 그대로였다. '모든 권력을 거머쥔 국가는 대항할 힘조차 빼앗긴 신변의 민중에게 사소한 일이 곧 법률규칙을 어긴 거라는 죄목을 붙여, 총살로 죽인 보리밭 시체를 거둬 구덩이에 묻으라.'라고 외쳤다는 어느 독재자의 악질과 등급을 같이 하는 폭정이 아닐 수 없다.

심성이 여린 성훈은 겁이 덜컥 났다. 그렇지만 그는 눈살을 파르르 떠는 표면과 달리 한 치도 물러나지 않고, 상대를 끈질기게 유념하며 노려보고 있다. 만일, 상대가 폭력을 행사한다면 싸움에 소질이 없는 그는 몇 대 맞는 아픔으로 다툼을 진정시키려 할 것이다. 그만큼 성훈은 한 명 두 명 곁을 떠나 흙에 묻히는 동창친구들을 그리는 마음이 진지하다. 지난주에도 코흘리개 시절에 얼싸안고 맨 땅을 뒹굴며 놀았던 죽마고우 한 명이 또 유명을 달리했다.

기성이, 성훈이 속으로 이런 생각을 굴리고 있는 속내를 알아채기라도 했는지-아니면 풀뿌리 친구임을 의식해서인지-그 이상의 야비한 성질은 내심 감추고 자중하는 낌새를 우물쭈물 드러내기 시작했다. 분을 삭이는 표정에 독성기운이 점차 가라앉아가는 모양새가 돋보였다. 다행이다.

"이쯤에서 참는다." 대단한 선심성 배려이다. 그러나 눈과 표정에는 이글이글 노기가 여전히 태워지고 있다. "넌 위선자야. 너라면 지성知性의 유익한 말로 힘이 되어 줄 알았는데, 되레 기를 꺾는 화를 돋우다니.....너라는 사람 다시 본다. 우정을 짓밟은 넌 이제부터 친구라는 딱지를 뗄 거다."

이 말을 거침없이 내뱉고 황소 콧숨을 씩씩 내쉬며 자리를 박차고 바깥으로 휙 나가버린다. 그 싸늘한 공기가 맴도는 커피숍에서는, 침묵이 곡해되는-언급이 막히는 이상한 체취가 풍겼다. 기분이 그다지 불쾌하지 않아 악취는 분명 아니나, 성급하게 밀려든 자력의 이해로는 금이 생긴 우정의 쓰라린 아픔이었다. 산산조각으로 깨져버린 유리파편이었다.

친구의 관계는 어떤 경우에서든 칼로 물 베기라는 평소의 관념은 쓸데없는 과대망상이었단 말인가? 산전수전을 다 겪은, 나이와 무관한 진중 해이라 할까? 아무튼 변별의 감정은 모든 것을 수용하지 못하기에 내키는 기분대로 자신을 표방하기 마련이다. 즉, 달콤한 얘기에 빠져들면 얼마든지 정신적 편향으로 기울 수 있다는 것이다.

문제는, 난폭한 동물에 속한 혈청을 조절하지 못하는 실체 그대로를 여과 없이 까바리는 무지함이다. 뇌 속에서 쉽사리 지워지지 않고, 계속 안개만 피워지는 아련함이 심성을 갈기갈기 괴롭힌다. 물론, 코흘리개 시절부터 인연을 맺어 온 친구라고 해서 같은 의대의 관심을 가져달라는 것은 지나친 독선이다. 그럴 수는 없는 노릇이다. 한 시대의 세월을 개별로 확실하게 굳힌 성격 차 괴리가 너무 깊기 때문이다.

오늘날 우리 사회를 돌아보면 슬픔이 가슴을 메운다. 희망보다 부정심의 파도가 드세졌기 때문이다. 단일로 귀착하지 않고 여러 갈래의 말이 나온다면, 그것은 싸움판의 전조이다. 찰과상 정도의 상처라 할지라도, ㅠ보 큰 십단이 문젯거리라 외쳐대면 단번에 관점으로 부각되는 것이 사회상이다.

사정하는 탄원을 들어주지 않는 자는, 그 목숨 하나쯤의 파멸은 아무렇지 않게 짓밟아버린다. 용서 없이 경사판 아래로 차버리는 악행은, 이따위 선례를 남기면 같은 방법의 고충과 다시금 마주하게 된다는 의심이 강하다. 젖먹이 갓난아기에게는 20년의 세월이 지났다 한들, 고기를 먹여서는 안 된다는 심보 비뚤어진 보복이다. 확실치 않는-꿈결 같은 불합리한 모순이다. 캄캄해도 캄캄하다는 것을 모르는 암담함-반수면 상태에서 멸시를 내뱉는 혹평. 너무 깊게 뚫고 들어간 폐부에서는 참다운 화해는 생성될 수가 없다. 자멸적인 증오만이 자랄 뿐이다. 탄식은 긍휼함을 얹은 가슴을 쥐어뜯게 한다.

집에는 아무도 없다. 아내도 재택근무로 일상을 바꾼 아들도 안 보인다. 성훈은 두 번째 노크에도 인기척이 없는 아들의 방문을 열고 안을 둘러보다, 침상 위에 놓인 휴대폰을 발견한다. 문득, 아들이 누구와 소통하며 지내는지 근황이 자못 궁금해졌다. 부자 간일지라도 소유명이 다른 전화기폴더를 함부로 열어보는 것은 엄연한 결례이다. 악의로 밀어붙인다면 법정에 오를 수 있는 중대 사안이다. 성훈은 그럼에도 정리가 깔끔한 침상 가에 걸터앉아서 짐짓 메시지 엠부터 확인한다. 짤막한 문장내용의 대부분은 회사상사나 한 팀 동료끼리 업무방향에 대한 협의를 나눈 것들이다. 다음으로 카카오톡을 열었다. 첫 문장부터 이목이 끌렸다.

"안녕, 잘 생긴 미남 씨. 멋진 밤을 보내고 계시나요?"

"왜 부탁한 인물사진 안 올려?"

"답변 늦어 죄송합니다. 여보, 일이 너무 바빠요. 그럼, 오늘의 사랑은 어땠어요?"

"쾌활한 햇빛과 같습니다. 마음 한 구석까지 빛나고 밝은 아침과 신선한 희망을 선사하는 그런, 그런 사람에게 Good Morning."

"감사. 당신에게도 햇빛 같은 신선한 기후 기원!"

"오늘도 잘 지내시길 바랍니다. 항상 내 메시지를 확인하지 않습니까?"

"난 당신 생각했는데, 당신은 당신 신원을 확인할 얼굴사진 안 보냈어,"

"미안, 당신은 여자 친구가 있습니까?"
"당신이 나의 여자 친구."
"고마워, 내 사랑. 나는 처녀, 남자와 관계를 가진 적이 없습니다. 나는 좋은 파트너와 소울 메이드를 원합니다."
"동정녀? 깨끗하네."
"자기야, 난 사랑을 해본 적이 정말 없어. 나는 남자를 원한다. 그 가치를 알고 있습니다."
"나도 남자로부터 순결을 지킨 당신 같은 처녀 원해."
"그게 내 꿈, 내 사랑이었습니다. 나는 고아로서 많은 고통을 겪었다."
"중요한 것은 앞으로의 미래야. 자기의 불우환경에 자학하지 말고 자신감을 가져. 당당해야 해."
"사랑을 만나서 행복합니다. 마침내 내 눈은 매일 밤 보고 자고 일어나 아침에 가장 먼저 보고 싶은 눈을 찾았습니다. 사랑해요."
"당신은 사랑으로 안아 줄 그 누군가의 보호가 필요해. 여보, 이제부터는 고아의 혼자 아닌 남편과 둘이라 생각하고 열심히 미래를 향해 살자."
"아, 너무 좋은 사랑이야. 당신은 내 마음을 너무 따뜻하게 한다."
"당신은 내 가슴의 아내."
"나는 당신에게 속하고 당신은 나에게 속합니다. 함께 우리의 이름은 사랑입니다."
"그래, 비록 얼굴을 볼 수 없는 머나먼 사이이나, 난 당신께 속한 남편."
"아, 너무 좋은 사랑. 꿀.....사랑은 마음에.....아무도 말할 수 없습니다. 강한 사랑이 우리를 하나로 묶어줍니다. 자기 이름 뭐예요?"
"내 이름은 홍철종. 당신 이름은?"
"나의 이름은 베로니카. 당신 이름은 Veronica.

Hong Chul-jong cure. 난 당신에 대한 생각을 멈출 수 없습니다."
 "먼 그리움에 사람은 불타고……"
 "나는 당신에게 가장 귀여운 얼굴이나 당신에게 가장 섹시한 몸매가 없을 수 있습니다. 하지만 나는 확실히 당신이 요청할 수 있는 가장 깊은 사랑을 가지고 있습니다."
 "꾸미지 않은 생김 그대로가 순수한 자연산이니 희망을 갖자고……"
 "당신과 함께 있고, 평생 당신과 함께 있고 싶어요. 나는 항상 당신의 등을 가지고 있기 때문에 당신은 나의 강점이 되고, 당신의 약점조차도 돕고 싶습니다."
 "사랑은 오래 참는 것. 메아리가 힘차다."
 "매일이 좋지 않을 수도 있지만, 매일 좋은 것이 있습니다. 당신을 위해 떠오르는 태양….창밖을 참조하십시오. 당신을 위해 웃는 꽃과 새들이 당신을 위해 노래합니다."
 삼사 분의 시간을 걸쳐 내용 전반을 다 훑어본 성훈은, 턱을 쳐들고 2,3미터 높이 천장(반자)을 올려다본다. 소등해둔 LED전등이 고정으로 매달려있다.
 "얘가 여자를 사귀고 있는 건가?"
 성훈은 아버지로서의 흐뭇함을 옅은 웃음으로 새겼다. 서른세 살이 되도록 까지 여자의 애정과 인연이 먼 내 아들이다. 장가를 들지 못한 노총각이다.
 성훈은 삼년 열애 끝에 신체구조가 서로 다른, 두 몸이 한 몸으로 합쳐지는 결혼을 했다. 일남일녀를 뒀다. 사회적 상례인 경험에 비춰 말한다면, 남자의 안정은 아내의 손길에서 받쳐진다는 것이다. 이로 볼 때, 아들의 독립에는 여자가 필요하다.
 "베로니카? 설명이 필요 없는 미국 여성이군."
 성훈은 서재 책상 위에 널린 책 정리를 대충 마치

고 따로 떼어 남겨둔 《상수학象數學》 책자를 펼쳤다. 오래 전부터 학계 측 주장들이 저마다 엇갈려 체계정리가 아직 덜 되어 나름 연구용책자를 출판사 명의를 걸고 출간해 보자는 차원에서, 일주일 전부터 손을 대기 시작한 새로운 원고작업이다. 그는 일 시작 전 마른 듯이 건조한 입안을 적시려 서재를 나섰다.

일반적으로 동양학과 연동하여 상수학象數學을 떠올린다. 상像이 어떤 사물의 현상이라면, 이와 다른 개념으로 쓰이는 형形은 밝음을 뜻한다. 취상取象, 천수상天垂象의 의미가 담긴 훈민정음의 창제원리가 지地에 바탕둔 상수학에서 나왔다는 것이다. 즉, 이理→상象→수數 세 생명의 본질의 관점에서 해례본 모음법칙을 바라봐야 한다는 이론이다.

상수철학의 바탕이 되는 이론이 하도河圖=낙서洛書이다. 현재의 도서관圖書館 용어의 기원이 하도=낙서이다. 하늘이 상을 드러낸 것이라는 천수상天垂象의 깊은 뜻은 성인의 취상이다.

천지가 생성한 변화원리를 아로 새긴 암호문인 하도河圖의 단어 등장은, 대략 5500년 전 인물로 추정되는 태호복이 천하天河 송화강에서 용마(龍馬보통 말보다 큰말) 등에서 본 천수 상을 통하여 알게 된 우주설계도 그림에서 비롯되었다는 정설이 우세로 자리 잡혀 있다. 오늘날까지 중국의 여러 곳 신당에서 예의가 차려진다는 태호복은, 성인으로 추앙을 받고 있는 인물이다.

하도 상을 유심히 살펴보면 상생과 더불어 태극상이 들어있음을 알게 된다. 일음일양지위도一陰一陽之謂道라고 음과 양이 서로 보완한다는 뜻이 담겨있다. 남녀관계·부부관계의 대립 아닌 화합을 말하는 것이다.

수數에는 양수와 음수가 있다. 양수는 홀수인 1·3·5·7·9이고, 짝수인 음수는 2·4·6·8·10이다. 또한, 수는 생수生數와 성수成數로 나뉘는데, 생수는 홀수, 성수는 짝수이다.

생수는 안, 성수는 바깥이라는 우주의 생성법칙을 각각 나눠 구분한 하도의 중앙은, 생명의 근원을 나타낸다. 이 바탕에서 삼재원리, 즉 초성·중성·종성의 상생원리를 갖춘 훈민정음이 창제되었다는 확인이 가능하다.

사람의 말소리 근본에는 오행이 있다 한다. 《훈민정음해례》 설명에 따르면, 태극 모양의 근원에는 음양오행陰陽五行의 사상을 기본으로 하고 있다 한다. 그 오행은 서로 간 상극 사이이나, 긴밀한 관계가 성립되어 있음을 뜻한다. 예를 들자면, 수水와 목木 사이에는 수생목水生木의 상생관계가 있음을 대변하는 것이라 말한다.

그렇다면 단군이야기는 전설의 신화일까? 1925년 9월에 창간된 『문교의 조선』이라는 월간잡지가 있었다. 조선총독부 산하 교사단체인 조선교육회가 식민교육 보급을 주목적에 둔 잡지였다. 그 이듬해 2월호에 실린 내용 중 하나가, 단군전설에 관한 글이었다. 글쓴이는 경성제국대학 예과부장인 오다쇼고小田省吾였다. 그 내용을 자세히 들여다보면 '삼국유사'에 단 한 줄만 오른 단군개국 전설은, 기껏해야 고려 중기 이후부터 통용됐다는 것이다. 그의 주장대로라면, 기원 2000년이 넘는 단군은 중국고대 요임금과는 견줄 수 없는 존재라는 인식을 깔고 있다. 대신, 한반도 나라를 제일 먼저 세운 이는 기자箕子라는 것이다.

고조선 개국시점을 절반 이상 깎아내린 이 주장은, 이전 청일전쟁이 일어났던 1894년 때도 나타났다. 나카 미치요방의 주장에 따르면, 단군은 한반도에 불교가 들어온 뒤 승려가 지어냈다는 것이다. 즉, (슈西龍= 평양 옛 지명) 왕험王險이 고려 초기에 인명인 선인왕검仙人王儉이 됐고, 고려 중기에 단군 존칭이 붙었다는 것이다.

- 240 -

1909년부터 개천절을 지키면서 민족의 구심점을 단군에 둔 선조들은 분통을 터트리며 건국시조, 또는 민족의 시조임을 바로 잡으려는 운동에 적극 나섰다. 그 중심인물이 신문사설을 통해 단군 부인의 망휴을 먼저 외치며, 문교의 조선에 실린 오다 글의 망론패설妄論悖說은 근시안적으로 천박하기 짝이 없다, 라고 주창한 육당 최남선이었다.

  그는 동아일보 촉탁기자로 활동하면서, 1926년 3월 3일자 신문에 단군론 연재를 시작했다. 무려 77회나 이어졌다. 최남선은, 덧붙여 우리의 혈血과 심心을 모욕한 것이라고 거듭 상기시켰다.

  성훈은 집중 몰입으로 건조해진 안구를 잠시 쉬려 고개를 쳐들었다. 그러면서 돈 되지 않는 일에 다시금 매달려드는 자신을 돌아보며, 깊은 한숨을 내쉬었다. 이때 마침 아들의 카카오톡으로 생각의 방향이 옮겨졌다. 아들이 본명 신성일 대신, 홍철종이라는 가명을 소개한 것에 이상하다는 점을 번뜩 떠올렸다.

  "그렇다면 자신을 숨긴 가면의 교제이지 않는가? 그토록 솔직하지 못한 교제라면, 진정한 교제일 수가 없는 노릇이니, 생명이 길지 못할 수 있다."

  그는 회전의자에서 몸을 일으키면서, 아침에 읽다만 조간신문 사회면의 한 뉴스제목에 눈길을 모았다. 검찰에서 전담반을 만들 정도로, 문제가 심각해진 사회적 보이스 피싱 건에 관한 보도였다. 그는 내용을 읽어내려 가면서 백발노인이 귀에 바싹 붙인 전화기를 꼭 붙들고 있는 채로, 정체불명의 목소리 지시대로 지하철역 보관함에 넣어둔 그 물건을 다른 누군가가 재빨리 꺼내는 순간, 잠복경찰에 덜미가 잡혔다는 것을 확인했다. 그 물건에 손을 대려는 찰나에 사지가 옭매어진 사람은, 일자리를 찾다 고액수당을 내건 인터넷 광고에 이끌려 그 심부름을 맡게 됐다는 어떤 젊은이였다. 이른 바 사기 죄목에 해당되는 전달책원이었다.
 그는 불현듯 초등친구 철진의 안부가 궁금해졌다. 일찍부터 환경이 받쳐주지 않는 불우한 주인공인 데다, 불과 서너 달 전에 페이스 북에서 미지의 가짜 놈과 연예채팅을 하다, 두 차례 당한 금전사기 건으로 더더욱 힘든 침체에 빠졌을-그 탈출의 모색으로 자활근로를 한다는 친구의 소식에 갑자기 몸이 후끈 달아올랐다. 그만큼 친구의 안위가 걱정되었다.
 '직원으로 살지 마라. 자본소득을 기대하고 언제나 몸을 팔아 생계유지만 근근이 지키려는 무사안일을 버리지 않는 한, 가난의 수렁탈출은 날로 묘연해진다.'라는 말을 꼭 들려주고 싶은 친구이다. 그는 즉시 전화기를 열어 신호음을 보냈다.
 "응, 소식이 궁금해서 전화한 거다. 잘 지내고 있는 거지?"
 성훈은 형식적인 음정을 낮게 깔고, 저편의 생존반응을 기다린다.
 "나 자활근로 그만두고 죽을 먹든, 밥을 먹든, 내 사업에 도전장을 냈다."
 철진의 갈라진 목소리는 좀 지루하게 딱딱한 편이나, 그 속에는 병색 기운 하나 없는 희망 감이 들어차있다. 전에 힘을 쓰지 못하는 압박감에 눌린 쇳가루 소리와 딴판하게, 깔끔한 목청에 유쾌감이 드높았다. 뜨거운 열기가 전달되었다.
 성훈은 의아심을 키웠다. 유전의 태생부터 비극적이게 쇠잔한 사람이 뭘 믿고 벌써 반은 성공했다는 듯이, 암묵지暗默知에 체화된 정열이 저토록 넘치는 걸까? 검은 발이 백발 차지가 되어가는 인생황혼의 영감탱이 나이를 고려하지 않고, 젊은이의 수제맥주 마시는 흉내라도 내겠다는 건가?
 "무슨 소리냐? 사업?
 "그래, 왜 전에 말아먹은 고물상말이야 그 사업 되

찾기로 했다."
 "도대체 무슨 돈으로.....?"
 성훈은 땅도 하늘도 외면적으로 도와주지 않아, 지금까지 물질복과는 인연이 한참 먼 그 궁박窮迫한 환경을 너무도 잘 알기에 말도 안 된다는-믿기지 않는다는 운부터 떼었다.
 "돈, 돈, 돈만이 인생을 살찌우는 게 아니더라. 누워서 궁상만 떠는 짓거리는 우울병만 키울 뿐임을 크게 깨닫고, 다시 시작한다는 각오로 일어날 셈이다."
 성훈은 친구의 튀는 말에 맞는 답변을 몇 초간 텁텁하게 궁리한다. 적절한 단어를 찾는 애로이다. 비관을 들려주면 사기를 꺾는 일이고, 위로성의 단 말은 긍지를 높여준다고는 하나, 자칫 비위 따위나 맞추는 얄팍한 아부로 들릴 수 있는 사안이라, 둘 중 하나 선택이 쉽지 않다는 고충을 겪는다.
 사회현상은 생산성 일을 힘차게 할 수 있는 젊은이에게는 한없는 생기로 반겨 맞으나, 인생 살날 얼마 남지 않았다는 전제를 깔고 귀로 듣는 장황한 설명보다, 눈으로 보는 실물에 익숙한 노인은 저만큼 제쳐 놓고 판을 깐다. 그만큼 쓸모가 적거나 없다는 의도의 반영이다.
 "시대전환을 이끌어 낼 나이대도 아니고, 무리수를 쓰는 게 아니냐?"
 "늦은 나이 지적인 줄 안다. 그러나 야장 깔고 술파는 포장마차 열 듯이, 한 밤중 일이라도 해야지 어쩌겠나. 마른 장작개비가 불에 더 잘 붙듯이 말이야."
 성훈의 가슴에 찌뿌둥한 흐림이 드리어졌다. 남들은 안방에 들어앉아, 어느 덧 듬직하게 자란 손자손녀의 재롱을 받는 그 나이가 되도록 까지 팔자 한번 펴보지 못하고, 말라비틀어진 생계건 문제로 아직도 몸부림친다는 탄식의 암울이었다. 그는 속으로 긴 한숨을 내쉰 뒤로 혀를 끌끌 찼다. 장래 부정이었다. 몰

상식하다는 비난이었다. 취주악에 불과하다는 낙망이었다.
 "꿈에도 소원인 유복의 쟁기질을 다시 시작 하겠다? 알았다. 개업할 때 불러라. 건강은 괜찮은 거지?"
 "뭐 그럭저럭 잘 지내고 있다."
 서재에서 나온 성훈은, 주방에서 저녁식사를 준비하는 아내의 뒷모습에 시선을 둔다. 분홍빛 색상에 다이아몬드 모양의 무늬 원피스를 입고 있다. 여자는 침상에서도 가꾸는 일을 게을리 한다면, 피부가 쉬 늙는다는 평소의 염원대로 관리를 잘 해둔 덕분에, 62세 나이임에도 살집이 알맞게 붙은 몸매이다. 심장박동이 불규칙하게 빠른 심혈관 질환의 증세인 심방세동에 다년 간 고생했던 그 몸뚱이다. 지금은 간혹 판막질환에 시달리곤 한다. 인기척에 그 단발의 백발이 돌아본다.
 "당신 언제 들어온 거야?"
 늘어진 목덜미 살에 메마른 주름입술의 인상착의는, 영락없는 쭈그렁 할망구이다. 방금 외출 열기 식히는 세안을 했는지, 맨 얼굴이 촉촉하게 맑다.
 "뭘 이렇게 많이 샀어요."
 성훈은 식탁 위에 놓인 비닐봉지 안을 들여다보면서 저음을 냈다. 오이·당근·색깔 예쁜 파프리카 외에, 쇠고기·생선류 고등어도 보인다. 별도로 탐스럽게 잘 익은 토마토를 담은 비닐봉지가 더 있다. 전자는 식구들을 위해서, 후자는 본인의 체력보존을 위해 산 것이다.
 한편, 엄마와 시장나들이에 동행했다 돌아온 성일은, 제방에서 휴대전화기를 열고 채팅만의 연인과 문자를 주고받는 작업을 다시 시작하였다.
 "사랑은 사랑, 감정, 존경과 함께 합니다."
 "체험 없는 사랑이라 입맛이 씁쓸하긴 하나, 너의 열정에 그나마 위안은 된다."

"사랑은 힘으로 되는 것이 아니라, 마음에서 자랍니다. 난 당신을 사랑하는 것을 멈출 수 없어요. 당신에 대한 생각을 멈출 수 없어요. 당신과 사랑에 빠진 이후로, 나는 당신만을 보게 됩니다. 당신에 대한 나의 사랑은 너무나 진실합니다. 당신에게 고백하고 싶습니다. 당신을 사랑합니다."

"혼인 신고 먼저 할까? 그럼, 우린 부부의 자격을 갖추게 되잖아."

"wen. 내가 오고, 우리 함께 가고, 나는 거기에 있고 싶어. love. 그래서 우리는 서로 키스하는 사진을 찍습니다."

"키스해 봤어?"

"영화에서 봤는데, 미래의 남편과 하고 싶어요."

"실체적 키스는 못해 봤다.....? 남편에게 첫 순정 바칠 거지?"

"나는 내 손을 교차 유지. 나는 처녀입니다. 저는 중도 가톨릭교회에서 자랐습니다."

"처녀성 우리 아이 낳을 때까지 보존 잘해."

"빨리 아이를 낳고 싶어요. 저는 부모님의 외아들입니다."

"외아들? 너 여자 아닌 남자?"

"번역 상 오류. 전 부모님의 외동딸입니다."

"난 아내 될 여자와 채팅하는 거다. 번역 오류라 할지라도 네가 여자라는 증명 확인해야겠다. 사랑 깨지마. 그 의문 푸는 게 너의 몫이다. 몸으로 보여줄 수 있이?"

"이런 말을 하다니. 넌 정말 바보야. 난 화가 많이 났다. 나는 책임감이 강한 소녀이다."

"결혼은 남녀 간의 성립이야."

"사랑이 범죄라면 나는 당신을 위해 옥살이에 있고 싶지만, 당신은 당신의 입으로 나를 아프게 하고 있습니다."

"너 참 어리석다. 결혼하기에는 정신 연령이 아직 한참 어리다."
"당신은 참 재미있어요. 나는 당신을 곧 볼 수 있기를 바랍니다. 내 사랑! 나는 당신과 인생을 만들 거예요. 성공하기 위해 열심히 노력하고 있어요. 나는 너와 평생을 함께 하고 싶어. 네가 나에게 진지하고 배려하는 것을 알게 된다면....."
"결혼 서약서로 손색이 없다. 혼인 신고하자."
"누군가를 사랑하는 첫 번째 단계는, 그들의 말을 듣는 법을 배우는 것입니다. 만약, 당신이 그들의 말을 듣고 싶어 하지 않는다면 어떻게 그들이 당신의 말을 듣고 싶어 할 것이라고 예상합니까? 서로의 말을 듣는 것은 더 할 수 없는 가치입니다."
전화기에서 눈을 뗀 성일은, 멍하니 천장을 바라보며 생각을 굴리는 안색을 지어냈다. 그 표정이 어리벙벙 어둡다. 석연치 않게 마음에 걸리는 외아들 단어가 미덥지 않다는 떨떠름 표면이다.
노크 소리가 문밖에서 넘어 들어온다.
"안에 있니?"
엄마음정이다.
"네!"
"밥 먹자."
성일은 전화기폴더를 덮고, 거실로 나와 창가 편 식탁의자에 앉았다.
"온라인 근무할 만하냐?"
아버지 성훈이 두 손으로 맞잡은 등받이의자를 제 신체에 좀 더 편하게 맞춰 고치는 아들에게 물었다.
"따분하게 지루해요." 대수롭지 않다는 이면으로 불만감이 서려있는 음형이다. 맥이 다소 처져있다. "과장된 말로 혈액까지 잠들어 버릴 것 같아요."
"참고 견뎌야지 어떻겠니."
"그래야지요."

아들이 흘러내린 안경을 약지 끝으로 추어올린다.
　"움직이는 활동이 제한적이라 숱하게 들은 좀 쑤신 다는 말 이해하는 중이예요."
　"모든 삶은 체험이다."
　"전 창의력과 연계된 일이 아니라면 노곤함부터 느껴요. 병일까요?"
　"연관성 없는 병이 어디 있겠는가마는, 병의 근원은 즐거움을 잃은 바탕에서 종종 발생한다는 말, 어디선가에서 들은 것 같구나."
　"근래의 제가 그래요. 만남이 단절된 세상이다 보니, 둔감·침체·무위 속에서 사는 것 같아 답답해 죽겠어요. 덧붙인다면, 정신 줄 하나에 의존에서 숨을 내쉬는 꼴이라 할까요."
　"마취제 세상이다."
　"마취제 세상.....? 무슨 뜻이에요?"
　"단위의 의미를 잃은 무감각 시대를 일컫는 비몽사몽의 시대."
　"무체無體 같은 혼돈 세상? 그런 건가요?"
　"굳은 마비를 풀어줄 송아지 목 방울 소리가 그리운 코로나 시대란 명칭을 붙이고 싶구나."
　"구름 너머 목가적인 환상 세계를 그리시고 계시네요."
　"패닉의 고립은 겨우 호흡만 하는 상태를 말한다. 그 이점은 온종일 화장도 않은 민낯의 나와 마주 보고 있다는 것이디."
　"아버지는 온상에서 줄곧 자라신 분이라, 사회인식이 부족하다는 점 종종 느껴 왔어요."
　"우리라는 공동체 속에는 서로 돕는 상생만이 있는게 아니라, 긴장감의 바탕인 세대별의 갈등·편견 등이 상존해 있기 마련이다. 나쁘면서도 나아지고 있다는 방향이라 할까.....? 좋아 보이면서도 비위 상하게 한다, 라고 할까.....? 아무튼 두 대립의 상존은, 불안전하면서도 서로 뗄 수 없는 공생쯤으로 이해하며 되겠군. 어차피 일찍 뜬 동안으로 세상을 굽어보는 어른과, 그 뒤따라 선대들이 다져놓은 사회를 이어가는 후대들과의 간극 차는, 서로 받아들이는 배려가 있어야 싸움의 빌미는 감소되리라 믿는다."
 "우리세대는 술을 찬미하라는 외침이 대세라, 선비 기질과는 무방하거든요."
 "네 인생을 즐겨라. 누구를 닮으려 하지 말고, 너만의 삶을 살라는 말을 해주고 싶구나. 자신을 발산하는 자유의 소중함은 세상을 넓게 보는 것. 돈을 좇기보다 좋아 하는 일을 찾는 것이 자유의 기본. 그러니 근무 이탈이지 않는 범위에서 한 눈 파는 건 되레 지혜의 샘물이 될 수 있지."
 "정상적이지 않아 정신적 반항을 불러일으키는 암울의 세계 탈출하고 싶네요."
 "집에서의 근무는 회사 분위기가 아니므로 엄숙할 필요가 없겠으나, 그럼에도 갇혀있다 생각하는 그 심드렁 자체가 자유박탈이지 않겠니." 성훈은 왠지 모를 신나해 하는 기운을 한껏 느낀다. "다른 세계로 매번 시선을 돌려 정신머리를 식히는 사람들과의 교류를 권면한다. 상대성에서 나를 새롭게 발견하는 열정을 측정할 수 있는 게 아니겠니."
 "그렇게 하고 있어요."
 아들 성일은 양부모에게 만면의 웃음을 돌렸다.
 "왜? 무슨 좋은 일 생겼니?"
 엄마가 아들에게 물었다.
 "글쎄요. 마술등잔도 아닌 요즘 세상에 좋은 일이란 뭘까요?
 "참, 너 이번 달 생활비 아직 안 냈지?"
 "드릴게요."

초판발행/2024/08/16
지은이/김성호
펴낸이/김성호
발행처/성미출판사
편집/교정/교열
전화/02)802-2113(팩스겸용)

출판사등록번호/720-93-00159

주소/서울금천구시흥대로6길35-25(시흥동)2층 203호

전자우편/sungmobook@naver.com

홈페이지/https;www.haver.com/sungmobook

구매 및 납본 문의 02(802-2113)

ISBN/979-11-93864-02-9(03810)
정가/15,600

저작권법에 의해 보호를 받는 저작물이므로
무단전재와 복재를 금합니다.
잘못된 책은 교환해 드립니다.